U0091362

莫負蓁心 1

風 文創 415

糖雪球 著

目錄

序

糖雪球

寫這個故事，是因為很喜歡青梅竹馬的感情。

當時剛從成都回來，看完了大熊貓、吃過了寬窄巷子，然後就開始動筆。我本意是想寫一個正經嚴肅的故事……可是寫著寫著，發現自己寫成了輕鬆的小甜文。

謝蓁有疼愛她的父母和哥哥，從小沒有吃過苦，性子活潑大膽，遇見了李裕，從此就走上了跟小玉哥哥「相愛相傲嬌」的道路。

寫完這本書以後仍舊意猶未盡，以後有機會一定要再寫一本青梅竹馬的故事。

胖糖在晉江已經寫文三年了，也完結了很多故事，最讓我印象深刻的還是謝蓁和李裕這一對。因為這兩隻夠傲嬌，就像兩個慢慢摸索的孩子，明明喜歡對方，卻礙於面子以及很多不可明說的原因磕磕絆絆……有時候坐在書桌前會想起他們兩個，偶爾看一看當初寫過的片段，覺得每一幕都好可愛n(*≧▽≦*)n希望他們能一直好好的，出版以後被更多的人看到，跟我一樣喜歡他們。

天氣越來越暖和了，希望大家看到這本書的時候，有如沐春風的感覺。

第一章

馬車走了一個多月，總算來到青州地界。

時值盛夏，樹上蟬鳴熱鬧，聽得人昏昏欲睡。剛過護城河，馬車裡傳出一聲又嬌又糯的聲音。「阿娘，我們以後就住在這裡嗎？」

繡金暗紋窗簾掀起了一角，剛露出一個圓潤精緻的下巴，便被人從裡面蓋住，嚴嚴實實地擋住裡頭光景，方才似雪的肌膚，有如曇花一現。

馬車裡一個婦人聲音道：「羔羔別亂動，到家再把簾子打開。」

車夫駕車駛入城門，來到主街道。青州比不得京城繁華，畢竟地方小，街道也不大寬闊。路上並肩行駛兩輛馬車便有些擁擠，車夫七拐八拐，總算順利地走出這個地方。到了城南路上的馬車就少了，這裡多是達官貴人居住之處，尋常百姓不敢貿然來訪。

兩岸柳樹成蔭，微風徐來，給燥熱的天氣添了不少涼意。

馬車裡，除了美貌婦人外，還有一個丫鬟和三個孩子，因為馬車寬敞，容納他們綽綽有餘。三個孩子都是冷氏所出，方才掀簾子的是大女兒謝蓁，今年剛五歲。

謝蓁繼承了母親的美貌，小小年紀便漂亮得不像話，粉妝玉琢、玉雪晶瑩，就像觀音蓮花座下的小玉女。她梳著花苞頭，頭上纏著攢絲小珠花，身上穿一件櫻色繡蓮花紋褙子，下襯一條百蝶穿花紗裙，配戴琺瑯五彩如意鎖，更顯得天真爛漫、嬌憨可愛。

這會兒她正持一柄翠羽扇，像模像樣地學冷氏搧風。「阿娘，我們什麼時候到呀？」

「再有一刻鐘吧。」冷氏摸摸她的頭道。

他們此次從京城過來，是為了與定國公府二爺謝立青會合。謝立青被外放到青州擔任知府，比他們母子早來一個月，早已安排好了一切，只等著他們過來便是。

聽到只剩下一刻鐘，謝蓁彎起水汪汪的雙眸，振臂歡呼。「我們就快見到爹爹了！」

接著她扭頭看一邊的謝榮。「哥哥，你高不高興？」

謝榮平靜地嗯一聲。「高興。」

謝榮比她大五歲，比她成熟穩重得多，很少有情緒外露的時候，更不會像她一樣嘰嘰喳喳，跟個小麻雀一樣。

馬車下橋時顛簸了一下，正好把小女兒謝蕁驚醒了。

三個孩子湊在一塊兒有說不完的話，你一言我一句，很快到了謝府門口。

門前早已有人接應，為首的謝立青一襲青衫，身形挺拔，笑得滿面春風，往他們這邊看來。他身後跟著數十名奴僕，恭恭敬敬地低頭迎人，有幾個大膽的好奇地打量馬車，想看看知府夫人是何等容貌。

布簾掀起，先下來的是一位十歲左右的少年，身姿瘦長、眉目清雋，給人一種清貴之感。然後是冷氏抱著謝蕁走下馬車，眾人一見，少不得感嘆一句，這一家子模樣都生得極好。

冷氏年方三十，保養得當，脂粉淡佇，薄融酥頰，仍舊跟二十歲的姑娘一般。她穿著一條五色梅淺紅裙子，上穿一領密紗衫，懷裡抱著個三歲女娃娃。女娃娃五官精緻、唇紅齒白，一雙烏溜溜的大眼往門口一掃，尤為喜人。

最後伴隨著一聲嬌軟的「阿娘等等我」，一個小小身影由丫鬟牽著走下來。只見謝蓁提著裙裾蹦下腳凳，三兩步來到冷氏腳邊，仰著臉朝謝立青甜甜一笑。「爹爹。」

眾人眼前一亮，分明才五、六歲，便有絕色之貌。

端看她的五官，無一處不精緻，瓊鼻妙目、肌膚勝雪，彎著眼睛笑時，直把人心兒魂兒都勾去。小小年紀就美得這般驚心動魄，乍一看還有些妖孽，也不知是幸事禍事？

謝立青看到女兒高興得緊，一把將她舉高到頭頂。「羔羔想爹爹了嗎？這一路上乖不乖，可有聽阿娘的話？」

羔羔是謝蓁的乳名，蓋因她出生時身體不好，鎮日生病，小羊羔一般，讓人心疼又憐愛。

謝蓁格格地笑，一點也不害怕。「想爹爹，我很乖，有聽阿娘的話！」

一家團聚，謝立青把三個孩子擁入懷中，笑得合不攏嘴。他看向面前的妻子，伸手牽住她。「這一路辛苦妳了。」

兩人夫妻多年，感情非但沒有變淡，反而因為各種坎坷越來越深厚。一個多月不見美嬌妻，謝立青自然想得很，只是礙於眾人在場，一時忍住了。

跟隨父親來到堂屋，謝蓁一路好奇地左顧右盼。

院子總共三進，沒有定國公府大，但每處都透著精細，是謝立青仔細佈置過的。這裡比定國公府更有人味，謝蓁一眼就喜歡上了，她跟謝蕁繞著合歡樹跑了兩圈，笑聲不絕於耳。

謝立青跟著兩個孩子一起笑，冷氏寵溺地搖搖頭，讓謝榮前去制止。

謝榮把兩個妹妹帶回來，一手牽著一個。「別亂跑，免得一會兒摔了。」

謝蓁緊緊握住大哥的手，點了點頭，但她向來不是個安分性子，沒一會兒便掙開謝榮，跑到池塘邊看裡面五顏六色的鯉魚。

謝榮和謝立青管不住她，只有冷氏板起臉叫了聲她的名字，她才肯乖乖跟在大人後面。生怕冷氏生氣，她上前握住冷氏的手，仰起小臉，嘴巴一扁，模樣可憐可愛。「阿娘，別生氣。」

冷氏縱是有再大的脾氣，看到這一幕心也都化了，女兒生得太可愛，真是想教訓都捨不得。她嘆一口氣，刮了刮她的鼻子。「阿娘沒生氣。」

聞言，謝蓁眼睛笑成兩彎小月牙，不過這次學老實了，一直跟著大人來到正堂，路上沒出什麼差錯。

府裡王管事讓人準備茶水，小孩子家家不喜喝茶，又特意另外備了糖蒸酥酪和幾份糕點。謝蓁跟謝蕁妳一口我一口地吃完一整碗，謝蕁砸吧砸吧嘴。「沒有家裡的好吃。」

謝蕁口中的家，是京城定國公府謝家。她還小，從京城來到另一個地方，轉不過彎來。

謝蓁毫不留情地戳穿。「那妳還吃這麼多？」

謝蕁脹紅了臉，說不出反駁的話，鼓起腮幫子半天才憋出一句。「那，那我餓了……」

謝蓁又從八仙桌上拿起一塊奶卷，遞給妹妹。「給。」

這一路雖不至於太辛苦，但也舟車勞頓，飲食不如以往精緻，三個孩子明顯都瘦了一圈。冷氏心疼，跟謝立青說：「先讓廚子準備午飯吧，別餓著孩子。」

謝立青沒有二話，讓王管事下去安排。因為擔心他們吃不習慣青州的菜式，特意請了一個京城的廚子做菜，口味還算正宗。許久沒吃一頓正經飯菜，三個孩子都吃了不少，就連謝榮也比平常多吃了一碗飯。

冷氏欣慰不已，摸摸這個親親那個，愛得不知怎麼才好。

用過午膳，幾個孩子都累了，謝立青便讓人帶他們回房休息。

冷氏不放心，便跟著一起去，順道看看後院情況如何。正房住謝立青和冷氏兩人，謝蕁和謝蓁住東次間，謝榮住西次間。除此之外，還有好幾間側房耳房，可以用作書房和繡房。

冷氏看過之後挺滿意的，屋裡都佈置好了，一應俱全，沒什麼需要她操心的地方。

到了新地方，謝蓁睡意全消，裡裡外外看了三遍，總算記住了新家的模樣。後來冷氏指派了兩個丫鬟把她和謝蕁帶到東次間，讓她倆先睡一會兒。謝蕁一沾枕頭便呼呼睡去，謝蓁在床上翻來覆去好一會兒，才安安靜靜地睡著。

冷氏把所有下人都叫到正房門口，一一清點完畢，算上她從定國公府帶來的丫鬟婆子，府裡一共有三、四十個下人。因為是剛置辦的院子，下人也都是新買的，前陣子沒有當家主母，規矩未立起來。如今冷氏來了，他們知道不能再如以往那般鬆散，是時候緊一緊皮子了。

果不其然，冷氏把所有人的分內工作重新分配了一遍，又立下幾條規矩，讓他們各司其職，如有違背，嚴懲不貸。

冷氏本就是個嚴謹的人，不苟言笑，只有在丈夫孩子面前才會柔和一些。正因為如此，定國公府的老太太才不喜歡她，認為她天生一張刻薄臉，沒點福氣。其實不然，她不是刻薄，只是過於冷淡，常常給人一種孤傲之感。

偏偏謝立青就喜歡她這種冷傲，她在人面前冷漠，夜深人靜的時候，只有他知道她的熱情。夫妻倆許久不見，溫存了好長時間，若不是顧忌著三個孩子都在，動靜肯定是天搖地動。

更闌人靜，謝蓁忽地感覺天光大亮，一抹光亮破窗而入，她睏倦地揉了揉眼睛，從床上爬起來。「怎麼了？」

丫鬟雙魚也被驚醒，匆匆穿了鞋過來找她。「大姑娘？」

謝蕁還在睡，模樣香甜。謝蓁要下床，雙魚便伺候她穿上軟底繡花鞋，牽著她一同出屋。

來到屋外，才發現並非他們府裡亮燈，而是隔壁院子裡燈火通明。謝立青和冷氏也是匆匆披了衣服出來，讓下人去打聽發生了什麼事，莫不是隔壁家遭賊了？

謝立青剛搬來此處，平日忙著公務，跟附近人家都不是很熟。以至於現在冷氏問他隔壁住著誰家，他居然都答不上來。

不多時下人去而復返，把聽到的事說出來。「是李家的小公子病了，燒得厲害，李家正忙著給他找大夫呢。」

聽到並非遭賊，幾人都鬆一口氣。

謝蓁揉著眼睛回屋，睡意朦朧，迷迷糊糊地想，不過就是發個燒，居然這麼大張旗鼓，真是比她還要嬌氣。

隔壁李家的燈火一直亮到夤夜，遲遲不滅。

謝蓁睡眠淺，對光很敏感，稍微有一點動靜她就睡不著，這一路都沒休息好，好不容易到了青州，本以為能舒舒服服睡個好覺，沒想到滾來滾去大半夜還是睡不著。

兩個女娃娃睡一張床，謝蕁咕咕噥噥抓住她的手。「阿姊，我睏……」

她不再亂動，睜著眼睛到天明，一直到清晨才勉強睡著。

謝蕁睡得飽飽的，一早就起來了。扭頭一看阿姊還在睡，便扯了扯她的袖子想叫醒她，丫鬟雙魚來阻止。「大姑娘昨夜睡得晚，二姑娘聽話，別鬧大姑娘……婢子帶您去找夫人吧。」

雙魚是冷氏從京城帶來的丫鬟，她跟雙雁原本是冷氏身邊的人。到青州之後，因為怕謝蓁、謝蕁的丫鬟太小，不能成事，於是特意把她倆指派了過來，貼身照顧兩個女娃娃的起居。

一聽說阿姊沒睡好，謝蕁懂事得很，立即鬆手不再鬧她，張開雙手要抱抱。「妳帶我去找阿娘。」

三個孩子裡，謝蕁最沒脾氣又最乖巧聽話，軟軟的嗓音配上她水汪汪的大眼，可愛得不行。雙魚替她穿上淺紅海棠紗衫，下面搭一條粉白挑線裙子，又穿上軟底織金繡鞋，這才帶她去正房。

冷氏昨兒被謝立青折騰到很晚，後來李家又出事，一晚上也沒休息好。謝蕁到時，她才剛從床上坐起來洗漱。

美貌少婦被灌溉之後，跟昨天有明顯的不同。眼波流轉，舉手投足之間嬌媚橫生，配上她一雙冷豔的眼睛，眼尾一掃，便有無數旖旎風情。

當然，謝蕁是不知道這些的，她從雙魚身上下來，撲到冷氏懷中。「阿娘，阿姊還沒醒！」

冷氏怕她磕到床腳，忙俯身接住她。「妳阿姊沒睡好，不許鬧她知道嗎？」

兩個閨女怎麼樣她是最清楚不過的。謝蓁跟她一樣睡得淺，反正到了青州之後不必再每日晨昏定省，倒不如讓孩子多睡一會兒。

謝蕁點頭如搗蒜。「我知道！」

冷氏輕笑，揉了揉她的小包子臉。

不多時謝榮也來到正房，精神飽滿，一看就是絲毫沒被昨天李家之事影響。

雙雀吩咐人端上早膳，有京城小點，也有青州當地早飯，滿滿當當擺了一桌子。飯菜雖不如定國公府精緻，但卻豐盛許多，看得人食慾大開。

謝蕁想吃核桃酪，她人小腿短，坐在黃梨木椅子上根本搆不著桌子。「我要吃，我要吃……」

小傢伙急壞了，抓耳撓腮的樣子看得人忍俊不禁。雙魚見狀忙捧起核桃酪放到她跟前，一口一口地餵她，謝蓁心滿意足地眯起眼睛，不再說話。

看了看外面的太陽，冷氏擱下碗筷，讓雙雀去看看謝蓁醒了沒有。沒一會兒雙雀回來了，對她搖了搖頭。

冷氏嘆一口氣，這一路沒少顛簸，她心疼嬌滴滴的女兒，既然目前安定下來，算了，就讓她再睡一會兒吧。

用過早膳，謝立青正好從外面回來。

他想起剛才在門口看到的一幕，不無唏噓道：「李家剛把大夫送走，看樣子他家孩子病得不輕。既然是鄰居，日後抬頭不見低頭見，總是要有來往的。妳等下收拾收拾，同我一起過去看看吧。」

冷氏正有此意，還在想怎麼開口，沒想到他自己先提了出來。她道：「總不能空著手去，我從京城帶了一些藥材，雖不是多名貴，但也是一番心意。」

謝立青連連點頭，對她的話表示贊同。「庫房裡也有不少東西，一會兒讓王管事把鑰匙交給妳，妳帶人過去看看。」

冷氏點頭，這件事就這麼定下了。

謝立青環顧一圈，沒看到大女兒謝蓁。「羔羔呢？」

「昨兒被吵醒了，後來一直沒睡好，這會兒還睡著呢。」冷氏替他換下袍子，換上一身天青色柿蒂紋常服。

謝立青頓時心疼得不行，讓人別去吵她。「那一會兒別讓她去了，留在家裡好生休息吧。」

冷氏笑道：「再不醒就晌午了。」

「這有什麼？」謝立青對女兒是一等一的好，寵得沒了邊。「讓丫鬟好好照顧羔羔，若是醒了就給她做點東西吃。」

冷氏應下，聽說李家老爺鍾愛文墨，好結交文人，冷氏便從庫房裡挑了一個紫檀雕鶴筆筒，又選了幾樣京城流行的簪花釵鈿，準備送給李夫人當見面禮。

謝蕁聽說要去別家作客，歡喜得手舞足蹈。可惜阿姊沒有一起來，不然她一定會更高興。

因事先沒有遞拜帖，李家得知他們登門拜訪，頗為詫異，手忙腳亂地把人迎進府裡。

李家老爺李息清是青州豪商，主要經營茶葉生意，他家的茶葉在青州的地位舉足輕重。李息清是個精明的商人，一雙眼睛睿智深沈，好在他的笑容十分真誠，沒有讓人覺得不舒服。

李息清的夫人宋氏模樣溫婉，親切好客，把謝立青和冷氏請上座位，忙讓下人去準備茶水，見兩個孩子生得玉雪可愛，又讓人去拿點心果子招待。

冷氏從丫鬟手裡接過藥材。「昨日貴府燈火通明，今早讓人一打聽，才知是小公子病重。正好我這裡有個治頭疼腦熱的藥方，只消熬煮喝三回，第二天便能退熱。」

宋氏受寵若驚，忙讓丫鬟接下來。

按理說他們這些個清官都不願與商人打交道，雖然知道隔壁住著新上任的青州知府，但他們一直沒好意思拜訪，沒想到對方卻先來了。

冷氏又讓丫鬟把見面禮送上去。「來得匆忙，沒有準備什麼好東西，二位不要笑話。」

宋氏連說不會。「這些東西都是青州買不來的，夫人有這份心意，是民婦一家的福分。」

兩家人就這麼說起話來，不知不覺過了半個時辰。

眼看快晌午，冷氏擔心謝蓁一個人在家，正準備告辭，便見外面一個婆子打扮的婦人進來。「婦人，小少爺醒了！」

宋氏也是個疼孩子的，當即站起來。「如何？燒退了嗎？」

婆子回答道：「還是有些發熱，剛才還說了幾句胡話。」

這下宋氏有些急了，燒了一天一夜，沒得把腦子燒壞了？她坐立不安，想過去看看，又怕怠慢了知府一家。

冷氏看出她的為難，把謝蕁、謝榮叫到身邊，通情達理道：「孩子要緊，宋夫人還是先去看看吧，正好我們也該告辭了。」

宋氏到底著急孩子，沒有多挽留，送走謝家一家後，三步併作兩步往後院走。

孩子果真沒退燒，宋氏急得團團轉，想起冷氏送的那一副藥方，趕緊讓人煎了端上來，但願能救孩子一命。

謝立青一行回家後，才發現謝蓁早就醒了。

小姑娘坐在垂花門臺階上，托腮一直盯著門口的方向。她初來乍到青州，心裡總歸有些不安，雙魚在旁邊勸了很久，她依然不肯回去，直到望見父母兄妹，她才歡喜地站起來，脆生生喊道：「阿娘，阿爹！」

冷氏遠遠地看到她，那孤零零的小模樣讓人心裡一抽，忙上前把她抱起來。「羔羔怎麼坐在這裡？」

她噘嘴道：「你們去哪兒了？怎麼把我一個人扔下了？」

冷氏跟她解釋。「我們去了鄰居李府一趟，妳方才還睡著，便沒讓人叫醒妳。」

謝蓁得知事情緣由，不再如剛才那般低落，至於去了誰家……她根本沒放在心上。

孩子家情緒來得快去得也快，很快就跟謝蕁、謝榮玩成一堆。三個孩子裡數謝蓁最調皮，笑聲最清脆，她彎起眼睛笑時，就算想要天上的星星，估計也沒人捨得拒絕。

幾日之後，李氏夫妻攜小公子李裕拜訪謝府。

冷氏在前面會客，謝蓁想帶著妹妹過去看。「阿蕁，我們也到前院去吧。」

謝蕁沒什麼興趣，蹲在一棵樹底下刨蚯蚓，頭也不抬。「我不去，哥哥說我挖到蚯蚓，就帶我去釣魚。」

謝蓁跺腳。「釣魚有什麼好玩的？」

謝蕁抬頭。「前院有什麼好玩的？」

兩人大眼對大眼，謝蓁孩子氣地哼一聲。「那我自己去了！」說著不管謝蕁，牽裙便往前院走去，雙魚搖搖頭，無奈地跟上。

謝蓁是個天生好熱鬧的，哪裡人多她就喜歡往哪兒跑。如今聽說家裡來了客人，當然想去看看。她人小腿短，到底走不快，到堂屋時已是一刻鐘後的事了。

屋裡傳來說話聲，有阿娘的，還有另一個不認識的聲音。她準備往屋裡走，剛邁開一步，裡面便有一個人跟她同時走出。

對方臉蛋粉嫩雪白，眼睫毛又長又翹，比妹妹阿蕁長得還可愛，就是有點瘦小，臉色蒼白，好像剛生過一場大病。謝蓁眨巴眼睛看了又看，總算想起來問：「你是誰？」

這就是跟宋氏一起前來的李家獨子李裕，五、六歲的年紀，看著還沒謝蓁高。

李裕被她肆無忌憚地盯著看，別開頭道：「我叫李裕。」

謝蓁聽成了「李玉」，因為阿娘閨字裡也有一個玉字，她下意識把李裕當成了女孩。既然是來家裡作客的，她就應該熱情對待。「妳長得真漂亮，我今年五歲，妳多大了？我以後叫妳小玉妹妹好嗎？」

李裕臉色一陣青白，許久才道：「我不是妹妹。」

謝蓁腦子轉得很快。「小玉姊姊？」

不怪謝蓁馬虎，實在是李裕長得太漂亮，讓人一眼看過去，注意力全在他的臉上，根本沒工夫注意他的衣著打扮。再說他大病初癒，又穿著一身月白衣服，更加顯得柔弱了。

李裕惱了，義正詞嚴地糾正。「裕是富裕的裕，不是姊姊也不是妹妹，妳應當叫我一聲哥哥！」

謝蓁聽懂了，不可思議地睜圓了眼睛，這麼漂亮的小美人居然是男孩？她不信！腦子一熱，謝蓁想起那天偷看大哥謝榮洗澡，看到大哥身前跟女孩不一樣的地方。她鬼使神差地伸出手，往李裕胯下摸去。

許久之後，廊下一片寂靜。

她訕訕地收回手。「哦……」

抬頭一看，李裕的臉又青又紅，眼神幾乎想把她吃了。

李裕沒有說謊，他確實是個男孩。兩人年紀差不多，他只比謝蓁大了半歲。由於從小體弱多病，再加上男孩本就比女孩發育得晚，是以他非但沒有謝蓁高，還比謝蓁矮了一點點。難怪謝蓁一開始見到他就想喊他妹妹……

這下真相大白，兩個小傢伙都有點尷尬。

謝蓁到底還是孩子，胡亂摸了人家之後，覺得有點對不起人家，把手背到身後咕噥：「不怪我，誰教你長得這麼好看……」

李裕的臉色好不容易恢復正常，聽到這句話又青了。「那妳也不能……」

話到一半，自己先說不下去了。他是跟宋氏一起來作客的，在堂屋百無聊賴地坐了小半個時辰，想去如廁，便由丫鬟領著出屋了。沒想到剛走出門口便碰到這麼一個蠻不講理的臭丫頭。

謝蓁到底理虧，她是慣會撒嬌賣乖的，這時沒想那麼多，上前抓住李裕的手笑吟吟道：

「你別生氣，我唱首歌給你聽好嗎？」

軟軟糯糯的嗓音配上一張甜美的笑臉，李裕這才發現她長得還挺可愛。隨即心裡哼了哼，長得好看有什麼用，還不是一樣沒禮貌！

見他沒有拒絕，謝蓁熱情地把他拉到廊下，清了清嗓音開始唱：「豌豆白，我再來，一板兒住到砍花柴……」

這是她在來青州的路上學會的，街上成群結隊跑過一群小孩子，當時他們在唱這首歌，謝蓁一下子就記住了。她歌聲綿軟好聽，明明生在京城，聲音卻比南邊的姑娘還要嬌軟，拖著長腔唱歌時，直把人心都唱酥了。

李裕的手還被她拉著，他始終不情不願的，對她沒什麼好感。

這時認真端詳她的臉，發現她明亮黢黑的眼睛正定定地看著他，登時臉一紅，轉過頭去。

「打哪兒走？打河走，河裡有泥鰍……」

涼風穿堂而過，帶來院裡飄飄落落的瓊花瓣，李裕脖子痠了，不得不再次轉過頭來，一眼就看到她正專注地望著院裡的瓊花。她臉蛋白得就像剝殼的雞蛋，跟他以前見過的小女孩都不一樣，她們沒有一個像她這樣好看的，晶瑩剔透，白嫩無瑕。

好看是好看，就是有點缺心眼兒。

下腹一緊，李裕猛地想起這次出來的正事，想要扒拉開她的手。「我要去……」如廁。

謝蓁不放開他，有點著急。「你等等，我還沒唱完呢。」說著清了清喉嚨就要繼續唱。

李裕簡直想哭，雖然她唱得好聽，但他現在有急事啊！掙扎了兩下，到底因為剛剛才病癒，沒有多少力氣，始終沒能掙開她的魔爪。兩邊的丫鬟見狀，都有些為難。兩個小傢伙都是府上的小祖宗，得罪哪個都不行，真教她們不知如何是好。

末了還是李裕的丫鬟上前委婉道：「大姑娘，我們家小公子……」她話說得晚了，這時候李裕已經憋不住了。

謝蓁還沒反應過來怎麼回事，李裕就一把將她推開，十分羞憤道：「妳別碰我！」謝蓁猝不及防，被推得後退幾步，雙魚趕忙從後面接住她，才不至於摔倒在地。眼看著李裕轉身就走，謝蓁懵懵地，仰頭看雙魚。「他為什麼生氣了？」

雙魚輕咳一聲，小孩子也是有尊嚴的，而且一看李裕那孩子就是自尊心極強的人，她還是替他隱瞞比較好。「李小公子大約是不喜歡聽歌。」

謝蓁若有所思地點點頭，不喜歡就不喜歡，直接跟她說不就好了？她覺得自己唱得不難聽呀。

正堂裡，只見李裕臉色青白地回來了。

宋氏一看嚇了一跳，怎麼臉色這麼難看？連忙詢問丫鬟發生何事，因為礙於冷氏也在場，丫鬟支支吾吾說不清楚。「小公子遇見了謝大姑娘……」

李裕看她一眼，說了聲閉嘴，丫鬟立即噤聲。

他站在宋氏面前，垂頭道：「我覺得身體不舒服，阿娘，我們回家吧。」

沒想到他出去一趟就跟變了個人似的，宋氏丈二金剛摸不著頭腦，聽到這話，緊張地摸了摸他的額頭。「該不是又燒起來了？」

手心溫熱，並未有發燒的跡象。她鬆一口氣，朝冷氏笑了笑。「孩子不懂事，讓夫人笑話了。若不是夫人上回那副藥方，估計裕兒現在還不能好。」

說著再次讓李裕給冷氏道謝，畢竟沒有那副藥李裕不會這麼快痊癒，而且繼續燒下去，誰知道會不會燒壞腦子？是以宋氏感激冷氏不是沒有緣由的。

冷氏搖搖頭。「快別再謝我了，我們兩家是鄰居，理應互相幫襯才是。」往下一瞧，李裕依然低著頭不說話。「方才小公子說不舒服，不如請郎中來看看？」

宋氏心裡一股暖流，攬著李裕站起來道：「多謝夫人好意，不過我府裡正好有郎中，時候不早，民婦也該告辭了。」

他們來了好大一會兒，目下正是用午膳的時候，冷氏本想留她用飯，沒想到她執意要走，便沒強留。

離開時，謝蓁不知從哪個地方鑽了出來，緊挨在冷氏腿邊，眨巴眨巴烏溜溜的杏仁眼，好奇地看著宋氏。

上回去李家她沒在，冷氏便為她介紹。「這是宋姨。」

謝蓁懂事地喊了聲。「宋姨。」

忽地冒出一個粉妝玉琢的小團子，宋氏差點捨不得走，這謝家人真是得天獨厚的好條件，每一個都漂亮得讓人自慚形穢。

冷氏道：「這是李家小公子，比妳大半歲，妳當叫他一聲哥哥。」

謝蓁點點頭。「小玉哥哥。」

李裕臉色變了又變，想到接連在她面前丟人，以後都不想再見到她。

兒子不說話，宋氏歉意地笑了笑。「裕兒天生靦覥，不大愛跟人說話，大姑娘莫見怪，日後熟了他就會話多起來的。」

謝蓁一點也不介意。「小玉哥哥長得真漂亮，他不說話也好看。」

李裕像被踩到尾巴的貓，忽然瞪她。

宋氏離開時，謝蓁站在門口咧嘴一笑，可愛得不行。還說要他們常來她家玩，宋氏連連應下，走入李府。

李裕剛回到家，就一個人關在房間裡把衣服換了，從此暗下決心，再也不要跟謝家人有任何來往。尤其那個臭丫頭，就算她長得再可愛、唱歌再好聽，他也不喜歡她！

送走宋氏和李裕，謝蓁蹦蹦跳跳地跟冷氏走回堂屋。

還沒走到屋裡，就見冷氏停下轉身，一臉嚴肅地看著她。「羔羔，方才究竟發生了什麼？」

她疑惑不解，大眼睛眨啊眨。「阿娘指什麼？」

冷氏想起李裕剛才的態度，以及李家丫鬟沒說完的半句話。「妳跟李小公子見過面了？」

她誠實地點頭，指了指廊廡。「在那裡見的。」

那就可以理解李裕為何反常了，一定是她的好女兒招惹了人家，最後把人家惹怒了。冷氏嘆一口氣，蓁蓁從小古靈精怪、調皮搗蛋，這就算了，偏偏還最會裝無辜裝可憐，讓她就算想教訓她也不忍心。

冷氏一開始以為兩個孩子只是單純的小打小鬧，從雙魚口中得知前因後果後，才知完全不是那麼回事。

這、這個蓁蓁……

難怪李裕走的時候，連臉都是白的！可憐的孩子，估計給他留下了不小的陰影。

冷氏猜得沒錯，之後宋氏雖然來過謝府幾次，但卻沒再見過李裕。

謝蓁還納悶地問她。「宋姨，小玉哥哥為什麼不來？」

宋氏想起來時李裕堅定拒絕的模樣，委婉一笑。「他這陣子身體不好，要留在家裡養病。」

謝蓁似懂非懂地點點頭，沒再追問。

兩個月後，從溽暑轉入初秋，天氣涼快不少。

謝立青剛到青州入職為官，起初狠狠忙活了好一陣子，如今萬事料理完畢，總算能閒下來了。正想帶著一家五口去城外走走，便收到高府送來的請帖。高慶是總管府的錄事參軍，過幾天是他母親七十大壽，在府裡大擺宴席，邀請青州不少官員前往。他們才搬來青州，好些方面都要走動，正好藉著這次機會認識更多人。

謝立青將這事跟冷氏說了，冷氏便開始著手準備那天的壽禮和衣飾。

七月十七這一日，早早就把三個孩子叫醒了。

謝蓁明顯沒睡醒，趴在冷氏懷裡拱了拱。「阿娘怎麼這麼早……」

冷氏捏捏她的小臉，讓雙魚和雙雀帶她和謝蕁去洗漱，她去櫃子裡挑選衣服。今天是她兩個女兒頭一回露面，定然要打扮得最漂亮才是，總不能丟了定國公府的臉面。

正好前陣子剛給謝蓁和謝蕁做了新衣服，布料是從京城帶來的，青州有錢都買不到的真絲香雲紗。一疋布剛好能做兩件短衫，讓她倆試了試大小，正正合適。另外給謝蓁配一條櫻桃紋珊瑚紅細羅裙，給謝蕁配一條淡綠細羅裙，穿好後兩個小丫頭往跟前一站，照得整間屋子都亮堂了起來。

冷氏又給謝榮新做了一件雨過天青色錦袍，手心手背都是肉，她公平得很，從不會虧待哪一個。再說了，就算不做，謝榮也不會跟兩個寶貝妹妹計較。

謝蓁和謝蕁正站在銅盂前洗臉，兩個小傢伙都矮，搆不到盆裡的水，只能由丫鬟代勞盥洗。謝蕁很快洗完了，而謝蓁卻不老實地往她臉上灑水，一邊灑一邊笑嘻嘻地。「妹妹是小花，我要給妳澆澆水。」

謝蕁只好再洗一次，氣鼓鼓地說：「姊姊壞。」

她想著反抗，卻屢屢遭謝蓁欺負，末了兩個小娃娃鬧做一團，又笑又叫。

只是洗個臉就洗了一刻鐘，這樣下去得折騰到什麼時候？冷氏無奈地嘆了一口氣，對謝榮道：「你阿爹去叫馬車了，一會兒就回來，你先看著羔羔和阿蕁洗漱。」

哥哥一來，兩個小傢伙立即安分了。謝蓁上前拉住他的袖子，討好地說：「哥哥給我洗我就不鬧。」

在她們兩個眼裡，哥哥雖然很有威嚴，但到底還是她們的親哥哥。只要她們老實一點，無論她們有什麼要求，他都會答應的。

果不其然，謝榮接過雙魚手裡半濕的巾子，半蹲下來細細擦拭她的眼睛鼻子。「以後不能欺負阿蕁。」

謝蓁這回很乖，動也不動，一雙烏黑大眼就像泉水滌過似的，明亮生輝。「我沒有欺負她，我在跟她玩呢。」說完扭過一張白嫩嫩的小包子臉，看向一旁的謝蕁。「對嗎阿蕁？」

謝蕁嗯嗯嗯連連點頭。

關鍵時刻倒挺會齊心協力地忽悠他。謝榮沒說什麼，拍了拍她的腦袋，繼續給謝蕁洗臉。

洗完臉後再教她們倆用新鹽跟薄荷洗牙，謝蓁學得很認真，這方面她跟別的小孩不一樣，她很重視自己的身體，從小愛美，講究精緻。

可算把她倆收拾好了，雙魚、雙雁給她們換上新做的衣裳，又給她們一人配戴了一塊長命鎖。畢竟年小，不用梳複雜的髮髻，梳個簡單的花苞頭才最顯得嬌憨可愛。雙魚往兩人花苞頭上纏繞攢絲珠花金鏈，最後突發奇想，往謝蓁光潔的眉心點了一顆朱砂痣。那顆朱砂點綴了她精雕細琢的臉龐，與花苞頭相襯，更加玉雪可愛。而謝蕁額前有劉海，只能作罷。

可算把她們兩個收拾完畢，冷氏換好衣服坐在銅鏡前，略施粉黛，綰了一個簡單的傾髻，頭飾珠翠，花容月貌。

謝立青在門口等了好一陣子，才算把妻子兒女等出來。

打眼瞧見冷氏，他的眼睛亮了亮，再往底下一瞧，兩個女兒更是教人挪不開眼，平日就夠可愛了，這麼一打扮，他更是喜愛得緊。

謝蓁正牽著冷氏的手，一邊走一邊低頭擺弄身上的銀點藍如意雲頭長命鎖，抬頭看到謝立青，張開雙手飛快地跑過去。「爹爹！」

謝立青趕忙蹲下來接住她，愛憐地摸摸她的腦袋。「怎麼瞧著沒睡醒一樣？」

她順勢膩在他懷裡，可憐巴巴地跟他撒嬌。「阿娘老早就把我和阿蕁叫醒了，爹爹我睏……」

冷氏看著女兒在丈夫懷裡告狀，寵溺地笑了笑。這麼小就知道告狀，真是個鬼靈精。

謝立青哈哈一笑，把她抱上馬車。「那就在馬車上睡一會兒，反正到高府還有好一段路，咱們不急。」

抱完謝蓁再去抱謝蕁，等兩個嬌滴滴的女兒都上了馬車後，謝立青和謝榮便坐上後面那輛馬車，兩輛馬車緩緩啟程，往城南高府駛去。

謝家的人剛走，旁邊李府門口才慢慢走出一個小身影。

看著越來越遠的馬車，李裕心裡悄悄鬆了一口氣，還好沒被他們看見。今天李府也受到高府的邀請，李息清跟錄事參軍高慶是舊識，後來一個從商一個從文，幾十年來都沒有斷過來往。李府也常常去高府作客，但沒有哪一次李裕是這麼排斥的。

他不想見到謝蓁。

一想到上回他在她面前尿褲子，他就恨不得再也不要見到她。偏偏他們還住得這麼近，有時她在院裡的聲音大了，他在家裡都能聽得清清楚楚。

至於為什麼能分辨出來？因為她那天給他唱歌，聲音太好聽，他一下子就記住了。

宋氏從裡面走出來，看到他站在門口。「裕兒，你在看什麼？」

李裕走到她身邊。「沒看什麼。」

宋氏不信，這孩子平時寡淡，若是沒什麼東西，他會站在門口看那麼久？她往門外看了看，然而什麼也沒有，便不再追究。「若是收拾好了咱們就出發吧。」

李息清從後面走來，一把將李裕抱起來，笑呵呵地往門外馬車走去。

第二章

一路靠在冷氏懷裡，謝蓁著著實實地睡了一個好覺，及至高府門口，冷氏捏捏她的臉蛋把她叫醒。「羔羔，到了。」

謝蕁也攀上來。「阿姊阿姊……」

謝蓁揉揉眼睛，一手牽著冷氏，一手牽著妹妹走下馬車。面前是氣派恢弘的高府，比謝府的大門還高還大，但是卻比不得京城定國公府，一看便是用金銀玉器堆砌起來的，沒有大家世族深厚的底蘊。

壽宴尚未擺開，距離午時還有一個時辰，男人們都聚在堂屋喝茶閒談，女眷們則由丫鬟領著，到後院老太太的屋子裡祝壽。不過今天來的人太多了，屋子裡坐不下，老太太便移步後院八角亭，所有女眷都會在此處，遠遠看去花團錦簇，嫣紅奼紫。

穿綠色夾襖的丫鬟領著她們過去，朝亭子裡端坐的七旬老太太道：「老夫人，謝夫人來了。」

老太太雖是耄耋老人，但勝在心態年輕，比一般老人都有精神，見冷氏過來，笑容和藹，起身相迎。「謝夫人來了，快請坐吧。」往下一瞧，一眼就被吸引住了。「這是謝夫人的千金？」

冷氏讓兩個小傢伙叫人。「羔羔、阿蕁，見過老夫人。」

兩人齊齊叫了聲老夫人，清脆悅耳，老夫人一下就喜愛到了心坎裡，這謝家人真是會生，單看這兩個女兒，就知不是普通人家能嬌養出來的。

她坐回正位，替冷氏一一引薦在座幾人。亭子裡另外坐的幾位年輕婦人，有三名是高家的兒媳婦，另外兩人一位是巡撫夫人楊氏，另一位是謝立青手下一個官員的夫人方氏。

謝蓁跟謝蕁站在一邊看花，沒一會兒亭子前面冒出幾個小姑娘，為首的那個穿著百蝶穿花褙子和挑線裙子，約莫七、八歲，梳著繁瑣的髮髻，神采飛揚地跟身邊的小夥伴介紹什麼，眉宇上挑，頗帶著幾分驕傲和得意。

她遠遠便喚了一聲「祖母」，飛撲到老太太懷裡。老太太嘴上讓她小心點，心裡卻很受用，笑著問道：「潼潼帶妹妹們去哪兒玩了？」

這是高府的長孫女高潼潼，大房嫡出，後面兩個分別是二房、三房嫡出的女兒，還有一個方氏的女兒葉知盈。幾個女孩裡數高潼潼最年長，其他幾個都是四至六歲的模樣，葉知盈正好跟謝蓁一般高。

高潼潼指著前面的花園。「我帶她們去湖邊看了看，那裡有蓮花，開得可漂亮了。」

老太太不大贊同。「湖邊濕滑，日後不能再領著妹妹去了。」

高潼潼驕傲地說：「祖母忘了我會水呀，妹妹掉進去，我會把她們都救出來的！」

那也不行，眼看老太太要訓人，高府大太太立即將她領過去。「祖母說什麼就是什麼，不許頂嘴。」

高潼潼不大服氣，但嘴上還是說：「我知道了。」

大太太徐氏正好把謝蓁和謝蕁介紹給她。「這是謝夫人的女兒，她們都比妳小，今日就麻煩妳好好照顧她們了。」

兩個小傢伙聞言轉頭，竟是一個賽一個地漂亮。兩雙眼睛齊齊看著她，高潼潼好半晌才道：「那麼多人都要我看，我哪看得過來？」

她從小被人誇標緻，自己也覺得自己很好看，然而今日站在這兩個小姑娘面前，居然無端端生出幾分自卑感。尤其左邊那個額上點朱砂的，就像畫裡走出來的小狐狸精，她一看就不喜歡。

徐氏眼一瞪，她就改口道：「知道了知道了，我會好好看著她們的。」

開宴時間將近，接二連三地來了不少婦人，其中不乏有帶孩子來的。三三兩兩的孩子聚在一塊兒，一眼瞧去，便是亭子旁邊站著的兩個玉娃娃最惹眼，她們在的地方，瞬間就成了一幅畫卷。

謝蕁伸手去搆檯子上的秋菊，可惜長得太矮，半天了都沒搆到。

謝蓁實在看不過去，踮起腳尖便要幫她。正要摘到時，聽見後面有人小聲說：「李家夫人來了。」

宋姨？那小玉哥哥來了嗎？謝蓁轉頭看去，臉上滿是驚喜，可惜宋氏身邊空無一人，根本沒看到李裕的影子。謝蓁頓時失望地扁扁嘴，小玉哥哥那麼漂亮，她還想多看幾眼呢。

這些小姑娘之間都是互相認識的，猛地出現兩張生面孔，難免會好奇地不斷觀望。

謝蓁和謝蕁自幼習慣了這樣的注視，反而顯得很坦蕩，自顧自玩自己的，完全不受她們的影響。大部分小丫頭覺得她倆太漂亮，不敢靠近，唯有葉知盈受了母親指使，紅著臉跟她們打了聲招呼。

沒想到謝蓁很隨和。「我叫阿蓁，這是我妹妹阿蕁，妳叫什麼？」

葉知盈感動得不行，連忙把自己名字報上去，三個小姑娘這就算玩在一起了，其他人見狀羨慕不已，一個、兩個慢慢走過去，忙著介紹自己，不多時，就見以謝蓁、謝蕁為中心圍了一個大圈，連纏著高潼潼的兩個妹妹也都黏了過去。

高潼潼跺跺腳，嗔怒地看向人群最中間的謝蓁，誰知謝蓁剛好回頭看了她一眼，眼裡帶笑，天真爛漫，彷彿完全不知道她在氣什麼。高潼潼轉頭回到高老太太身邊，決定以後都不跟這些小混蛋們玩了。

很快到了開宴時間，謝蓁、謝蕁重新回到冷氏身邊。謝蕁手舞足蹈地跟她說：「阿娘阿娘，我認識了好多人。」

冷氏摸摸她的頭，笑著問：「都有哪些人？」

她低頭扳著手指頭一個一個地數。「嗯……嗯。」憋了半天，憋得小臉通紅。「我忘了……」

謝蓁在一旁噗哧一笑，覺得妹妹實在太可愛了，忍不住就想揉她的小包子臉。「妳能記住什麼？妳就記得吃。」

謝蕁不服氣地反問：「阿姊都記得嗎？」

她當然記得，謝蓁的記憶力一向好，當即就把剛剛幾個小姑娘的名字都說了出來，還包括她們父親的官職品階。聽得謝蕁一愣一愣，眼神從不服氣轉為崇拜，亮閃閃地看著她，就差沒撲上去說「阿姊好棒好棒」了。

冷氏一手抱住一個寶貝疙瘩，親親這個摸摸那個，愛不夠似的。

沒想到這一幕被高潼潼看去，站出來問：「記性這麼好，不如我考考妳如何？」

謝蓁正忙著在冷氏懷裡撒嬌呢，還以為她在跟別人說話，根本沒有搭理。

高潼潼臉色有點難看，又問了一遍。

徐氏沒有阻止她，看樣子很為這個女兒感到驕傲。要知道，高潼潼是青州小有名氣的才女，雖然才七、八歲，但已能讀書寫字作畫了，就連教書的老先生都誇她聰明。

謝蓁總算回頭看她。「妳考我什麼？」

高潼潼昂起頭，露出幾分得意。「《論語》妳知道吧？〈公冶長第五〉第十二句話是什麼？」

論語是像她這麼大的孩子才學的，謝蓁才五歲，肯定還沒學到，怎麼可能知道？在場的人都看出來了，高潼潼有心為難謝家的大女兒，但都不好幫忙說話。冷氏臉色稍變，正想給謝蓁解圍，沒想到謝蓁脆生生地問：「高姊姊為何問我這個，因為妳也是這種人嗎？」

高潼潼一愣。「什麼？」

謝蓁朗朗上口：「子貢曰：『我不欲人之加諸我也，吾亦欲無加諸人』。子曰：『賜也，非爾所及也。』」她眨了眨眼睛。「我背得對嗎？」

其實謝蓁真沒學過《論語》，就是有一次在謝立青的書房找小人書看的時候偶然翻到這一本。謝立青隨口給她講了幾句話，讓她引以為鑑，其中剛好有這段。

這句話的大致意思是，子貢說我不願意別人對我無理，我也不願意對別人無理，孔夫子就說，你還沒有做到這個地步。

高潼潼隨口一問，未料想卻被一個五歲的小姑娘反將一軍，登時氣得下不了台，臉紅脖子粗，許久才道：「背對了。」

徐氏笑僵了臉，稱讚道：「謝夫人的千金真是才思敏捷。」

冷氏回以淡淡一笑。

前院宴席已經佈置完畢，高府管事和高大人過來請老夫人去前院一坐，一干女眷呼啦啦全站起來，往前院走去。

謝蓁跟謝蕁跟在冷氏身旁，兩個小傢伙一人站一邊，在冷氏後面擠眉弄眼，就跟玩躲貓貓一樣。

氣氛很好，只有老太太身後的高潼潼臉色不怎麼好。大抵是屋漏偏逢連夜雨，後面她的兩個妹妹玩得沒了邊，你推我搡，一個腳步沒剎住，便把她撞了出去。

高潼潼踉蹌兩步，正好站在月洞門下，沒注意後面走來的人，直直撞了上去。

她站穩腳步後，對兩個妹妹怒目而視。「妳們怎麼走路的？」

兩個小姑娘畏畏縮縮地站好，自知有錯，不敢還嘴。

老太太身邊的婆子過來查看，見她沒有摔傷，才對後面的人道：「多謝公子。」

謝榮是來接母親和妹妹的，沒想到被人撞了個滿懷，搖搖頭道：「不必客氣。」聲音清潤好聽，透著一股貴雅。

高潼潼這才想起來還有一個人在，轉頭要向他道謝。「多謝……」話沒說完，被他整個人吸引了去。

別看謝榮才十歲，但身高比同齡人都高出一截，身形瘦長，如松如竹。尤其他五官長得好看，俊朗不凡，若是再長大一些，必定是姑娘們魂牽夢縈的對象。

高潼潼毫無預兆地紅了臉，把話說完。「多謝公子相助。」

謝榮正要說不客氣，那頭謝蓁便來到跟前，仰著脖子問：「哥哥怎麼來了？來找我和阿蓁嗎？」

謝榮俯身揉揉她的額頭。「阿爹說妳路上睡了一覺，怕妳著涼，便讓我給妳送件衣服。」

說著讓後面的隨從拿上一件櫻色蘇繡芙蓉的褙子，正是謝蓁最喜歡穿的那一件。

兄妹倆的對話讓高潼潼大吃一驚，不可思議地睜圓了眼睛，沒想到他竟然是謝蓁的哥哥。

這、這謝蓁的命怎麼這麼好……長得漂亮就算了，連哥哥都比別人出色。

她更加生氣，可是目光卻不由自主地落在謝榮身上。看到祖母和母親向他道謝，她不禁多想，他剛才救了她，她在他心裡會不會特殊一些？

宴席擺了足足七十桌，正好與老太太的高齡相對應。

這麼大的場面，如果不是院子夠大還真是撐不起來。高府在青州算是有頭有臉的人家，這回老太太過壽，不僅請了青州上下官員豪商，還另外擺了十七桌款待附近的百姓。可謂是與民同樂，福壽延年。

冷氏帶著兩個女兒跟高老太太坐一桌，因為剛才在亭子裡認識了幾人，這會兒倒也不致形單影隻。而且宋氏就坐在她左手邊，兩人互相有個照應，偶爾說說話，場面很是融洽。

謝蓁從冷氏後面鑽出來，露出一雙水汪汪的眼睛。「宋姨，小玉哥哥沒來嗎？」

她到這會兒還想著李裕。

宋氏摸摸她的頭。「裕兒來了，這會兒應該跟高洵在一起。怎麼，羔羔想他了？」

高洵是高府的三公子，是二房趙氏所生，今年七歲。李家常來高府走動，高洵跟李裕年齡相近，兩個人關係不錯。

饒是謝蓁這麼小，也看出一點端倪了，她懵懵懂懂地問：「小玉哥哥為什麼總躲我，他是不是討厭我？」

宋氏連聲說沒有，這麼漂亮的孩子誰捨得討厭？「裕兒只是跟妳還不熟悉，怎麼會討厭妳呢。」

謝蓁被安慰了，心情很快好起來，問過的話轉眼就忘。

她在席上挾菜給謝蕁，謝蕁用筷子不熟練，嘴巴又貪吃，沒有她照顧根本吃不好。結果一頓飯下來，她自己沒吃多少，謝蕁倒是吃得飽飽的。

冷氏拿絲絹給謝蕁擦擦嘴巴。「下回不許麻煩姊姊了，阿姊也是要吃飯的。」

謝蕁睜大眼睛似懂非懂地哦一聲，小傢伙拽住謝蓁的手，愧疚地把她往一邊拉。「阿娘，我要帶阿姊去個地方。」

宴席未散，冷氏還要留下來陪高老太太說話，她不放心，便讓雙魚、雙雁兩個丫鬟看住她們。「別走遠了，一會兒記得回來。」

她高高地應了一聲，帶著謝蓁一溜煙跑遠了。

走過一條小徑，停在月洞門前，謝蓁不解地問：「妳要帶我去哪兒？」

謝蕁小妹妹昂起頭，頗為自豪。「阿姊沒有吃飽，我要帶妳去找好吃的！」

剛才去前院的路上，她聞到了香味，而且看到丫鬟一個個端著菜從那裡走出來，她料定那裡就是廚房，循著走過去一定能找到好吃的。

謝蓁被她拉著走。「阿娘知道了會生氣的。」

謝蕁果然停了一下，旋即為了姊姊豁出去了。「我們不說，阿娘就不會知道了！」

後面的雙魚、雙雁默默無言，她們要不要裝作什麼都沒聽到……

走了一會兒，到底高估了謝蕁帶路的本領，兩個小粉團子到處亂轉，一刻鐘後已經完全不知自己身在何方了。

謝蕁哭喪著臉。「明明香味還在呢！」

謝蓁怕她真哭了，安慰道：「我們可以問路啊，雙魚、雙雁也在呢，一定能找到的。」

話音剛落，便聽到後面一聲質問。「妳們是誰？」

謝蓁轉過頭去，只見身後假山旁站著一個穿湖藍錦袍的小少年，原本模樣很嚴肅，她剛回頭，他就愣住了。小少年高洵霎時忘了生氣，直直望著她。

謝蓁眼睛一亮，看到他身邊站著的李裕，歡喜地叫道：「小玉哥哥！」

李裕小臉繃得結結實實，把頭一扭。

高洵和李裕提前給高老太太賀了壽，是以這會兒沒去前院，反而在後院閒逛。他們原本是要去書房的，走到一半看到前面有兩個女娃娃，無頭蒼蠅似的亂轉。高洵上前厲聲詢問了一句，沒想到竟是如此粉妝玉琢的人兒。她一回頭，他便感覺整個府裡都亮堂了。

他忽然想起神話書上描寫的小仙女，大概也跟她一樣，生得這般美好精緻吧？

高洵還在出神，便見小仙女噔噔噔從對面跑來，笑意盎然，嬌憨可愛。他以為她要跟自己說話，緊張地咳嗽了一聲，準備好要接她的話。沒想到她卻直朝他身邊的李裕而去，聲音綿軟悅耳。「原來小玉哥哥在這裡，我找你好久了！」

他偏頭，見李裕下意識後退半步。

李裕嚥了口唾沫，乾巴巴地問：「妳找我做什麼？」

李小少爺心情很不妙，因為他躲來躲去躲不過，最終還是被她找到了。這臭丫頭怎麼這麼難纏？哪兒都有她。

說起這個謝蓁就鬱悶，她語氣嗔怪。「小玉哥哥每次都不來我家，宋姨說你身體不好，我就沒去打擾你。上回我給你唱歌你生氣了，雙魚說因為你不喜歡聽歌。其實我還會吹笛子，你喜歡聽笛子嗎？」

李裕根本不是因為這個生氣，他想起自己當時狼狽的模樣，好不容易養得紅潤的小臉又白了。「我不想聽。」

謝蓁失望地扁扁嘴。「你怎麼這也不想聽、那也不想聽，那你到底喜歡聽什麼？」

她上回誤會了他的性別，真心誠意想跟他道歉，可是他卻總不領情。謝蓁噘起嘴，她從小被爹娘捧在手心裡長大，又因為相貌標緻受到許多關注，何時被人這麼忽視過？

李裕說謊。「我什麼都不喜歡。」

怎麼有人什麼都不喜歡？那不是什麼樂趣都沒有了！謝蓁不信。「要不我教你吹笛子吧，可好學了，你一定會喜歡上的。」

李裕弄巧成拙，搖頭拒絕。「不用……」

兩人顧著說話，完全把其他人當成擺設。高洵被晾在一邊，表情有些尷尬，他想跟謝蓁搭話，卻總找不到合適的機會。如果不是謝蕁走上來，他估計再站一會兒謝蓁也發現不了他。

謝蕁扯扯她的袖子。「阿姊，咱們不去廚房了嗎？」

謝蓁這才想起來還有正事，不再纏著李裕，改口詢問：「小玉哥哥知道廚房在哪兒嗎？」

李裕不說話，一旁的高洵順勢問：「妳們找廚房做什麼？」

謝蓁總算把視線移到他身上，歪著腦袋一臉疑惑。「你是誰？」

小仙女終於看他了，高洵激動得心口怦怦亂跳，面上卻強裝鎮定。「這裡是我家，我叫高洵。」

哦哦，謝蓁點點頭，笑容燦爛。「我叫阿蓁。」

高洵看癡了，歡喜連連地唸了好幾聲阿蓁，大抵是模樣太傻，引來李裕奇怪的一眼。

得知事情緣由，高洵沒說二話，當即吩咐下人去廚房拿幾樣菜餚點心擺進他的書房。

他是二房嫡出長子，深得高老太太喜愛，連書房都是獨立的一間。書房外面有一張矮榻，地上鋪著氍毹，可以席地而坐。目下榻邊圍坐著四個小人，高洵是主人，理當坐在上位，左右手邊分別是李裕和謝蓁，謝蕁則坐在謝蓁旁邊。

這樣一來，謝蓁和李裕不可避免地面對面而坐，謝蓁朝他眨眨眼，他立即別開頭去。

桌上飯菜大部分跟宴席上一樣，謝蕁吃飽了，這回謹記阿娘的話，不斷地給謝蓁挾菜。

「姊姊吃飽飽。」謝蕁剛學會拿筷子，大部分時間都拿不穩，好幾次都撒在了桌子上，她顯得很沮喪。「為什麼筷子不聽我的話？」

謝蓁把自己的筷子遞過去。「我的筷子聽話，妳用我的。」

姊妹倆當真交換了，也不知是不是心理作用，謝蕁果真用得順手很多，挾菜時再沒出現過失誤。

高洵看得目瞪口呆，心想難道她真是小仙女不成，還會仙術？

他跟李裕也沒用午飯，原本打算去書房拿了書再回去吃，誰知路上遇到她們兩人，索性就一起在書房吃了。

謝蓁原本就有六、七分飽，沒吃幾口就放下筷子。「我要帶阿蕁回去了，阿娘看不到我們會著急的。」說著跟高洵道了聲謝，牽起謝蕁就準備走。

高洵連忙站起來，紅著臉依依不捨地道：「我，我可以送妳們回去……妳們方才不是迷路了嗎？」

這倒也是，謝蓁回想剛才的光景，感激地點了點頭。

高洵要送她們，李裕當然不能自己坐下來吃飯，他只得跟上去，慢吞吞地走在幾人後面。偏偏謝蓁認定了他，時不時回頭跟他說兩句話，讓高洵好不羨慕，這就算了，李裕還愛答不理的，簡直太過分了。

高洵為了吸引謝蓁的注意，拿出看家本領，講自己聽過的故事趣聞，想盡法子逗謝蓁開心。可惜謝蓁生在京城，什麼東西沒見過?什麼故事沒聽過?很快就不耐煩了。「你說的這些我都聽過了，有沒有沒聽過的呀？」

高洵很受傷，咬咬牙講了一樁自己小時候的糗事。這件糗事的大致內容就是，他被一隻大狼狗追了半條街，然後嚇得尿褲子了。

謝蓁很給面子地捧腹大笑，一雙明亮的眼睛彎成月牙兒，笑聲如鈴，清脆好聽。她笑夠了，才好奇地問：「你這麼大了還尿褲子啊？」

高洵摸了摸鼻子。「我當時才四歲……」

她說：「那也不小了，阿蕁都不尿褲子了！」

後面的李裕頓時臉就黑了，強忍著才沒有扭頭就走。

回到前院，宴席已經快散了，冷氏和宋氏還留在原地，估計在等各自的孩子回來。

謝蓁和謝蕁一擁而上，一人抱住她一條腿。「阿娘我們回來了！」

冷氏鬆一口氣，摸摸兩人的腦袋，抬頭看向雙魚、雙雁。「究竟去哪兒了，怎麼花了這麼長時間？」

雙魚、雙雁便把兩人迷路的事說了一遍，還包括路上遇見高洵和李裕，順道跟他們一起吃了一頓飯。那邊宋氏已經把李裕接了過去，見他臉色難看，關切地問他怎麼了，李裕打死不說。

冷氏向高洵道謝，高洵小大人一樣搖搖頭。「來者是客，阿蓁、阿蕁到我家來，我自然要好好招待她們。」

冷氏對他頗有好感，忍不住跟他多說了兩句話。

說實在的，高洵這種孩子最容易討大人喜歡，嘴甜又懂事，還彬彬有禮。就連冷氏都對他讚不絕口，可以想見其他長輩有多待見他了。

壽宴散去，賓客走了一大半。那邊謝立青安頓好了馬車，也命僕從過來接她們母女三人。

謝家和李家離得近，兩個父親商量了一下，決定正好兩家一起回去。

臨走時，高洵把李裕叫到一邊，兩人嘰哩咕嚕不知道說了什麼，回來後李裕面不改色地走在宋氏身後，準備坐上自家的馬車。然而他還沒走上去，宋氏便問：「裕兒，你去哪兒呢？」

李裕不解。「這不是我們家的馬車？」

這確實是他們家的馬車沒錯，不過眼下宋氏卻不打算坐這輛，而是乘坐謝家的馬車。她跟冷氏還有話要說，正好謝家的馬車寬敞，足足能容納他們兩家母子。宋氏不想留下李裕一人，便把他也叫了過去。

李裕千百個不願意，指了指自家的馬車。「阿娘過去吧，我坐這輛就行了。」

宋氏道：「這輛車留給丫鬟了。」

他不死心，說要跟李息清一起騎馬，誰知道他爹和謝立青早就騎馬走遠了。李裕沒有辦法，只得坐上謝家的馬車。車廂內，謝蓁和謝蕁早已乖乖坐好，兩人都有些累了，謝蕁窩在冷氏懷裡昏昏欲睡，謝蓁則蜷縮成一團，小羊羔一樣倒在緞面妝花迎枕上，閉著眼睛睡覺。大約是聽到動靜，謝蓁揉揉眼睛，嘟囔地喊了聲「小玉哥哥」，倒頭又繼續睡了。

這一路她都沒有纏著他，靜靜地躺著睡覺。

宋氏和冷氏無非談論些婦人家熱衷的話題，孩子、首飾和今天的所見所聞，李裕聽得沒意思，轉頭正好看到謝蓁恬靜的睡顏。

她睡著的時候比醒著可愛多了，高洵說她是小仙女，他怎麼一點也沒覺得？除了臉白一點、長得好看一點，她跟仙女可一點也不沾邊。看著看著，李裕發現她還真的挺白……他忽然想起昨天吃的小蔥豆腐，也不知道她的臉有沒有豆腐那麼嫩？他忍不住就想戳一戳，手剛抬到一半，他猛地放了下來。

瘋了不成？萬一她醒了怎麼辦！李裕暗嘆還好沒有衝動，就這麼一路時不時看向她的臉，很快回到謝府和李府的門口。

下馬車時，宋氏湊到他耳邊小聲問：「裕兒，你怎麼一直看著羔羔？」

李裕義正詞嚴地說：「馬車太小了，我不是故意看的。」

宋氏好笑地敲了敲他的腦門，明明是偷看人家，還死鴨子嘴硬。

一到家門口，謝蓁就被叫醒了，迷迷糊糊地跟著冷氏走下馬車，一眼就看到對面的李裕，立刻清醒過來，笑著跟他打了聲招呼。

李裕沒回應，倒是宋氏熱情地邀請她。「羔羔以後常來我們家玩。」

她嗯嗯點頭。「好！」

說完跟在冷氏身後，沒走兩步，回頭看了一眼。見李裕還在，笑咪咪地朝他吐了吐舌頭。

李裕拉下臉，轉頭就走。

轉眼快到中秋，天氣一天比一天冷。

前幾天高府的人遞來拜帖，要來謝府回訪。目下人已經來了，冷氏正在堂屋招待他們。因為他們來得早，謝蓁和謝蕁還在睡覺，冷氏便沒有叫醒她倆。

謝蓁醒後，屋裡只剩下她一個人，她找了一圈沒找到謝蕁，經過丫鬟提點才知道她在冷氏的正房裡。

「阿蕁，妳在幹麼？」她從門口跑進來，一臉狐疑。

謝蕁正站在繡墩上，對著鏡裡的小不點搖頭晃腦。「阿姊快看，我這樣美不美？」

謝蓁走近一瞧，才發現她頭上戴著冷氏的一支玉蟬金雀簪，她強忍著笑意左看右看。謝蕁自己突發奇想綰了一個螺髻，髻上別著髮簪，一張小臉稚嫩得很，卻還要裝成大人的模樣，真是又滑稽又可愛。每個小姑娘心裡都有一個少女夢，小小謝蕁也不例外。

謝蓁認真地點評。「美是美，就是好像缺點什麼。」

謝蕁從椅子上爬下來，一搖一擺來到謝蓁跟前，眼巴巴地瞅著她，連連問道：「缺什麼？」

謝蓁靈光一閃，指著梳妝檯上的妝奩。「阿娘每次都會塗點胭脂蜜粉，要不妳也試試？」

謝蕁拍手說：「好好好。」

靜了一下，兩個小傢伙賊頭賊腦地往外看一眼，腦袋頂在一塊兒。謝蓁說：「阿娘正在前院，不能讓她知道。」

謝蕁點頭不迭，捂住嘴巴。「我們誰都不許說。」

兩個小不點達成共識，圍著冷氏的妝奩開始行動起來。內室的動靜怎麼都瞞不住外面的丫鬟，也就她們倆天真，居然以為真的沒人知道她們在幹什麼好事。雙魚、雙雁無奈地對視一眼，只能盼著冷氏早點回來了。

謝蓁打開蓮花瓣紫漆盒子，裡面是紅豔豔的玉肌胭脂，她剜了一塊塗在謝蕁臉上。「不要動哦。」

謝蕁乖乖地不動，等胭脂塗完以後，謝蓁打開另一個盒子，裡面是研磨好的細細的粉，想起阿娘每次塗後臉都會更白，便也沾了滿手給妹妹臉上抹勻。接下來是畫眉、口脂……大功告成後，謝蓁拍拍手。「好了！」

謝蕁迫不及待地扭頭看鏡子，忽然被鏡子裡的小怪物嚇到了，哇地一聲放聲大哭。

「醜！」

她姊妹倆繼承了冷氏的膚色，原本就白，如今謝蕁被謝蓁抹了一臉玉簪粉，更加白得跟紙一樣，尤其雙頰還頂著兩團紅彤彤的腮紅，眉毛粗黑、小嘴血紅，活脫脫像從話本裡走出來的小女鬼。難怪謝蕁哭得這麼傷心，她怕被姊姊打扮成這樣，以後再也變不回來了。

謝蓁也覺得不大好看，愧疚地對妹妹說：「要不妳也給我化一化？」

謝蕁嗚嗚哇哇地從繡墩上跳下來，說什麼也不肯。「萬一阿姊變得跟我一樣醜怎麼辦……」說完哭得更傷心了。

謝蓁連忙哄她。「阿蕁不醜，阿蕁最漂亮的！沒有人比阿蕁更漂亮了！」

外面的丫鬟聽到動靜，趕忙跑到內室察看。雙魚一看到謝蕁亂七八糟的小臉，忍不住噗哧一笑。「姑娘們這是怎麼了？」

謝蕁抽抽搭搭。「雙魚姊姊笑了，阿姊一定在騙我……」

謝蓁忙把她們兩個推出去，自己惹出來的事就要自己解決。「沒事沒事，我有話要跟阿蕁說，妳們快出去……」

「可是……」兩人話沒說完，就被謝蓁推到門口。她們兩個不敢反抗，怕不小心弄傷這位嬌滴滴的小祖宗，站在門外，眼睜睜地看著門在她們面前闔上。

門內，謝蓁跑回內室。「阿蕁，阿蕁？」

謝蕁此時正站在木架前，呆若木雞地盯著地板。

她原本是想洗臉的，可是銅盂太高了，她怎麼拚命都搆不到，最後腦袋不小心撞到木架上，把頭上的玉蟬金雀簪給碰掉了，玉簪掉在地上，斷成兩截。

謝蓁來到跟前，循著她的視線往下看，頓時一驚，張圓了小嘴。

謝蕁害怕得忘了哭，扭頭不知所措地看著她。「阿姊，怎麼辦……我把簪子弄斷了……」

這是阿娘最喜歡的一支簪子，阿娘知道一定會罵她的！她一想到阿娘板著臉訓人的場景，就害怕得縮了縮脖子，大顆眼淚啪嗒啪嗒地往外滾。擱在平常她這麼哭，必定楚楚可憐、惹人憐愛，可是現在她化著奇怪的妝，淚水糊了胭脂，看著既狼狽又可笑。

謝蓁比她大，很快冷靜下來，去一旁搬來繡墩，站在繡墩上拿起木架上的巾子，蘸了蘸水給她洗臉。「別怕，讓我來想辦法。」

說著彎腰一點點把她的臉擦乾淨，謝蕁這回不敢再動了，老老實實地站著，大眼睛一眨不眨地看著她，滿懷期待。

謝蓁給她洗完臉，拾起地上斷成兩截的玉簪，放在腿上琢磨了好一陣子。

怎麼辦，怎麼辦？阿娘就快回來了，若是回來後看到這一幕，一定會很生氣。

不如乾脆扔了？阿娘找不到，時間久了說不定就忘了。可是萬一阿娘發現了呢……她到底不敢扔。

畢竟謝蓁只是個五歲的小孩，在小孩子眼裡，父母的東西是十分神聖的。

正在她苦惱的時候，屋外雙魚喚道：「大姑娘、二姑娘，夫人叫妳們到前院去見客人。」說著就要推門而入。

謝蕁著急得團團轉。「阿姊怎麼辦？阿娘會不會打我？」

情急之下，謝蓁把兩截玉簪用絹帕裹住，揣進懷裡，悄悄帶出正房，她說：「不會，有我呢！」

門被反鎖，雙魚、雙雁從外面進不來，可算是把兩位小祖宗等出來了，紛紛鬆了一口氣。雖然好奇她們在屋裡做什麼，但現在不是多問的時候，連忙把她倆請去了正堂。

正堂裡除了高老太太和幾位夫人外，還有高洵和高潼潼等幾個孩子。

高潼潼是特意打扮過的，衣服嶄新、顏色鮮亮，臉上甚至抹了一層薄薄的粉。她才八歲，這樣美雖美，但總透著一股不符合她年齡的老成。她梳著垂鬟分髾髻，頭上戴一支碧玉金蟬髮簪，跟冷氏的那支有幾分相像。

謝蓁和謝蕁一進門，就看到她頭上的簪子了。

冷氏讓她倆分別叫了人，對她們道：「阿蓁、阿蕁，妳們帶哥哥姊姊去後院玩吧。」

謝蓁聽話地點頭，領著幾個孩子一起往外走。走在廊下，謝蕁時不時就扭頭看高潼潼頭上的髮簪，小臉上寫滿了好奇。高潼潼以為她是因為自己今天的打扮好看才總是偷偷看自己，不禁把頭昂得更高了。

謝蓁也想看，但是她被高洵纏住不停地說話，根本沒工夫抽身。

高洵再次見到她顯得很高興。「阿蓁，妳要帶我們去哪兒？」

謝蓁指向前方。「那裡有一個院子，裡面有湖有秋千，還有我和阿蕁養的大千歲、小千歲，我帶你們去看看。」

那個院子叫春花塢，是謝立青特地給兩個女兒準備的。那裡就是她們倆的小花園，她們想怎麼佈置就怎麼佈置，他跟冷氏都不會管。謝蓁把幾個孩子領過去，院子裡有一窪池塘，池塘裡養著十幾條鯉魚，還有一大一小兩隻烏龜，就是她口中的大千歲和小千歲。

池塘上架著一座拱橋，橋的那頭連接著一處假山，假山底下種滿了花花草草，是謝蓁和謝蕁的傑作。然而現在是秋天，大部分花都凋了，只剩下零零星星幾朵秋菊還在綻放。

院子另一邊是兩架秋千，一個是謝蓁的，一個是謝蕁的，並排放置。平時兩個小傢伙就在這兒盪秋千，比誰盪得更高，笑聲能傳出好遠。

高家二房、三房那兩個比較小的孩子歡呼著衝了過去，一人搶了一座秋千搖搖晃晃地盪起來。謝蓁心裡裝著事，也就沒有阻止，擱在平時，她可是誰都不讓碰的。

她和高洵蹲在池塘邊，琢磨了一下。「你知道……」

她吞吞吐吐，顯得很不好意思，高洵以為她要說什麼呢，緊張了好半天，誰知道她卻是問：「你知道高瀧瀧頭上的髮簪在哪兒買的嗎？」

高洵啊一聲。「妳喜歡那個？」

並不是謝蓁喜歡，而是如果知道哪兒賣的話，她可以去買一支一模一樣的回來，放在阿娘的妝奩裡，阿娘肯定不會發現。但是她不能說實話，只能沈重地點點頭。「我覺得挺好看的。」

高洵覺得自己的機會來了，連忙在小仙女面前表態。「那支簪子是阿姊八歲生辰時我送的，我當然知道在哪兒買。妳若是喜歡，我明天就去給妳買一根！」

謝蓁眼睛都亮了，黢黑眸子熠熠生輝。「真的嗎？你能帶我去嗎？我想自己去看看！」

高洵眼睛比她更亮。「自然能！」

她總算解決了心頭一樁大事，笑容燦燦，真心誠意地說：「謝謝你，你真是個大好人！」

高洵心花怒放，覺得她耀眼得讓他有點頭暈。可是他忘了，明天是中秋，他早就約好要跟李裕一起出門的……算了算了，大不了把他也一塊兒帶上吧。

另一邊謝蕁還在不屈不撓地纏著高潼潼，高潼潼有點不耐煩。「妳老跟著我做什麼？」

謝蕁比她矮了一個頭，仰頭盯著她的髮簪，亦步亦趨地跟著她。「妳……妳能不能讓我看看妳的簪子……」

謝蕁越看越覺得跟阿娘的簪子很像，不知道她能不能送給她？如果把這個放進阿娘妝奩裡，阿娘會發現嗎？

高潼潼對這個院子根本沒興趣，她打扮得這麼好看，只是想見見謝榮罷了……可是轉了好大一圈都沒見到他，失望之餘不免有些煩躁，不悅地說：「不能，妳別跟著我了。」

謝蕁邁開小短腿跟著她跑，好商好量的口氣。「我就看一眼……只看一眼！」說著還豎起一根肉乎乎的手指頭，表示真的是一眼。

高潼潼完全沒有被她打動，驕傲地說：「一眼也不行，我很喜歡這根簪子，萬一妳弄壞了呢？」

「不會！」謝蕁連忙保證，再次纏上去，伸手抓住她的袖子，軟綿綿地懇求。「高姊姊……」

這是高潼潼新做的衣裳，哪捨得讓她抓？當即就有點惱，抬手推開她。「我說了不行就是不行！」

謝蕁身形不穩，被她推得倒退了好幾步，眼看著就要撞到身後的假山，假山嶙峋，如果真撞上去，難保不會流血受傷。遠處謝蓁見狀，驚恐地往這邊跑來。「阿蕁！」

在她趕來之前，謝蕁已跌入一個熟悉的懷抱，抬頭一看，正是哥哥謝榮。

謝蕁有點委屈，扁扁嘴就要哭。「哥哥……」

謝榮緊緊地摟住她，揉了揉她的腦袋，抬頭看向對面的高潼潼。他神情嚴肅，眉峰低壓，小小年紀就有別樣的威嚴，不必說話，便讓人覺得壓抑。

很快，謝蓁從遠處跑來，把謝蕁上上下下都看了一遍。還好妹妹沒有受傷，就是哭得有點厲害，她扭頭，圓溜溜的杏仁眼瞪向高潼潼，很是憤怒。

高潼潼心虛地看了看她，再看看謝榮，連手都不知道該往哪裡放。「我不是、不是故意的……」

謝榮面無表情地問：「不知道阿蕁做錯了什麼，讓高姑娘對她如此動怒？」

如果不是他剛好趕來，謝蕁恐怕已經撞到假山上了。她才三歲，若是出了什麼好歹，他怎麼跟爹娘交代？

高潼潼好不容易見到他，沒想到卻是以這種方式。

八歲的小姑娘，已經知道得不少了。她開始後悔，早知道剛才應該對謝蕁客氣一點……怕自己在他眼裡的形象一落千丈，她試圖辯解。「她想看我頭上的簪子，但這是阿洵送我的生辰禮物，我怕她弄壞，所以沒讓她看……後來她要搶，我才不小心推她的……」

謝蕁雖然在哭，但耳朵還是很靈敏的，聽到這句話立刻著急地抬頭。「哥哥我沒有搶，我沒有……」

謝榮收回視線，用手擦掉她臉上的淚花。「妳想要她的簪子？」

謝蕁臉上掛著眼淚鼻涕，委屈地點了點頭。

謝榮沒有一點責怪她的意思，摸摸她的花苞頭。「這有什麼？明日哥哥上街給妳買一支更好看的。阿蕁這麼漂亮，應當襯更漂亮的簪子。」

言下之意，就是高潼潼那支不夠好看。

高潼潼臊得滿臉通紅，他的話比直接羞辱她還難受。她頓覺無地自容，虧她來之前還精心打扮了一番，可是他連看都沒多看一眼。

把謝蕁哄住之後，謝榮再次看向她，恢復清冷的表情。「這是謝府，是阿蕁的家，高姑娘既然來府上作客，便應懂得作客的禮數。妳若是不懂，以後大可不必再來。」

別看謝榮雖小，可是極其護短的。他的兩個妹妹最是寶貝，誰若不長眼地欺負她們，他必不會客氣。

目下高潼潼就是個例子，她是被家裡寵壞的小姑娘，何曾被人當面數落過？當即受不住了，惱羞成怒地拋下一句。「有什麼好稀罕的，不來就不來了！」說罷悶頭跑出春花塢。

遠處盪秋千的兩個小孩見姊姊跑了，也沒想那麼多，兀自玩得歡樂。

高洵目睹了全過程，替自家姊姊道歉。「對不起，我回去會告訴伯父伯母，讓他們說說阿姊的。」

謝榮沒說什麼，抱起謝蕁往外走，轉身的時候對謝蓁說：「我先帶阿蕁回去，羔羔，妳也小心點，別弄傷自己。」

謝蓁點點頭，目送哥哥和妹妹遠去。

經歷方才那一齣，謝蓁和高洵都沒有了玩樂的心情，兩人坐在池塘邊都有些悶悶不樂。

謝蓁伸手戳了戳大千歲的頭，大千歲立即縮回龜殼裡。

高洵問她。「阿蕁為何非要看我阿姊頭上的簪子？」

謝蓁僵了下，做賊一樣四下看了看，見沒有別人，才小聲地說：「我告訴你，你不可以告訴別人。」

難道是要分享秘密？高洵受寵若驚。「當然！」

於是謝蓁趴在他耳朵上，嘰哩咕嚕把事情緣由說了一遍，說完愧疚地耷拉下腦袋。「所以我才想給阿娘重新買一根。」

高洵露出恍然大悟的表情，難怪姊妹倆對高潼潼的簪子這麼上心，原來是因為這個……

他拍拍胸脯，小男子漢一樣。「妳放心，我一定給妳找到根一模一樣的！」

謝蓁一喜，總算露出笑容，笑得高洵整個人輕飄飄的。

送走高家一行人，冷氏回到正房，一眼就看出自己的妝奩被人動過了。叫來雙魚、雙雁詢問，才知是謝蓁和謝蕁搞的鬼。她本想把兩人叫來問問怎麼回事，但是兩個小傢伙都一副神神秘秘的模樣，生怕別人不知道她們心虛，滿臉都寫著「我做了壞事」。

看著面前忸怩的兩人，冷氏心中有了主意，換成另一種態度。「聽說今天阿蕁受委屈了？」

謝蕁乘機到她跟前訴苦。「阿娘，高姊姊推我……」

冷氏摸摸她的頭。「她為什麼推妳？」

她嚶嚀：「因為我想看她的簪子……」

冷氏把她抱到腿上，語重心長地教育。「以後妳們想要什麼，阿娘會買給妳們，用不著羨慕別人，知道嗎？也不能亂拿別人的東西，今日一事就算是個教訓，以後切記不可如此了。」

兩個小傢伙聽話地點了點頭。

冷氏是富養閨女的典範，在吃穿用度方面從來不會委屈了兩個女兒。原本家境就不錯，再加上冷氏的嬌生慣養，不難想像養出來是怎樣嬌滴滴的小姑娘。

嘴上雖然教育她們，但冷氏心裡卻是另一番主意，高家的大女兒不是好相與的，日後應當讓女兒少跟她接觸才是。

謝蓁見阿娘沒有生氣，好像沒發現她們打碎了她的髮簪，磨蹭了一會兒才開口。「阿娘，我明天想跟高洵一起上街，可以嗎？」

冷氏想都沒想。「不可以。」

她失望地啊一聲，上前抱住冷氏的腿，仰起皎白的臉龐。「為什麼不可以？為什麼，為什麼？」這是撒起潑來了。

冷氏捏捏她的鼻頭。「明天是中秋，妳當然得留在家裡過。」

中秋是團圓日，就應該一家人坐在一起吃飯賞月，出去逛什麼街？冷氏很不贊同。

謝蓁跟高洵約好了，豈能在這裡落敗，擠了擠終於擠出眼裡的淚花，使出渾身解數撒嬌賣萌。「我就出去一會兒，晚飯前一定會回來……阿娘就讓我出去吧，讓我出去好不好？我保證以後都乖乖的！」

冷氏差點招架不住，末了一狠心還是拒絕了。

就在謝蓁走投無路時，謝立青回來說明天要帶謝榮一起上街，天快入冬了，正好給孩子們裁些布料做冬衣。謝蓁有如看到一線生機，纏著謝立青說她也要去。

謝立青心腸軟，沒堅持多久就答應了。謝蓁歡喜地在他腿邊繞圈圈。「爹爹真好，爹爹比阿娘好！」

冷氏一臉無奈。

第三章

中秋這天，謝蓁起了個大早。

昨天夜裡剛下過雨，天氣比往常都涼，她便給自己找了件繡綾衫換上，繫一條湖綠夾紗裙。雙魚伺候她梳洗完畢後，她一路蹦蹦跳跳地來到堂屋，尚未走近，便聽到裡面傳來高洵的聲音。

原來高洵比她起得更早，他一直記掛著昨天他們的約定，天未亮就跑到謝府來了。

「我帶了七、八名侍從，一定能保護好阿蓁的。」他向謝立青和謝榮表態。

謝榮毫不猶豫地拒絕。「不行。」就算帶再多人，他也只是個孩子，萬一真出了什麼事哪能保護妹妹？

高洵說服不了謝榮，轉而看向謝立青。「謝伯父，你相信我……」

謝立青咳嗽一聲，他跟兒子一個意思，也是不大贊同。「正好我們也要出去，你若是不介意，不如跟我們一塊兒走？」

高洵很失落，還以為今天能跟謝蓁單獨相處的，有一個李裕就算了，難道還要多謝蓁的父親和哥哥嗎？他糾結了一會兒。「伯父要去哪裡？我到時候去找你們，我答應了阿蓁，要給她買簪子的。」

謝立青便把今日的行程大概跟他說了一遍，他這才離開。

謝蓁看著他離去的背影，進屋問道：「爹爹，高洵為什麼走了？」

謝立青笑呵呵地把她抱起來。「高小公子想帶妳出門，被爹爹拒絕了。他說要帶妳去買簪子，羔羔，妳想要什麼簪子？」

這個高洵，怎麼什麼都說了！謝蓁一邊生氣，一邊怕被發現端倪，便撒謊道：「阿蕁喜歡高潼潼頭上的髮簪，我就想買來送給妹妹。」

這個謊撒得好，謝立青果真沒有追問，領著她和謝榮走出家門。

高家的馬車停在李府門口，高洵眼睜睜看著謝蓁和父兄一起走遠，她還朝他揮揮手。高洵踢了踢腳下的土，心想李裕怎還不出來……他再不出來，他就跟著阿蓁一起走了！

中秋佳節，街上比往常都要熱鬧。熙來攘往，吆喝連連，琳瑯滿目的商鋪看得人目不暇接。謝蓁跟著父親來到布坊，還幫忙挑了好幾疋阿娘喜歡的料子，她給自己和妹妹也各挑了兩疋。別看她年紀小，審美眼光卻是很獨到的，挑的花色就連布坊掌櫃都讚不絕口。

謝立青又帶她和謝榮去書鋪買了幾本書，不知不覺逛了一個時辰。

三人在一處茶樓歇腳，高家的僕從過來傳話。「大人，我家公子已經在樓下等著了，能否請大姑娘下去一趟？」

謝立青到底不放心，但又不好屢屢拒絕，怕傷了小孩子的心，於是抱起謝蓁道：「我下去看看。」

樓下，高洵讓車夫把馬車停在路邊。車廂裡，李裕不大理解。「為何要停在這裡？」

高洵神神秘秘地說：「等人。」

李裕本不以為意，掀起窗簾往外看去，正好看到謝立青抱著謝蓁下樓。陽光柔和，照在謝蓁玉潤冰清的小臉上，她臉上掛著笑意，看起來又可惡又可愛。

怎麼是這個臭丫頭？李裕登時放下簾子，看向高洵。「你要等的是她？」

高洵還不知他不待見謝蓁，歡喜地點了一下頭。「我昨天才跟阿蓁約好的，忘了告訴你，你不會介意吧？」

怎麼會不介意！他介意極了！李裕臭著一張臉，起身就要往外走。「你們玩吧，我要回家。」

可惜還沒走兩步，就被高洵從後面拽住。「哎哎，你怎麼就回去了？我答應了伯父伯母今兒個要照顧好你，萬一你出事了怎麼辦？」

擱在以往，李裕的父母是絕對不會同意他跟高洵一塊兒出門的，兩個都是小屁孩，若是出了事怎麼對付？不過今天是中秋，再加上高洵帶了好幾名侍從，他們才勉強點頭。

現在馬車只有一輛，他怎麼回去？半路上不怕被人牙子拐走了？李裕被他死死拖住，想走也走不了，半個身子探出布簾外，正好被剛出茶肆的謝蓁看到。

謝蓁在謝立青懷裡，一張標緻可愛的臉龐引來不少注視，每個從她身邊走過的人都忍不住多看她兩眼。街上小孩子不少，但都沒有她惹眼，她往人堆裡一站就像會發光的粉白玉人兒。

謝蓁杏眼明亮，往那邊一指，謝立青立刻抱著她走過去，隔著老遠就能聽到她綿軟驚喜的聲音。「小玉哥哥，你怎麼在這裡？」

李裕被高洵壓得說不出話，一張精緻小臉脹得通紅。

高洵很快從他身上爬起來，拍拍衣服叫了聲伯父，然後才道：「阿裕也跟我們一起去，人多才熱鬧嘛。」

謝蓁一點也不介意多了一個人，相反還很高興。自從高老太太壽宴過後，小玉哥哥就好久沒有跟她玩了。

那邊李裕抿緊了唇瓣，有種被小夥伴出賣的感覺。

謝立青四下看了看，見馬車周圍果真站著八名侍從，而且個個人高馬大，一看便是習武之人。他還是有點擔心，問高洵道：「你要帶我們羔羔去哪兒？」

高洵指指前面的街道。「過了那條街便是，伯父放心，保准不會讓阿蓁出事的。」

遠雖然不遠，但就是人太多……謝立青本想跟他們一起去，但是衙門那邊忽然有事，他得立即過去一趟。想了想，便把謝榮和府上的王管事留下來，叮囑完兩個孩子注意安全後，他才依依不捨地離開。

謝立青走後，王管事坐在馬車外面，四個小傢伙坐在馬車裡。謝蓁坐在李裕對面，旁邊是謝榮，高洵離她最遠。偏偏高洵是最愛找她說話的，頂著謝榮冷冰冰的注視，他笑得渾然不覺。「阿蓁妳想去哪裡？我知道有一個地方很好玩，要不要帶妳過去？」

謝蓁還沒來得及開口，謝榮已經幫她答道：「不能去太遠。」

高洵沒有氣餒，繼續問：「如意坊的水晶包子和桂花酪都是一絕，妳想不想吃？」

如意坊離這裡有好幾條街，過去就得半個時辰，一來一回不知道要消耗多久。謝榮索性直接拒絕。「羔羔不去。」

謝蓁無辜地眨眨眼，表示這是哥哥的意思，跟她沒有關係。「我只想去你說的首飾鋪，我要給阿……阿蕁買簪子。」她差點說漏嘴，偷偷地看謝榮一眼，幸好哥哥沒有發覺。收回視線時，恰好撞上李裕的目光。她朝他粲然一笑，熱絡地問：「小玉哥哥為什麼出來？」

李裕繃著小臉，回答得很冷酷。「不為什麼。」

「……哦。」謝蓁在他這裡碰灰碰習慣了，這會兒倒也不覺得有什麼，轉眼繼續跟高洵玩作一塊兒，馬車裡幾乎都是他們兩人的聲音。

馬車拐彎的時候，狠狠地震盪了一下，車身歪斜，謝蓁沒有坐穩，整個人撲向對面的李裕。她的額頭撞到他的下巴，兩個人都疼得不行，她的眼淚幾乎都要飆出來了。「嗚……」還來不及哭，又是狠狠一撞，發出砰地一聲巨響。聽聲音像是跟另一輛馬車撞在一起了，他們在車廂裡，不知外面什麼情況。

這回謝蓁嚇怕了，雙手緊緊地纏著李裕的脖子，腦袋埋進他的胸口，聲音帶著顫抖的哭腔。「怎麼了……外面怎麼了……」好不容易平靜下來後，她還是不肯撒手，一雙小胳膊把李裕抱得死緊。感覺到李裕微微動了下，好像在抗拒，她連忙說：「小玉哥哥別推開我！」

李裕馬上不動了。說實話他是真想推開她來著，但是看她這麼害怕，他要真推開好像不大仗義……算了，雖然他很討厭她，但還是勉強讓她抱一會兒吧。

謝榮掀起布簾，起身到外面詢問情況。「方才怎麼回事？」

車夫和管家都是一臉後怕，哆哆嗦嗦地把剛才的情況說了一遍。原來轉彎時前面忽然衝出一輛馬車直朝他們而來，車夫握緊韁繩想避到一旁，因為事出緊急，不小心碰到了牆壁，本以為這就完了，沒想到那輛馬車轉了方向，依然朝他們撞來，這才有了剛才的兩次震盪。

車夫愁苦地說：「車輪壞了，估計走不成了。」

一行人只好從馬車上下來，好在這裡已經離首飾鋪不遠，走一刻鐘就到了。

其他幾人沒想那麼多，倒是謝榮蹙緊了眉頭。道路這麼寬，為何偏偏只撞他們？

他握緊了謝蓁的手，一步也不讓她離開。「羔羔，跟著我走。」

謝蓁經歷過剛才的危險，變得老實多了，寸步不離地跟著哥哥。「哥哥，剛才的人為什麼撞我們？」

謝榮也想不通，他擔心還有危險，如果不是怕妹妹失望，他估計現在就帶她回家了。

「可能是不小心的。」他安慰她。

謝蓁後怕地哦一聲，不再追問了。

街道兩旁比往日繁榮得多，他們坐在馬車裡不能看仔細，目下走在街上，真是切身體會了什麼叫摩肩接踵。到處都是雜耍和戲班子，還有捏糖人、賣糖糕的。謝蓁到底是個孩子，玩性很大，很快忘了剛才的驚險，好奇地左顧右盼。

要數最熱鬧的，還是前面梨園春的戲班子。老遠就能聽到婉轉的戲曲，聲音悠揚，吸引了不少人觀看。遠遠看去，人頭攢動，圍得密不透風。謝蓁也想湊熱鬧，拉著謝榮就要過去。「哥哥，我們也去看看吧！」

謝榮停在原地，搖頭道：「不行，人太多了。」

府裡的王管事也一個勁兒地勸她，說那種地方最是混亂，容易出危險。

謝蓁求了兩下，兩個人不為所動，她只得放棄。

後面的高洵和李裕追上來，高洵討好地道：「阿蓁若是想看，下回我帶妳去裡面聽曲兒。」

謝蓁驚喜。「好啊！」

結果高洵被謝榮冷冷地瞪了一眼，高洵摸摸鼻子，假裝沒有看到。要說謝蓁是小仙女的話，那謝榮就是冷酷無情的判官，一個眼神就能定人生死，膽子小的還真承受不來。

他們路過梨園春的戲班子，人群不知為何忽然散去，潮水一般往外擠出來。幾個孩子嚇了一跳，猝不及防被人推著倒退了好幾步，往裡面一看，才知是戲班子的戲曲唱完了，正要收工呢。

謝蓁緊緊地抓住謝榮的手，被好幾個大人撞了幾下。她哪裡經歷過這種混亂的場面？嚇得腦子一懵，只知道找哥哥。

王管事把少爺和姑娘緊緊護住，順著人群的方向往外走，那邊高家的侍從也過來幫忙了。

但是戲班子收工後卻往他們這邊走來，好巧不巧偏偏擋住侍從的去路，讓他們沒法靠近。王管事的胳膊被人狠狠撞了一下，手一鬆，謝蓁就被人群擠了出去。她踉蹌兩步，無措地環顧左右，周圍忽然變成了陌生的面孔，就這麼一會兒的工夫，她就看不到哥哥和管事了。

謝蓁淚水在眼眶打轉，強忍著沒哭。「哥哥……」

正在她絕望時，一雙手從旁邊握住她，帶著她往旁邊小巷子裡跑去。

謝蓁以為是壞人，掙扎著叫道：「你是誰？放開我！」

李裕的聲音從前面傳來。「別吵！」

她一噎，硬生生把眼淚憋了回去。此時這個熟悉的聲音對她來說簡直是天籟，她用袖子擦了擦淚花，跟著李裕一起躲進偏僻的小巷裡。巷子很小，勉強僅能容納一人通過，裡面還時不時傳來腐爛的臭味。李裕跟謝蓁肩並肩躲在裡面，誰都沒有說話。過了很久，她才小聲地、可憐巴巴地問：「小玉哥哥，剛才是怎麼回事？」

李裕也不知道怎麼回事，但直覺那些戲班子的人沒安好心，根本故意困住他們、擋住他們的去路，把他們一個個都分散開。如果不是他們跑得快，很可能現在已經被人抓去了。

想到高洵曾說過的人牙子，他擰緊了漂亮的眉毛。

再等了一會兒，他悄悄探出頭去，見街上恢復平靜，已經沒有多少人了，才帶著謝蓁走出來。他們在周圍找了好幾遍，都沒找到謝榮和高洵等人。饒是謝蓁膽子再大，這會兒也不免害怕起來。

她上前緊緊地拉住李裕的手，小可憐一樣。「小玉哥哥別鬆開我。」

李裕一頓，甩手掙開她。「現在已經不用牽手了。」剛才那是特殊情況他才會牽她，現在又沒有必要了。

可是謝蓁不同意，她再次握緊他的手。「萬一我們兩個也走散了怎麼辦……」

李裕說不會，再次甩開她，謝蓁不屈不撓，很快又纏了上來。

李裕剛想甩手，一轉頭看到她淚汪汪的雙眼，好像他再扔開她她真會哭出來。他一愣，這才知道她害怕極了，猶豫了一下，李裕面無表情地反握住她的手，繼續往前走。

街上有兩個小孩格外引人注目，路人經過，都會忍不住往那邊瞅一眼。有時候一眼不夠，還會接二連三地往那兒看。兩個孩子都五、六歲的模樣，男娃娃一身錦緞袍子，濃眉大眼，炯炯有神，五官生得很是精緻，乍一看漂亮得像個女孩兒。他旁邊的女娃娃皓齒明眸，櫻桃小嘴兒一扁，無端端教人生出幾分心疼來。

兩個孩子走在一起，乍一看還以為是觀音菩薩蓮花座下的金童玉女。

女娃娃緊緊跟在男娃娃後面，時不時問一句。「小玉哥哥，你知道我們該怎麼回去嗎？」

男娃娃搖搖頭。「不知道。」

沒多久，她又問：「那你能找到我哥哥和王管事嗎？」

男娃娃捺著性子。「先找找再說吧。」

她哭音顫抖。「我想哥哥……」沒得到回應，她吸了吸鼻子，繼續跟在他身後，拿袖子胡亂抹抹眼淚逞強道：「我沒哭。」

男娃娃嗯一聲，沒有看她一眼，加快腳步往前走。

沒走多遠，好看的小姑娘忍不住再次開口。「萬一我們回不去了怎麼辦？我們是不是丟了？爹爹會找到我們嗎？小玉哥哥你說話呀……」她搖搖他的手，他不說話，她就覺得很不安心。「我走累了，能不能休息會兒？我想喝杏仁茶，還想吃奶油松瓤卷酥和百合酥……小玉哥哥你等等我啊。」

李裕終於受不住了，凶巴巴地說：「閉嘴。」

說完許久，身後都沒有任何聲音，他牽著她走了一段路，停在一家糕點鋪前，轉身往後看了看。不看還好，一看就有些呆了。

謝蓁眼裡噙了一泡淚，粉紅唇瓣緊緊地抿著，大概是強忍著不哭的緣故，忍得眼眶通紅。淚珠子在杏仁眼裡打轉，襯得一雙碧清妙目更加明亮璀璨，彷彿她一眨眼，下一瞬便有淚珠沿著腮邊滾落。

李裕沒見過小姑娘哭，更沒惹過小姑娘哭，登時就有點慌亂。「妳、妳哭什麼……我又沒說妳。」

謝蓁低頭擦擦眼淚，可能覺得有點丟人，她本來不是愛哭鬼，阿蕁才是愛哭鬼……都怪小玉哥哥，都是他害她哭的。她擦完眼淚後，抬起紅彤彤的雙眼，委屈地指控。「你凶我了。」

李裕臉色一變，矢口否認。「我沒有。」

她認真道：「有。」

「沒有。」

「就是有！」

李裕妥協。「……哦。」這口氣是學她的，簡直跟她平時一模一樣。

兩人心無旁騖地吵了一架，謝蓁雖然很生氣，但是從頭到尾都沒鬆開李裕的手，末了她還是不死心。「我想吃百合酥。」

李裕沒說話。

她又說：「還想吃奶油松瓤卷酥。」

這些點心都是京城特產，青州很少見，即便有也做不出京城正宗的味道。李裕被她折磨得一點兒脾氣都沒有了，又氣又無奈地瞪了她一眼，拽著她的手就走進前面的糕點鋪。

他對著櫥櫃要了兩種小點心，分別是紅棗餡的山藥糕和金桔蜜餞。他身上沒有錢，就摘下腰上的一塊螭紋玉璧抵債了，那玉璧色澤明潤、潔白無瑕，少說也值幾百兩銀子，他居然眼睛都不眨一下就扔給了掌櫃。

掌櫃包好點心遞給他，他拿著遞到謝蓁手上，那語氣嫌棄到了極致。「吃吧。」

謝蓁頓時兩眼放光，再也顧不得跟他生氣了，接過油紙包就往嘴裡塞了一顆金桔蜜餞，咬著蜜餞笑得比花兒還燦爛。「謝謝小玉哥哥。」

兩人手牽手離開後，掌櫃掂量了一下那枚玉璧，心想究竟是誰家的孩子這麼缺心眼……這玉璧可值不少錢啊，比那兩包點心值錢多了！

兩個孩子走在街上，身邊又沒個大人，很容易就會被盯上，尤其還是像謝蓁和李裕這樣長得出眾齊整的。他倆完全不知危險，繼續沿路尋找哥哥和管事。途中路過一間首飾鋪子，正是高洵口中的那家，謝蓁到現在都沒忘記出來的目的，拉著他就往店裡面衝。

店裡擺了不少珠翠首飾，可惜謝蓁太矮了，饒是拚命踮著腳尖看也看不到。她在下面很著急，只能向掌櫃比劃自己要的那種簪子。「有沒有白色的，帶一隻金孔雀的簪子……上面還雕了一隻蟬？」

掌櫃是個三、四十歲的婦人，半老徐娘，風韻猶存，她笑容親切，見眼前漂亮的女娃娃很是喜歡，當即讓人去搬了個小杌子墊在謝蓁腳下。「妳想找什麼樣的？」

謝蓁站在杌子上，視野頓時寬闊了不少。她撐在櫥櫃上，把上面擺著的首飾挨個看了遍，沒找到跟阿娘一模一樣的，她很失望。「你們只有這些簪子嗎？」

掌櫃趙氏覺得這兩孩子太討人喜歡了，若是別的孩子來，她肯定沒空跟他們周旋。「後面還有很多，妳告訴我想要什麼樣的，我便給妳拿過來。」

謝蓁為難地唔了一聲，她剛才不是已經形容了嗎？難道形容得不對？頓了頓，她說：「就是……玉蟬……」

一旁李裕實在聽不下去了，替她回答：「玉蟬金雀簪。」

她如釋重負。「對對對，就是這種簪子。」說完仰起亮晶晶的雙眼，滿懷期盼。「你們這裡有嗎？」

「是有一支，你們等等，我叫人去拿。」趙氏招來一名小婢女，叫她去後面把簪子拿來。不多時，婢女捧著一只盒子走了上來，掌櫃打開盒子捧到他們跟前。「是這個嗎？」

謝蓁把腦袋湊過去，只見裡面躺著一支跟阿娘簪子一模一樣的玉蟬金雀簪，她大喜過望。「嗯嗯是這個！」她從杌子上跳下來，站到掌櫃跟前。「妳能不能賣給我？我想要這個。」

趙氏微微一笑。「可以，不過妳得付給我二百兩銀子。」

謝蓁養在深閨，平時想要什麼冷氏都會給她，哪裡知道銀子的妙用？而且她根本沒有金錢概念，不知道這數字是大是小，想起剛才李裕解下腰上的玉璧換點心，於是她也把腰上的玉蘭花紋香囊解了下來。「我用這個跟妳換可以嗎？」

趙氏搖搖頭，表示不行。

她不死心，繼續解下腰上的平安符。「這個呢？」

趙氏還是搖頭，小傢伙學聰明了，把脖子上的銀點藍如意雲頭長命鎖摘下來，伸手舉到她跟前。「這個可以嗎？這個很值錢。」

趙氏拿在手中看了看，如意鎖是純銀打造，做工精緻，鏈子上還嵌了四顆紅寶石，委實價值不菲。她總算點頭，把盛放簪子的盒子送到她手裡。「妳的如意鎖比較珍貴，我先替妳收著，日後妳若是想贖回來，我便還給妳。」

謝蓁得了簪子，根本沒去想如意鎖的事，她有好幾塊這種鎖，少一個阿娘肯定不會發現。她高高興興地捧著盒子走出首飾鋪，忽然想起來問：「小玉哥哥，你怎麼知道我想要玉蟬金雀簪？」

李裕走在她旁邊，順口答道：「高洵告訴我的。」

謝蓁氣得一張包子臉都鼓起來了，氣呼呼地說：「他明明答應過我誰都不說的！我以後再也不告訴他秘密了！」

李裕偏頭看她一眼，心想你們之間還有秘密？最後哼一聲，有秘密跟他又沒什麼關係。

有一個人牙子盯了謝蓁和李裕許久，從他們兩個走出巷子開始便一路跟著他們。把他倆的對話都聽了進去，知道他們是跟大人走散的富家小孩，隨手就是一塊玉珮一塊如意鎖，若是能綁了去，必定是一筆大買賣。

人牙子看謝蓁和李裕，就跟看兩棵搖錢樹一樣。

跟了一段路，他跌跌撞撞地跑到前面去，擋住兩人的去路，哭得老淚縱橫。「姑娘少爺啊，老奴總算找到你們了，快跟老奴回家去吧！」

正在走路的謝蓁被嚇一大跳，拉著李裕驚惶後退，脆聲詢問：「你是誰啊？」

人牙子說：「姑娘莫不是嚇壞了，居然不認識老奴了……我是王管事啊！」

「胡說！」謝蓁皺緊了包子臉，粉嘟嘟的小嘴一噘。「王管事才沒你那麼醜呢！」

不怪謝蓁打擊人家，實在是他長得確實不好看，鼠目塌鼻、一口黃牙，一張口就散發著臭味。謝蓁嫌棄死了，她這麼乾淨，才不跟這個髒兮兮的人說話，捂著嘴就要走。「小玉哥哥我們別理他。」

人牙子豈是這麼好打發的？收起凶狠的表情，一臉擔憂地又跟了上來。「姑娘嚇糊塗了，不跟著老奴走，萬一又碰到歹人怎麼辦？快別鬧脾氣了，老奴帶你們回家找老爺夫人……」
路人見他說得頭頭是道，居然沒一個懷疑的，更別提上前幫忙了。頂多有點納悶，這兩孩子穿金戴銀，一看便是非富即貴，怎麼府裡的管事卻穿得這麼骯髒？

李裕知道這是人牙子，讓謝蓁不要搭理他，專門挑人多的地方走。

沒想到這人牙子膽子忒大，見兩個小傢伙比想像中的聰明，怕丟了這筆買賣，咬咬牙居然當街就要抱起謝蓁。

謝蓁覺得他又髒又臭，噁心極了，「哇」地一聲在他懷裡亂打亂踢。「別碰我，你別碰我！」

李裕眉頭一緊。「放開她！」

人牙子不聽，漸漸地吸引不少路人的目光。他還想抱起另一個，但怕最後兩筆生意都成不了，於是只能捨棄李裕，轉頭就跑。

李裕急得眼睛通紅，撿起謝蓁掉在地上的盒子就往人牙子身上扔去，求救路人。「大家快攔住他，他不是我們家的管事！」

謝蓁趴在人牙子肩頭，淚珠子撲簌簌往外掉。「救救我，小玉哥哥救我……」

說來也巧，李裕扔得準，那木盒子正好砸在人牙子後腦勺上，他腳步一頓，捂著頭罵了一聲娘，想往小巷裡跑。眼瞅著謝蓁就要被拐跑了，路邊總算站出來幾個好心人擋在他的跟前，叫他把孩子放下來，這才灰頭土臉地逃了。

經過剛才那番折騰，謝蓁的花苞頭散了，衣服也縐巴巴的。幾縷髮絲掛在腮邊，狼狽之中帶著幾分可憐。她拾起木盒，打開一看，玉蟬金雀簪斷成了兩截。她這回沒哭，揉揉眼睛小聲地說：「又斷了。」

李裕有點愧疚，畢竟是他弄斷的。「我下回給妳重新買一根。」

她嗯一聲，想了想說：「可是阿娘會罵我的。」

他說不會，拉著她往前走。「我幫妳跟冷姨解釋。」

沒走多遠，謝蓁抽抽噎噎的聲音漸漸小了。今天一天接連受到太多驚嚇，再大的膽子都被嚇沒了，街上太危險，她再也不要一個人出來了，可是他們能找到哥哥嗎？還能回家嗎？

謝蓁走得越來越慢，她開始耍賴。「我走不動了……」

李裕說：「走不動也得走。」他剛才問了路人，只要他們找到衙門，就可以找到謝蓁的爹爹謝立青，那時候他們就能回家了。

謝蓁很累，軟軟糯糯的嗓音拖得老長，甜得人牙疼。「小玉哥哥揹我好不好……」

他想也不想。「不好。」他還沒她高呢！

她嗚嗚兩聲，跟小羊羔一樣。「揹揹我……」

謝榮和謝蓁走失後，立即跟高家的侍從一起把周圍找了一遍。但是他們被人潮衝得四分五散，找了好大一圈都找不見謝蓁和李裕。

謝榮神色著急，嚴肅的俊臉沒有多餘的表情，讓王管事去衙門通知謝立青，自己則在附近繼續尋找。王管事說什麼也不肯留下他，剛丟了一個孩子，難道再丟一個嗎？要麼兩人一起回去，要麼兩人一起留下。

高洵上前說：「你們回去吧，我帶人再繼續找阿蓁和阿裕。」

謝榮的眼神冰刀子一樣刮過來，刮在他的身上，冷得他牙齒打顫。他知道一切都是自己的錯，如果不是他執意要帶謝蓁出來，根本不會發生這種意外。他也很後悔，同樣擔心謝蓁和李裕，所以才更想盡一分力。

最後高洵和王管事都沒走，是一個侍從去衙門通知謝立青。謝立青得知後馬上趕了過來，模樣焦急，顧不得教訓孩子，領著一干人在附近搜尋了起來。殊不知謝蓁和李裕走反了方向，他們找了一個下午加一個傍晚都沒找到，眼看著天就黑了，再不回來恐怕更危險。

謝立青焦頭爛額，沒敢告訴妻子冷氏。然而最後還是沒有瞞住，冷氏大抵是從下人口中聽說的，聽罷險些昏過去。她的寶貝羔羔走丟了，那麼小那麼嬌的人兒，萬一受苦了怎麼辦？

謝蓁從小嬌氣，比謝蕁更甚。尤記得在定國公府的時候，她才四歲，大冬天裡被三姊姊謝瑩推進雪堆裡，一下子病了大半個月，差點沒讓冷氏擔心死。別人家的姑娘身強力壯，玩玩雪根本沒事，唯有她的身體最是誠實，遇到一丁點不滿就要表現出來，凍一下就生病，捏一下就青紫，打不得罵不得，唯有捧在手心裡寵愛。

如今他們嬌滴滴的女兒在大街上丟了，冷氏越想越傷心絕望，忍不住坐在窗前哭泣起來。

謝立青不知家中狀況，還在衙門裡跟眾人商量如何找人。到這時候，他們不得不做最壞打算，如果是被拐去，他們就把青州所有人牙子都找一遍，定要找到兩個孩子。

李府李息清和高府高慶聞聲趕來，高慶拉著兒子不斷地給兩人賠罪，謝立青和李息清嘴上說著客套話，但都十分憂慮。

暮色四垂，傍晚來臨，衙門上下亂成了一鍋粥，都知道知府大人的女兒丟了。

天漸漸黑下來，遠處豔紅的夕陽殘留著最後一絲餘暉，掙扎沒多久，就沈了下去。

天越黑越不安全，兩個小孩子如何能在外面過夜？謝立青和李息清眼裡的光芒逐漸黯了下去，帶著濃濃的疲憊和無望。

忽然，守門的衙役進來道：「大人，有兩個孩子在門口，不知是不是……」

沒等他把話說完，謝立青便一陣風似的走出去了。

李息清聞言，也趕忙跟了過去。

門口懸掛著四盞燈籠，昏暗的光線下，映照出兩個小小的身影，李裕揹著謝蓁蹣跚而至，他人小力弱，幾乎是在拖著謝蓁行走。謝蓁伏在他的背上，胡言亂語地說著什麼，明明整個人都神志不清了，卻還是固執地抓著他後背的衣服，緊緊地貼著他。

謝立青走到跟前，連忙把謝蓁從他背上抱起來，一時間喜極而泣。「羔羔，爹的好羔羔！」

不抱還好，一抱嚇一大跳，她渾身滾燙，有如火球一般，還在一陣一陣地打顫。他的擔憂上升到極致，轉頭紅著眼睛吩咐。「快去請大夫來！」

那邊李息清也來到李裕跟前，把他上上下下看了一遍，緊緊地抱在懷裡，口中不住呢喃：「沒事就好、沒事就好。」

李裕累得不輕，倒在他懷裡幾乎沒有力氣說話，他掀起眼皮子，看見謝立青著急地抱著謝蓁，一會摸摸她的額頭、一會兒捏捏她的手心。

他們走在路上時，謝蓁不斷地說她走不動了、想休息一會兒。李裕以為她在撒嬌，便沒有理會她的話，誰知道她居然一聲不響地倒在路邊，把李裕嚇得不輕。他一摸才知她渾身發熱，於是便把她揹了起來，一步步帶到衙門門口。若不是路上遇到幾個好心人為他們指路，他根本走不到這裡來。也有人表示可以帶他們過來，但李裕不放心，寧可自己走。

謝立青連著對李裕道了好幾聲謝，連素來沈默的謝榮也說了聲謝謝，說得李裕有點不好意思……其實他對她沒多好，路上還凶了她好幾次，差點把她惹哭了。想到這兒，李裕看了眼被謝立青抱上馬車的謝蓁。她雙眼緊合，一張小臉燒得通紅，好看的眉毛皺在一起，似乎很不好受。

李息清讓人把馬車牽過來準備帶他回家，宋氏在家估計急得團團轉，好在孩子沒事，平安回來了。

李裕大概真累得不輕，躺在坐褥上一動都不想動，手腳都是痠軟痠軟的。那個臭丫頭真沈，他心想，下回再也不揹她了。

想了一會兒，他閉著眼睛問：「阿爹，為什麼她會發燒？」

李息清找回兒子後心情輕鬆不少，先是問了句。「哪個她？」旋即反應過來，連忙答道：「你說阿蓁？她年紀小，又受了驚嚇，再加上今天天氣涼，發燒是難免的事。」

他靜了下。「可是我沒有發燒。」

李息清笑著揉揉他的頭頂，語重心長地解釋。「阿蓁是姑娘家，姑娘本就比男孩兒嬌氣，不能比的。」

他又問：「嬌氣是什麼？」

李息清想了下，這個問題還真不好回答。「就是天生柔弱……需要男人保護，怕苦怕累怕餓，唔……跟剛出生的小動物一樣。」

李裕很認真地想了想，語出驚人。「什麼動物？小羊羔？」

這孩子平時不吭聲，倒是把謝蓁的小名記得清清楚楚。李息清哈哈大笑，點頭說：「對對，就是小羊羔。」

他翻了個身，不屑地撇撇嘴。怕苦怕累怕餓……說的可不就是她嗎？他見過剛出生的小羊羔，可沒她這麼嬌氣。

回到謝府，謝立青連忙把謝蓁抱回正房，請大夫上前診治。

冷氏在家拜了好幾遍菩薩，總算把人盼回來了。可是怎麼都沒想到女兒竟燒得如此厲害，她站在床頭，偎在謝立青懷裡淚水漣漣。「我就不該讓她跟著你們出去……這才半天，就成了這樣……」

謝立青輕拍她的後背，不住地安撫。「是我的錯，都是我的錯。」

不多時大夫診治完畢，起身時說道：「令嫒受了驚嚇，脈象不大穩定，發熱是受涼受驚所致，我這裡開一副藥方，老爺命一個人隨我回去抓藥，連著吃三天便無事了。」

謝立青忙謝過大夫，讓人付了診金，順道遣了一人過去抓藥。

一直折騰到半夜三更，冷氏餵謝蓁吃過藥後，她才慢慢地平靜下來。其間她一直昏迷不醒，嘴裡時不時蹦出一句「救救我」，聽得冷氏心被揉成一團，整夜守在她的床邊，半步都不敢離開。

天濛濛亮，晨曦微露，冷氏摸了摸謝蓁的額頭，長長地鬆一口氣。還好，總算不燙手了。

雙魚熬了藥汁端過來，冷氏便一口一口餵她吃進去，剛吃到一半，她擰著眉頭醒了過來，第一句話居然是——「苦……」

這才一天，她紅潤的小臉就沒了血色，彎腰縮成一隻小蝦米的形狀，長睫毛倦倦地垂下來，掩住了黢黑大眼裡的光彩。過了好半晌，她才反應過來自己在哪兒，眼珠子迷茫地轉了轉，看見床頭一臉懊悔的冷氏，她眨眨眼，還以為是錯覺。「阿娘？」

冷氏忙點頭。「羔羔好些了嗎？還有哪裡不舒服？」

真的是阿娘！她驚喜地撞進冷氏的懷裡，抱著她的脖子不鬆手。「阿娘、阿娘，我是不是回來了？這是我們家嗎？」

冷氏說了聲是，抱著她好好安撫了一會兒。

起初她很高興，後來想起在街上所受的委屈，悄悄地在冷氏頸窩蹭了蹭，蹭得冷氏領口的衣服都濕了。她嗚嗚咽咽，開始訴苦。「我們的馬車壞了，還遇到了壞人……小玉哥哥給我買了蜜餞和山藥糕，我給妳買了簪子，但是後來有一個人要抓我，小玉哥哥就用盒子扔他，那根簪子就斷了……」

她說得語無倫次，但冷氏還是聽懂了。

「沒事，沒事，只要我們羔羔沒事就好。」冷氏想，如果一根簪子能換她的女兒回來，那她情願這一輩子都不戴珠翠首飾，也要讓謝蓁都平平安安的。

哄好謝蓁後，冷氏繼續餵她吃剩下的半碗藥。藥雖然苦，但她這回一句怨言都沒有，乖乖地吃得一滴不剩。

末了冷氏獎勵她一顆蜜餞，微微笑道：「一會我讓阿蕁進來陪妳，她昨晚就吵著要過來，我怕她吵著妳，就沒允許。」

謝蓁大病初癒，精神不大好，謝蕁進來跟她說了兩句話，學著冷氏有模有樣地摸摸她的頭，愧疚道：「阿姊，對不起……」

她從謝榮口中得知阿姊是為了買簪子才上街的，如果不是因為她，阿姊根本不會發燒，也不會差點丟了。

謝府婢僕都看得出來謝蕁這幾天特別乖，每天往謝蓁的房間裡跑，幫忙跑腿幹活兒，別提有多勤快。可惜她小，又是府上姑娘，誰敢使喚她？她基本上在瞎忙活罷了。

過幾天後，謝蓁總算痊癒，恢復往日生龍活虎的模樣，謝府裡再次響起姊妹倆的歡聲笑語。

第四章

一轉眼天便入了冬，過完年後就是上元節，處處張燈結綵。

這時府裡來了位京城的客人，來人是東平王。前陣子太后高壽，東平王從封地趕往京城特為太后祝壽，現在帶著側妃趕回東平，正好路過青州益都縣，便拖家帶口地來看望謝立青了。東平王和謝立青打過交道，彼此互相欣賞，是難得的君子之交。

東平王妃身體不適，是以此行並未帶她一起出來，只帶了一名側妃。

側妃秦氏跟冷氏一般年紀，容貌姣好、身如蒲柳，瘦弱得好像一陣風就能颳走似的。她懷裡抱了一個襁褓嬰兒，看起來才幾個月大。

冷氏和謝立青在前面會客，謝蓁也跟了過去想湊熱鬧。東平王送了她兩盞漂亮的蓮花燈，她開心地接過，甜甜地道了聲謝，轉身跟冷氏說要拿回去跟妹妹一起玩。

冷氏沒反對，摸摸她的腦袋。「去吧。」

謝蓁一手提著一盞花燈，興高采烈地來到後院，正好看到謝榮跟謝蕁一人端著一只瓷碗正坐在廊下吃元宵呢。廊下擺了一張花梨木螺鈿小几，地上鋪著厚厚的絨毯，四周還燒著火爐，他倆分別坐在兩邊，別提有多愜意了。

謝蓁頓時有點生氣，氣鼓鼓地來到他們跟前。「哥哥和阿蕁吃元宵怎麼不叫我？」

謝榮放下碗，忙讓丫鬟再去盛一碗紅豆餡的。他剛才到這裡來，看到謝蕁正好在吃元宵，周圍沒個大人照顧，便索性坐下來跟她一起吃。沒想到剛好被謝蓁看到了，小傢伙還挺介意，鼓起腮幫子坐在他和謝蕁中間，小嘴翹得老高。

不多時雙魚把她的那碗端了上來，放到她跟前，她吃了兩口，總算不生氣了，這才想起還有兩盞蓮花燈。她把身後的蓮花燈拿起來放到桌几上，一盞推給謝蕁，一盞留給自己。「這是東平王送給我們的，妳看看喜不喜歡？」

謝蕁兩眼發亮，雖然她很喜歡蓮花燈，但是她對吃更加執著，一直到把碗裡的元宵吃完後她才伸手去搆蓮花燈。那蓮花燈共有三層，每一層都漆了不同的顏色，把裡面的燈芯點燃時，映照得外面的花瓣五顏六色，漂亮極了。姊妹倆愛不釋手，當場就在院子裡玩了起來。

兩個小傢伙一前一後，從這頭跑到那頭，清脆的笑聲傳到隔壁李家，使正在吃飯的李裕聽得一清二楚。

李裕咬一口元宵，皺了皺雋秀的眉毛。什麼事這麼高興？就不能笑小聲點嗎？

自從上回上街後，兩家的父母就沒允許他們再出過門，大抵是有些後怕，就連謝蓁也很少出府了。謝立青和冷氏曾來過李府登門道謝，連送了不少禮物，感謝李裕把謝蓁從街上揹回來。謝蓁沒有來，聽說是受了驚嚇，最近膽子有點小。

聽見剛才那笑聲，李裕怎麼一點也沒覺得她膽子小了？不是挺生龍活虎的嗎？

傍晚東平王帶著側妃準備啟程，卻遇到一場大雪。雪下得毫無預兆，越下越大，雪花飄飄揚揚地從天上落下來，搓綿扯絮一般，轉眼就在地面鋪了薄薄一層。

看看天色，晚上似乎還有更大的風雪。東平王為了安全起見，只得暫時留宿謝府，等明日天晴了再出發。謝立青趕忙命人收拾出幾間空房子，燒上火爐，把被褥絨毯用薰香熏了一遍，裡裡外外都打掃乾淨，這才請東平王進去居住。

側妃秦氏住在西廂房，因為帶著孩子，是以冷氏另外指派了一名嬤嬤過去照顧。那嬤嬤是謝蓁的乳母，照顧孩子很有幾分經驗，因為跟著冷氏時間長了，在府裡頗受尊敬。

秦氏把孩子放到床上，在梳妝檯前坐了一會兒，沒有休息的打算，反而披上狐裘披風往外面走去。

陳嬤嬤跟在後面把手爐遞上去。「外面天冷，娘娘當心著涼。」

外面雪下個不停，秦氏站在門口看了一會兒，眼含惆悵，不知是凍的還是怎麼，臉色越發白了，少頃她攏了攏肩上的狐裘，隨口問道：「謝夫人此時在做什麼？」

陳嬤嬤答道：「夫人正在堂屋陪兩位姑娘說話。」

她點點頭，又問：「這麼冷的天，謝大人不在府上嗎？」

陳嬤嬤心中覺得奇怪，但面上卻沒有表現出來。「老爺公務繁忙，目下應當在書房看書。」

一個東平王的側妃，無端端關心起她家老爺夫人做什麼？陳嬤嬤不得不多長個心眼，然而秦氏後面的問題都問得十分正常，無非是些家常瑣事，比如冷氏平常怎麼帶孩子的、都做些什麼、跟謝立青如何相處等等，她是剛生過孩子的人，問這些問題實屬情理之中。

陳嬤嬤一一答了，秦氏在門邊站了好一會兒，很快寒氣侵體，禁不住打了幾聲噴嚏。

陳嬤嬤準備讓人去請大夫，秦氏卻說：「我的丫鬟們對青州不熟悉，還是嬤嬤去比較好，免得耽誤了時間。」

側妃娘娘既發話，身為下人沒有不從的。陳嬤嬤應了聲是，先去請示了冷氏，然後才去街上請大夫。等她半個時辰後回來時，秦氏的房門卻閉得嚴嚴實實，守在門口的丫鬟說：「我家娘娘睡下了，嬤嬤明早再來吧。」

不是著涼了？又不需要看大夫了嗎？陳嬤嬤面露疑惑，站在門口踟躕不定。她是個下人，斷然不敢闖進去驚擾側妃好眠，但又怕側妃生病牽連自己。猶豫了好一會兒，才長嘆一口氣，轉身去正房把這事告訴冷氏了。

書房炭火燒得旺盛，直把人全身都烤得暖融融的。謝立青坐在翹頭案前處理公務，把衙門近幾日的案子都看了一遍，整理好思緒，提筆記在紙上。抬頭一看，窗外雪花還在紛紛揚揚地下，有幾片透過槅扇飄進書房，落在翹頭案上，眨眼就融化了。

他揉揉脖子，叫來下人端上一杯茶，喝過茶後又坐了一會兒，才起身走出書房。

下人替他撐起一把油紙傘，他閒庭信步地走出院子，沒走幾步，便看到前方一個嫋嫋婷婷的身影。那抹纖細的身影被雪色模糊了，遠遠看去，更加顯得單薄，走到跟前一看，竟然是東平王側妃秦氏。

謝立青彎腰行禮。「見過側妃娘娘。」

秦氏讓他起來，彎唇一笑。「聽嬤嬤說謝大人這麼冷的天還在辦公，真是太辛苦了。」

謝立青坦然一笑。「有勞娘娘關心，伯年並不覺得辛苦。」

雪有漸漸下大的趨勢，鵝毛般纏繞在兩人周圍。謝立青一身藏藍長袍落了不少雪花，秦氏抬手想替他撣去，被他不著痕跡地躲過了。

他剛過而立，與年輕時沒什麼兩樣，反而多了幾分成熟穩重，比十幾歲的時候還要俊美。

秦氏臉色有些尷尬，收回手去，接過丫鬟手裡的食盒。「這是我剛從廚房拿的點心，我見前面有個亭子，謝大人若是不介意，可否同我過去一同吃些點心？」

謝立青蹙了蹙眉，婉言拒絕。「這不合禮數。」

他現在只想回去見妻子冷氏，抱抱兩個可愛的女兒，一家人圍在火爐周圍說說話。外面實在太冷，他不想多待，更不想再跟眼前的人有任何瓜葛。

剛說了要走，秦氏便含著淚眼跟上來。「表哥真對我一點感情都沒有了嗎？」

許久沒聽到這兩個字，謝立青猛地哆嗦了下，頭皮陣陣發緊。「娘娘現在是東平王側妃，說話還是要慎重……」

話沒說完，秦氏就來到他跟前，淚水盈眶，纖薄的身子抖如風中落葉。「你是不是還在生我的氣？氣我嫁給王爺，所以如今才對我這般冷漠？」

這是哪兒跟哪兒？他完全沒有這麼想過……謝立青看了眼兩邊的婢僕，他真心誠意把東平王當朋友，若是這事傳到東平王口中，他還怎麼做人？

說到底，只能怪他當初年少無知。秦氏跟他是表兄妹，她幼時沒了父母，便一直寄住在定國公府。定國公府幾位公子裡，她跟庶出的謝立青關係最好，常常跟在他後面叫表哥，謝立青彼時十五、六歲，情竇初開的年紀，便跟她暗生情愫，互許了終身，只是平常見見面、說說話，誰都沒敢再進一步。

正當謝立青準備跟母親坦白請娶秦氏的時候，恰好趕上東平王選妃。秦氏跟著幾個姑娘去了，被王府的碧瓦朱甍吸引，回來後魂不守舍，想盡一切辦法吸引東平王的注意，最終被東平王收入府中為側妃。

起初謝立青委實抑鬱了一陣子，但很快就過去了，尤其他娶了冷氏之後，才明白什麼叫真正的情愛。現在他對秦氏沒有感情，再見面時也激不起心上任何波瀾，更別提刻意對她冷漠什麼的。

他繞過她往前走。「東平王是位好夫婿，娘娘不該背著他做這種事。」

秦氏情急之中抓住他的手，楚楚可憐。「你不知道他對我……」

謝立青尚未來得及揮開，一抬眸恰好看到小徑盡頭站著冷氏和謝蓁。冷氏一臉平靜地望著這邊，謝蓁裹得嚴嚴實實，遠遠看去像個小雪球。她披著白色滾毛斗篷，頭戴白色天鵝毛帽子，帽子下一雙烏溜溜的眼睛正好奇地盯著這邊。

謝立青大冬天驚出一身冷汗，連忙甩開秦氏的手。因為著急，這一甩用了十成的力道，把秦氏甩得後退三步，踉蹌了下才勉強站穩。

謝立青顧不得她，三兩步上前，怯怯地停在冷氏跟前。「蟬玉，我……」

冷氏看了看他，又看了看側妃秦樓月，唇瓣掀起一抹意味深長的弧度。「我怎麼從來不知，你跟側妃娘娘關係匪淺。」

這句平平淡淡的話說得謝立青頭皮發麻，他最怕冷氏這樣不冷不熱，讓他有種在油鍋裡煎熬、不上不下的感覺。有時候他寧願她歇斯底里地發一場脾氣，或者把他大罵一頓，質問他究竟怎麼回事。可她偏偏不是那種人，她就算再生氣，也只會冷冷地看你一眼，明明你沒做什麼虧心事，卻被她看得心虛起來。

謝立青連連擺手，忙著解釋：「我剛從書房出來，路上偶然遇見側妃娘娘，剛說了兩句話，我正想著去找妳呢，妳就來了。」

冷氏眼裡明明白白寫著不信，只是說兩句話，至於拉拉扯扯嗎？她又不是瞎子。

若不是陳嬤嬤去正房找她，她擔心秦氏出事，便來書房跟他商量對策，豈會撞見剛才那一幕。沒想到堂堂東平王側妃居然纏著她的夫君不放，倒教冷氏開了眼界。不知他兩人有些什麼她不知道的過往？看秦氏那表情，彷彿十分委屈似的。

秦氏被丫頭扶著上前，站在謝立青身後，勉強朝她笑了笑。「我也是偶然路過此地，見謝大人辦公辛苦，才想請他移步亭子裡吃些點心。」

冷氏掀唇，回答得疏離客氣。「今天雪大，娘娘回廂房並不會經過此地，看來娘娘很有閒情雅致，才會偶然路過。」

秦氏面容僵了僵，笑容差點掛不住。

冷氏看向謝立青，冷冷地看了他一會兒，看得謝立青差點招架不住、直想認錯的時候，她眼裡流露出幾分笑意。「娘娘說你辦公辛苦，你怎麼從未跟我說過？你若是真覺得辛苦，我便讓幾個丫鬟來伺候你。」她雖然在笑，但笑意卻未達眼底，帶著幾分惱怒與威脅。

謝立青同她夫妻十幾年，如何摸不透她的脾氣，這時候他若敢說是，那往後幾天一定沒有好果子吃的。他搖頭。「不，不。有夫人在，我豈會覺得辛苦？」

冷氏又問：「我怎麼記得你不喜歡吃點心？」

他認同地頷首。「夫人記得沒錯，我確實不喜歡吃。」

那邊秦氏的臉白了又白，幾乎比天上掉的雪花還白。她不可置信地擋在兩人跟前，皺緊眉毛。「表哥不喜歡吃點心？我記得你以前最愛吃藕粉桂花糖糕，每次我做的時候，你都……」

以前每次她做糖糕，他都會多吃兩個，今天她是借了謝府的廚房親自做的，本以為他會很喜歡，沒想到他卻連看都沒看一眼。

謝立青蹙眉，當真有些動怒了，他們都是有家室的人，這麼糾糾纏纏像什麼樣子？他道：「那是以前，現在我早已不喜歡了。娘娘還請早點回去吧，您出來這麼久，終歸有些不適合。」

說罷帶著妻子女兒就要離開，沒承想剛走兩步，秦氏不死心，居然妄圖攔住他們。

謝蓁早就好奇很久了，她站在冷氏和謝立青跟前，仰著雪白稚嫩的小臉。「娘娘是東平王爺的側妃嗎？那妳為什麼不陪著東平王，卻來陪我阿爹？」

秦氏語滯，說不出話來。

沒有人回答她，她苦惱又期待地等著秦氏回答。過了好半晌，還是沒等到答案，她洩氣地扁扁嘴，想起一開始看到的那一幕。「妳還牽我阿爹的手了，妳為什麼要牽阿爹的手？阿爹的手只能牽阿娘的。」說著轉身，兩隻肉乎乎的小手分別握住冷氏和謝立青的手，再把他倆的手放在一起。「這樣才對！」

大功告成，她心滿意足地笑起來，笑臉燦爛得像冬雪裡的一朵嬌花兒。

那笑容刺進秦氏眼裡，刺得她眼睛生疼。她眼睜睜地看著謝立青一手牽著冷氏，一手牽著那個小姑娘越走越遠，他們一家三口和樂融融，襯得她越發形單影隻。

轉過一道月洞門，到了秦氏看不見的地方後，冷氏果斷地甩開謝立青的手。

謝立青心下咯噔，想要重新握住她的手，卻被她避開了去，他頓時有種不好的預感，扭頭看向冷氏。便見她好整以暇地看著他，唇邊勾著一抹冷笑，慢慢地問：「表哥？」

冷氏想了想，逐字逐句道：「你還最愛吃藕粉桂花糖糕？」

看來不老老實實交代，他今兒是過不去這一關的。謝立青一時間不知該從何說起，他從未跟冷氏說起這段過往，畢竟是年少時的一點心動，根本放不到檯面上來。何況他自從娶了她後經歷了那麼多事，一天比一天更喜歡她，相比之下，那些過往更加微不足道。

他不說出來，是覺得沒有必要，畢竟都過去那麼久了，若不是東平王帶著秦氏來借住，他估計都想不起來。謝立青放軟了語氣，卯足了勁兒哄她。「那都是過去的事了，妳看我現在何時吃過糖糕？蟬玉，我對妳是什麼心思，妳難道還不清楚嗎……」

冷氏睨他一眼。「什麼心思？」

他一噎，正要回答，低頭正好看到地上聽得津津有味的小謝蓁。謝蓁黢黑大眼一眨不眨，見謝立青停下不說了，忙扯著他的衣裳問：「爹爹，什麼心思呀？」

謝立青頓覺一張老臉都沒了，揮揮手趕她。「小孩子家家不許聽大人說話。」說著讓一旁的陳嬤嬤把她抱起來，帶回屋裡去。謝蓁還沒聽夠呢，趴在陳嬤嬤肩上扭動了兩下，儘管不甘心但還是被帶走了。

院裡留下冷氏和謝立青兩人，冷氏看著他不發一語，那意思：說吧。

謝立青咳嗽一聲，院裡不知有多少雙眼睛看著，他覺得大庭廣眾向妻子表達情意有損威嚴，想把冷氏帶回屋裡去，但冷氏比他執拗多了，她就站在這兒，話沒說完哪兒都別想去。

他只得道：「除了兩個閨女，我這心裡只裝著妳一個女人……」

大雪下了整整一夜，第二天起來院子覆了一層皚皚白雪。

謝蓁和謝蕁齊心協力堆了一個大雪人，謝蓁踩在杌子上，正要給雪人裝上胡蘿蔔鼻子時，謝蕁大驚小怪地叫了一聲，嚇得她登時從杌子上摔了下來。

謝蓁渾身上下沾滿了雪花，白絨絨的一團坐在雪地裡，她氣惱地問妹妹。「妳叫什麼？」

謝蕁指指前院，忽然想起來。「今天那個王爺就要走了……」

走就走吧，謝蓁心想，反正那個側妃娘娘惹得阿娘不高興了，走了才好呢……她拍拍身上的雪花，重新站起來。「妳這次要替我扶好哦。」

謝蕁點頭不迭，不敢再亂叫了。

她倆在後院堆雪人，大人們則在前院送客。

謝立青和冷氏親自把東平王送到門口，說了一番客套話，又送了一些路上需要的褥子毯子，這才把東平王和秦氏送上馬車。其間謝立青沒有往秦氏那邊看一眼，倒是秦氏紅著眼眶，由始至終都低頭不語。

東平王率先走上馬車，揮手跟謝立青道別。他看了眼馬車下的秦氏，眼裡一閃而過的深色，忽而調笑。「怎麼，愛妃不捨得此處？」

秦氏忙搖頭，牽裙踩著黃木凳上馬車。

東平王倒沒多說什麼，只是對她的態度大不如昨。這讓冷氏不由得多想，該不會他知道了什麼？然而他對謝立青的態度卻很客氣有禮，與昨日沒什麼兩樣，讓人疑惑。

馬車漸漸走遠，謝立青解開披風蓋到冷氏身上，帶著她回屋。「快回去吧，別著涼了。」

冷氏一邊走一邊問道：「東平王與王妃感情如何？」

謝立青道：「這我就不知道了……不過聽說東平王妃性格剛烈、頗有主見，把王府上下管治得順順服服。」性格剛烈，說白了就是脾氣潑辣，眼裡揉不進一點砂子。

昨日聽完謝立青的解釋後，冷氏就一直覺得疑惑，既然當初擠破了腦袋要進王府，如今好不容易進去了，又為何想吃回頭草？目下看來，那東平王妃應當是位很不好相處的，秦氏在她那裡吃了不少苦頭，才會想起謝立青的好來。

冷氏看一眼謝立青，那眼神明顯在懷疑他的眼光。

謝立青立即討好地擁她入懷，真是愛極了她這模樣。「為夫現在只喜歡妳，心裡只有妳一個人。」

後院，謝蓁和謝蕁在謝榮的幫助下，總算把一個雪人堆好了。

雪人頭上還戴著謝蓁的天鵝毛帽子，圓圓的臉盤，兩顆烏溜溜的眼睛和紅紅的嘴唇。謝蓁指著雪人說：「像不像阿蕁？」

謝蕁噘起小嘴。「像姊姊才對。」

兩人就雪人究竟像誰的問題討論了好一會兒，一個說像阿蕁，一個說像姊姊，最後誰都爭吵不出一個結果來。謝蓁轉身跑向廊廡，麂皮軟靴踩在木板上發出咚咚咚的聲音。「我叫阿娘來看看！」說著一溜煙跑去冷氏的正房。

房間門口沒有丫鬟，她推了兩下沒推開，門從裡面反鎖住了，她好奇地敲了敲門。「阿娘？」可是裡面沒有人回應。

她正想再叫，卻聽到裡面傳來奇怪的聲音。她把耳朵貼在槅扇上，只聽見低沈的喘息聲，還有阿娘低低的呻吟。

什麼聲音？她好奇地想再聽聽，卻被匆匆趕來的雙魚一把抱了起來。雙魚臉色通紅，抱著她離門遠一點。「大姑娘，李小公子來看妳了。」

謝蓁抬眸看去，只見李裕穿著黑裘斗篷站在廊廡另一邊，板著一張清雋白皙的小臉看她。

李裕把她剛才鬼鬼祟祟的舉動看在眼裡，擰著眉毛問道：「妳在幹什麼？」

他來找謝蓁，原本只想在正堂等著，但是被丫鬟熱情地帶到後院來了。雙魚說她在這裡，他就跟到這裡來，遠遠地看到她把耳朵貼在門上，不知在偷聽什麼。

這是他第一次主動找她，謝蓁很高興，上前拉著他的手往回走。「你過來幫我一起聽，我阿娘跟阿爹怎麼了？」

雙魚哪能真讓他們聽牆腳，若是讓老爺夫人知道，她還要不要活命了……連忙面紅耳赤地把他們攔在門口，好言好語地勸哄：「姑娘別擔心，老爺和夫人好好的……既然李小公子來找妳，不如我帶你們去別的房間坐坐吧。」

謝蓁仰起頭，眼裡都是好奇。「他們真的沒事嗎？」

雙魚好歹是個清白的黃花閨女，得知老爺夫人在屋裡恩愛，自然不好意思站得太近，所以到附近走了一會兒。未承想居然把這位小祖宗放了進來，給自己惹了個大麻煩，她忙點頭。「真的沒事。」

她千方百計把這二位領走了，臨走時謝蓁還嘟嘟囔囔。「可我明明聽到了……」

李裕扭頭問她。「聽到什麼？」

謝蓁想起阿娘那種似歡愉又似痛苦的聲音，天真無邪地學給他聽。「就是嗯嗯啊啊……」

嚇得雙魚連忙捂住她的嘴，小祖宗啊，這是能亂說的嗎?!日後長大了若是還記得這幕，不得後悔死啊？

好在李裕也是孩子，同樣聽不懂是什麼意思，兩人很快揭過這一頁，穿過廊廡回到剛才堆雪人的院子。她和謝蕁堆的雪人還在，但是謝蕁已經不知道跑哪兒去了，院子裡只剩下謝榮在揉雪球。

謝蓁跑上去。「哥哥，阿蕁呢？」

謝榮把揉好的雪球放到一旁，站起來撣了撣肩上的雪花，忽而輕輕一笑道：「在妳後面。」

他話剛說完，謝蓁便覺得脖子一涼，被人砸中了一個雪球。

她捂著脖子轉身，果然看到謝蕁裹著紅色的小棉襖，站在杉樹下得意地笑。「姊姊笨蛋！」

這個小混蛋，居然敢欺負她？謝蓁努力裝出生氣的樣子，但是卻憋不住咧嘴一笑，彎腰拾起哥哥揉好的雪球，往她站的地方砸去。雪球正好砸在謝蕁緞面軟靴上，她驚叫著往旁邊躲去，站穩之後，趕忙蹲下搓了一個小小的雪球，揮手一扔，沒瞅準，正好扔在謝蓁後面的謝榮身上，她立即站好，乖乖認錯。「哥哥對不起。」

說剛說完，就埋頭繼續揉雪球，跟謝蓁亂作一團。

謝榮當然不會真跟她們生氣，她們倆在一旁扔雪球，他就在樹下給她們揉雪球，笑著看她們打鬧。

李裕是來找謝蓁說正事的，沒想到她竟玩了起來，在旁邊等了好一會兒，最後實在太倒楣，被謝蓁的雪球砸了個正著。他只覺得眼前一花，抹了抹臉，便看到謝蓁笑得一臉歉疚。

「小玉哥哥你沒事吧？你怎麼不躲啊？」

他氣噎，他倒是想躲，但她就在他面前扔，他能躲到哪兒去？明擺著是要讓他摻和進來！

李裕毫不客氣地反擊，可惜謝蓁這鬼丫頭身子太靈活，像條小魚兒一樣，怎麼都砸不中她。末了姊妹倆居然齊心協力地對付起他來，一個在前一個在後，把他逼得無路可走，身上頭上都是雪花。

李裕氣急敗壞地瞪向她。「謝蓁！」

這是他第一次叫她的名字，滿滿的都是咬牙切齒的味道。

謝蓁眨巴眨巴水汪汪的眼睛。「嗯？」

就算她裝無辜，他也不會放過她的！李裕跳起來，毫無預兆地將她撲倒在地，半騎在她身上，緊緊地按著她的肩膀不讓她亂動，惡狠狠地瞪了她許久，忽然低頭一口咬在她蘋果般紅潤白嫩的臉頰上。她的皮膚很滑，李裕咬了兩口沒咬住，第三口總算咬住了，正想加大力道，她卻輕輕地哼了一聲，聲音又軟又細，小貓一樣。

李裕頓時停了下來，也不知道怎麼回事，居然有點捨不得下口了。

他咬的時候好幾次沒掌握好力道，舌頭舔到她的臉頰上，癢癢的濕濕的，伴隨著他牙齒的磕磕碰碰，她總算覺得有點疼了。謝蓁被他壓得喘不上氣，眼裡含了一汪水，粉唇微張，帶著些錯愕和抗拒。「小玉哥哥好沈……」

李裕精神一振，霍地從她身上站起來，拍了拍身上的雪。「上回我揹妳的時候，妳也很沈。」

謝蓁掛著兩個牙印和一臉口水坐起來，拿袖子擦了擦，不由自主地嫌棄起來。「噫……髒死了。」

李裕臉色更青。「一點也不髒。」

謝蓁小姑娘是最愛乾淨的，雖然她喜歡小玉哥哥，但是不代表可以隨便被他啃臉。於是她拿袖子認認真真地擦了一遍，總算把他的口水都擦乾淨了，站起來扭頭就往自己屋裡跑。

雙魚問：「姑娘去哪兒？」

她遠遠地答：「我要洗臉！」

李裕抿了下唇，很不痛快。

總算洗完臉後，謝蓁的花苞頭因為方才打雪仗弄亂了，雙魚又重新給她梳了個頭髮，纏上兩條細細的珠花金鏈子，鏈子兩頭分別掛了幾個小鈴鐺，走起路來鈴鐺碰撞，發出清脆的聲響。屋裡炭火燒得旺盛，房間裡暖融融的，與院外全然兩個世界。謝蓁脫掉纏枝牡丹金寶地小襖，裡面只穿了件水紅夾衫和斜襟半臂，踩著軟靴在屋裡跑來跑去。雙魚擔心她著涼，在後頭攆著讓她穿上小襖，她卻怎麼都不聽。

謝蓁興致盎然地來到李裕跟前，早就忘了剛才的不愉快。「小玉哥哥找我什麼事？」

李裕也覺得她穿得太少，明明比別人都嬌氣，動不動就發燒生病，為什麼不好好照顧自己？但是他不會多管閒事說出來的，他讓外頭李府的丫鬟進來，從她手裡接過一個花梨木盒子放到桌上。「上回我把妳的簪子弄斷了，我說過會賠妳一根。」

謝蓁被雙魚抱到凳子上，伸手打開盒子，一眼就看到了阿娘的那根簪子。她哇一聲。「小玉哥哥在哪兒買的？」

李裕說不是買的，指指簪子中間那圈鑲金。「這是妳上次買的那支，我讓人接起來了。」

他一說，謝蓁才發現果然是這樣，中間接起來的那層金子外表雕了一圈水波紋，極其自然，絲毫不顯得突兀。謝蓁捧著簪子左看右看，對李裕佩服得不行，對於剛才拿雪球扔他的事深表愧疚。

沒想到更愧疚的在後面，李裕又從懷裡掏出一塊長命鎖，正是謝蓁當在首飾鋪的那一個。

他說：「這塊鎖是妳的嗎？我讓人換回來了。」

他當然不會告訴謝蓁這是他特意讓人去換回來的。他就是覺得這鎖挺漂亮，隨意給人有點太可惜了。他的想法跟冷氏一樣，自從冷氏知道她把銀點藍如意雲頭長命鎖給了首飾鋪掌櫃後，不止念叨了她一次。

謝蓁沒想到還能找回來，高興地戴在脖子上，由衷地說：「謝謝小玉哥哥！」

說完見李裕一臉的汗，她疑惑地問：「你很熱嗎？」

他搖搖頭。

後來才知道那是雪融化之後的水，他臉上、頭上的雪花被屋裡火熱的溫度一烤，很快融化開來，變成水珠一滴滴滑落。雙魚借來謝榮的衣服想讓他換上，他卻說什麼都不肯。

謝蓁掏出自己柔軟的絹帕，站到他面前一點一點仔細地給他擦水珠，語氣頗有點討好的意味。「對不起啊。」

李裕不吭聲，顯然沒接受她的道歉。

於是她擦得更賣力了，標緻的小臉幾乎貼到他的臉上，又長又翹的眼睫毛輕輕一顫，掃到他的鼻梁上。她說：「小玉哥哥剛才咬我，我都沒生氣。」

李裕說：「那是妳活該。」而且她怎麼沒生氣？她明明嫌棄他髒了。

如果今天不是受了爹娘的囑託，他根本不會過來……想起李息清和宋氏，李裕總算想起今天來的主要目的。「下個月我家要去普寧寺上香，那裡後山有一片桃林，阿娘讓我問問你們，要不要一起去看桃花？」

謝蓁想也沒想。「去！」

李裕忍不住潑她冷水。「妳先去問問冷姨吧。」

她絲毫不減興致，歡快地嗯了一聲。把他臉上、脖子上的水珠擦乾淨後，又拉著他站在火爐前烤了好一會兒，才肯讓他回家去。

李裕走後，謝蓁立即跑到正房去找冷氏。

此時房門已經開了，冷氏坐在鏡奩前，謝立青在後面替她梳頭。

謝蓁小跑過去。「阿娘，阿娘，我有東西要給妳看！」

冷氏看著跟平常沒什麼兩樣，但是眼裡卻滿含春意，平添幾抹嬌豔，與她冷淡的氣質非但沒有衝突，反而相得益彰。

她問道：「什麼東西？」

謝蓁獻寶似的把簪子捧到她跟前，期待地問：「是不是跟阿娘的簪子一模一樣？這是我上次買給妳的，可惜後來弄斷了，小玉哥哥重新接了起來，他是不是很厲害……」

小丫頭喋喋不休，冷氏卻聽得很有耐心，她笑了笑。「是很厲害。」

謝蓁又指指自己脖子上的長命鎖，那語氣，自豪得不得了。「這個也是小玉哥哥給我找回來的。」

見冷氏笑了，謝蓁便跟她說起今日李裕來的目的，她聽完之後，沒有多想就答應下來了。「來青州這麼久，都沒有好好逛逛，正好趁著這次機會帶你們出去走走。」

謝蓁雀躍地歡呼一聲，花苞頭下的鈴鐺一起一伏，發出清脆悅耳的聲音，她開始期待起下個月了。

過完年後謝蓁就六歲了，姑娘家小時候長得快，抽條一般開始竄個子，比起去年又長高不少。從京城帶回來的春衫夏衫泰半都小了，冷氏拿到她跟前比劃了下，袖口和褲腿兩個地方都短了一截。

冷氏笑著感慨。「明兒就讓陳嬤嬤上街買幾疋料子，給妳做幾身新衣裳。」

小孩子沒有不喜歡新衣裳的，謝蓁也不例外，當即喜孜孜地捧著冷氏的臉親了一口。

「我要穿裙子，有花兒有鳥兒的裙子！」

她說的是冷氏那條白羅花鳥紋繡花裙，冷氏只在定國公府老太太大壽時穿過一次，卻被這小姑娘記心裡了，心心念念想要一條跟她一模一樣的裙子。冷氏好笑地捏捏她肉乎乎的小臉。「等羔羔長大後，阿娘就把那條裙子送給妳，好嗎？」

謝蓁高興壞了，纏著她不住地問：「真的嗎？真的嗎？」

冷氏從來不騙她。「當然是真的。」

她是真喜歡那條裙子，巴不得自己能趕快長大，最好長得跟阿娘一樣高，就能穿漂亮的裙子了。

第二天陳嬤嬤帶人來給她量尺寸，順道也給謝蕁和謝榮量了身高，當天下午便有人把料子送進府裡來，讓他們自個兒挑選。謝蓁最臭美，一個人挑了七、八疋布，裙子短衫褙子袍子全做了，這一年恐怕都不會再缺衣服。

謝蕁是個沒主見的，謝蓁說哪個顏色好看她就要哪個，最後也挑了四、五疋布做春衫夏衫。謝榮則隨手指了兩個顏色，其他全憑冷氏作主。

冷氏讓陳嬤嬤一一記下來。「這個月底就要把衣裳都做出來，否則下個月天氣暖和了，便沒衣服穿了。」

陳嬤嬤忙應一聲是，領著一干丫鬟下去了。

雪融化後，青州接連下了好幾場春雨，一場比一場纏綿。淅淅瀝瀝的雨滴打在屋簷上，發出叮叮咚咚的聲音，偏偏又下不大，一直堅持不懈地下了半個月，月底最後一天，天氣總算是放晴了。謝蓁和謝蕁被悶在屋裡半個月，早就悶得快長毛了，雨停之後把整個謝府都轉悠了一遍，才算痛快。

當天下午他們的衣裳便做好送來了，謝蓁共做了十幾身衣裳，在貴妃榻上擺了一長排。她一件件拿起來看，有嬌綠四合如意雲紋綢緞做的短衫，還有天藍湖縐褙子和鵝黃瓔珞八寶紋裙子……因為天氣熱了，大部分都是春夏穿的衣服，還算涼快。

謝蓁不厭其煩地試了一遍，大小都很合適，連日來因為雨天變得陰鬱的心情頓時晴朗起來。她當下就把過幾天上香穿的衣服選好了，是一件櫻色小衫和一條白紗連裙，腳上穿一雙沙藍綢扣的小鞋，連帶著那天的配飾都選好了，比冷氏為她準備的還好。

不得不說，這小姑娘在打扮自己這方面，還是很有獨到天分的。

第五章

到了二月初七這天，謝蓁一早換好了衣裳，坐在鏡子前讓雙魚給她梳頭。

她今兒個沒紮花苞頭，用紅絛帶紮成了兩個小髮鬏，帶子從兩邊垂下來，更像是年畫裡的玉娃娃，嬌憨可愛。雙魚蹲下替她掛上香囊和平安符。由衷地感嘆。「姑娘長大了一定是位傾國傾城的美人。」

謝蓁不懂什麼叫傾國傾城，她只知道雙魚在誇自己，笑咪咪地接受了。

冷氏原本還擔心她自己收拾得不好，沒想到她不僅把自己打扮得漂漂亮亮的，還把謝蕁也打扮好了。要說這身衣裳真襯她，顏色鮮嫩，就像春天裡新發的筍芽，又白又嫩，讓人想把她從地裡拔出來，帶回家去慢慢品嚐。

女兒好像比去年出落得更漂亮了，眉眼愈顯精緻。她是越長越美，一年比一年標緻，以至於現在才六歲，就漂亮得有點不像話了。也不知道再過幾年會漂亮到什麼程度？會不會惹來禍端？冷氏開始發愁起來。

女兒生得不好看發愁，女兒生得太好看也發愁，真是左右為難。當然，這些冷氏是不會跟謝蓁說的，她只要好好的長大就行了，無論她長成什麼樣，都是冷氏的寶貝女兒。

謝立青今天特意向衙門請了一天假，陪妻子、女兒一塊兒出門，一家五口來到門口時，李家的馬車也已準備好了。

兩家同時出發，往城外五里山上的普寧寺趕去。五里山距離益都縣有五里，馬車約莫要走大半個時辰。他們主要是帶著孩子踏青的，路上停停走走，一個時辰後來到五里山山腳下。

這時謝家幾口人才知道，原來高家幾位老爺夫人也在寺裡。

宋氏說：「高家原本不打算來上香，後來不知怎麼改了主意，竟然比我們來得還早。」冷氏倒是沒什麼意見，她原本就對高家的人印象不深，他們來不來都一樣。倒是謝蕁上回被高潼潼推了一把，至今想起她便有點犯怵，躲在謝榮身後不肯出來。

謝榮讓她別怕，牽著她的小手往山上走。「有哥哥在，沒人敢欺負妳。」

山路略顯崎嶇，馬車走到半山腰便走不動了，剩下的路必須自己走上去才行。謝蕁太小，便由嬤嬤抱著跟在老爺夫人身後，後面是李氏夫妻倆，再後面是謝蓁和李裕，最後才是謝榮。謝榮身後還跟著好幾名婢僕，近身保護他們的安全。

謝蓁拒絕被陳嬤嬤抱著，她要跟李裕手牽手一起走。「小玉哥哥等等我嘛……」

李裕走得比她快，拒絕跟她站在一起。

今天出門時他倆站在一塊兒，他發現她居然又長高了一點，這讓明明比她大半歲的李裕很受打擊，這一路都沒怎麼搭理她。她是春筍不成？才下幾場春雨就冒出頭了！

李裕把手藏進袖筒裡，就是不讓她牽，誰知道這臭丫頭居然自發自覺地把手伸進他袖子裡，捉住他的手，硬生生掰開他的手指頭，成功跟他握在一起。

李裕大概沒見過這麼厚臉皮的，當即就震驚了，甩都甩不開。

謝榮在後面跟著兩人，並不出聲阻止謝蓁的動作，只在她要摔倒時扶她一把，讓她免受傷。不過謝榮對李裕就沒那麼友善了……在謝榮眼裡，每回都是妹妹對他熱情洋溢，他卻回應得不冷不熱，實在不識好歹。

起初謝蓁還能堅持走一段路，後來實在走不動了，張開雙臂跑到陳嬤嬤面前求抱抱。那嬌模樣可愛得陳嬤嬤心肝兒直顫，一口氣抱著她爬上山頂那是半句怨言都沒有。

走了半個多時辰，一行人總算抵達山頂，來到普寧寺門口，自有僧人接應。

普寧寺是當初李家出錢修葺的，寺裡住持把李家奉為上賓，得知他們要前來借住，立即在後院整理出好幾間房，讓僧人領他們過去。房間清掃得不染塵埃，窗明几淨，被褥桌椅一應俱齊，倒也是個落腳的好地方。

一切打點完畢後，冷氏才領著他們去大雄寶殿上香祈願。殿內寶相莊嚴，十八羅漢姿態各異，在這等威嚴肅穆的氣氛下，謝蓁和謝蕁頓時就老實多了。

前面蒲團上正好跪著一對母女，等她們站起來一轉身，才發現是徐氏和高潼潼二人。

徐氏笑了笑，與冷氏寒暄兩句，帶著高潼潼就要走。

高潼潼上回被謝榮毫不留情地諷刺了，當時覺得悲憤欲絕，這輩子都不想再見到他。然而今日一見，目光還是不由自主地被他吸引了，覺得他比幾個月前俊朗不少，也長高了不少。

徐氏走出幾步遠，發現女兒仍舊怔怔地盯著後面。「潼潼，妳在看什麼？」

高潼潼連忙回神跟上她。「阿娘，我沒看什麼。」

拜完佛祖後，冷氏就領著他們回屋歇息了，畢竟今天起得早，又爬了半個小時的山路，大家肯定都累了，還是先休息一會兒，到下午再去後山看桃花比較好。

沒想到下午一覺醒來，山上居然下起雨來，細密的雨點如針尖一般扎進五里山的土壤中。細雨綿綿，斷斷續續，一直下到傍晚還不見停。他們的計劃被打亂，不能出去，只好在寺廟裡待著。

徐氏領著高潼潼來了一趟，大人在裡屋說話，孩子們便在廊廡下玩耍。這回高潼潼學聰明了，對謝蓁和謝蕁客氣得不行，以至於謝蓁一度以為她磕壞腦子了，才會變了個人似的。

謝蕁也很忐忑，因為有了前車之鑑，這回無論她再怎麼討好她們，姊妹倆始終不大熱情。

翌日天明，山上的雨總算停了，天空一碧如洗，豔陽高照，是個適合出行的好天氣。謝家和李家在寺廟後門會面，正要出發時，高家的人也過來了，說要跟他們一起去看桃花。徐氏帶著高潼潼，趙氏帶著高洵，後面還跟著幾個丫鬟婆子，看樣子是有備而來。

宋氏很客氣。「人多才熱鬧，那就一塊兒去吧。」

桃園距離寺廟不遠，一個小僧人領著他們，走了約一刻鐘就到了。幾個孩子倒也算聽話，沒鬧出什麼大事情，大抵是下山的路不好走，謝蓁始終亦步亦趨地跟在謝榮身邊。「哥哥慢點。」

謝榮跟李裕不一樣，謝蓁讓他慢點，他就一定會慢點，有時還會直接抱起她走一段路。

以至於這一路下來，謝蓁小姑娘根本沒出多少力氣，到桃園時數她最有精神，謝蕁反而趴在嬤嬤肩頭睡著了。

桃園共有數十畝，成千上萬桃花瓣爭相綻放，形成一片花海美景，盛開在眾人眼前。

桃花瓣隨風散落，遠遠看去就像一片此起彼伏的粉色汪洋，波浪湧上來，帶來濃濃花香。謝蓁幾步來到一棵桃樹下，仰起臉看頭頂的花瓣，許是被這壯觀的景色震驚了，呆呆地看了半晌都沒回過神來。

一片花瓣從上方飄落，旋轉著落到她額頭上。花瓣上帶著昨晚殘留的水珠，覆在額頭上冰冰涼涼的，她伸手拈下來，花瓣掉落的地方正好印上一點殷紅花汁，像特意點上去的硃砂。

她笑著轉頭時，身後的桃花都成了陪襯，才這麼小就有了這種冶豔的氣質，難怪高潼潼說她是小狐狸精，此話一點不假。她不是那種端莊大氣的美，她美得有點嬌有點妖，尤其笑時更有種勾魂攝魄的力量，讓人情不自禁就深陷其中。

如今她站在桃花樹下，粉衫白裙，笑彎了一雙清澈雙目，朝他們招手。「阿娘、哥哥快來，這棵樹的花兒特別香！」

冷氏和謝立青依言過去，謝榮也緩步上前，留下一干看癡了的眾人。

這謝家的人一過去……臉蛋一個比一個好看，真是一幅精美絕倫的畫卷。老天爺忒不公平，敢情長得好看的都湊一家去了。

高洵站在原地癡癡地看著他的小仙女，連趙氏叫了好幾聲都沒聽見，無奈之下敲敲他的腦門。「想什麼呢？阿娘叫你幾聲了？」

他這才回神，依依不捨地收回目光。「阿娘叫我何事？」

趙氏指指前方。「李家小公子已經過去了，你不過去嗎？」

高洵這才看到李裕早已不知何時去到謝蓁身旁，他側著臉，如玉的臉龐上沒有多少表情。但是謝蓁很喜歡他，總是主動找他說話，這讓高洵很羨慕。

自從上回他帶著他們上街，卻差點把他倆弄丟後，他一直心懷愧疚，至今沒好意思找她。然而今日一見，他終於還是憋不住了，走到謝蓁跟前吞吞吐吐半天。「阿蓁……」

沒想到謝蓁對他的態度一點沒變，一如既往地和氣。「嗯？」

高洵如釋重負，只覺得連日來擠壓在心頭的抑鬱煙消雲散，整個人都輕鬆不少。他把醞釀了好久的話說出來。「對不起，上回差點把妳弄丟了……以後我一定會好好保護妳的！」

謝蓁原本快忘了，被他這麼一提，紅潤的小臉頓時白了一白。那確實不是多麼美好的回憶，她情願以後都別想起來。

高洵上前，煞有介事地保證。「我是說真的！」

謝蓁胡亂點了下頭，實在不想繼續這個話題，腦子飛快地轉了轉，忽然想起要跟他算帳。「你明明答應我對誰都保密的，為什麼把簪子的事告訴小玉哥哥了？」

她嬌蠻地質問，倒不是不想讓李裕知道，而是她覺得他既然答應了她，就不該告訴別人。

高洵頓時理虧了，心虛地看一眼李裕。「我……」那眼神，明擺著在求李裕幫他說話。

但是李裕就跟沒看到似的，轉身去看後面開得爛漫的桃花，獨留高洵面對謝蓁的責問。最後高洵被小仙女訓得蔫頭耷腦，認錯不迭。饒是如此，心裡仍舊是美滋滋的。

那邊高潼潼刻意跟謝蕁走得很近，嬤嬤領著謝蕁去哪兒她便跟到哪裡。

桃園往深處走有一座小築，小築用竹子搭建，四面透風、清幽雅致。中間搭了一張竹製的桌子，就連茶杯都是用竹筒做的，與周圍的桃樹非但不顯得衝突，反而把紅與綠兩種顏色融合得恰到好處，頗有種世外桃源的氣息。

婦人們在小築裡歇腳品茶、談天說地，不多時丫鬟擺上幾碟點心瓜果，還有極具此處特色的桃花釀，在每人杯裡都倒了小半杯。

冷氏小啜一口，入口甘甜，唇齒間好似含了一片濃香的桃花瓣，嚥下腹中仍回味無窮。

徐氏也喝了一口，但是她的注意力不在桃花釀上，而是放在小築外面。「潼潼跟令千金關係真好……」

冷氏循著看去，果見不遠處一棵樹下，高潼潼正跟在謝蕁身後，嬤嬤帶著謝蕁去哪兒她就跟到哪裡。不知情的，還真以為她們關係多好呢。

謝蕁覺得高潼潼今天好像總跟著自己，她去哪兒她就去哪兒，還對自己表現得十分熱情，問這問那，謝蕁一點也不想回答，因為她問的都是一些很奇怪的問題。

比如說，「你們在家玩什麼？」

還有，「謝榮做什麼？他上學堂還是請先生了，功課學得好嗎？他平常都喜歡什麼？」話題說著說著就跑到哥哥身上去了。

謝蕁年紀小，哪裡記得清楚這麼多，很快就不耐煩了，撥浪鼓一樣搖頭。「我不知道，我不知道！」

高潼潼不死心。「妳告訴我這些，我就買如意坊的點心給妳。」

這太狡猾了，謝蕁鼓起腮幫子堅定地搖頭。「我不要。」

天知道她下了多大的決心才為了哥哥拒絕了好吃的。她四歲了，尚且不知道討厭一個人是什麼感覺，但是她卻下意識地排斥高潼潼。

她想過去找謝蓁，沒走幾步，就被高潼潼攔住去路。高潼潼努力維持一副和顏悅色的表情，笑著問：「那妳想吃什麼？我回去讓下人給妳買，不如妳把謝蓁和謝榮的喜好也告訴我，我一道給你們準備？」

謝蕁睜著漂亮的大眼睛。「我不知道。」

高潼潼深吸一口氣。「那妳哥哥有不喜歡的東西嗎？」

謝蕁還是那句話。「我不知道。」

高潼潼最終忍無可忍了，彎腰戳戳她的腦門。「妳怎麼這也不知道、那也不知道，妳是不是很笨啊？」

她這一下本沒用多大的力氣，但是謝蕁後退了半步，正好踩到一塊凸起的碎石頭上，踉蹌了下，直直地坐在地上。嬤嬤忙把她從地上扶起來，撣了撣身上的土，擔憂地問：「姑娘哪裡疼？摔著了沒？」

謝蕁揉揉屁股，說了句疼。

小築裡冷氏和徐氏注意到這邊的情況，立即起身趕了過來。冷氏把謝蕁抱過來，問她怎麼回事。

高湛湛搶在她跟前說：「我跟阿蕁鬧著玩呢……我只是輕輕碰了碰她，沒想到她就倒了，是我不好。」她這麼誠懇的道歉，倒叫大人不好說什麼。

但是冷氏的臉色不大好看，女兒三番兩次因為高湛湛出事，她始終對這個小姑娘無法生出好感。礙於徐氏也在，冷氏只道：「日後多注意就是了。」

徐氏還算明事理，拉著女兒道了幾聲歉，這事就這麼完了。

大人離開後，剩下幾個圍觀的小朋友，謝蓁把謝蕁和謝榮護在身後，漂亮的臉蛋滿是怒意，瞪向高湛湛。「妳又欺負阿蕁了？」

高湛湛怎麼會承認。「我都說了是她自己沒站穩，與我何干？」

後面謝蕁趴在謝榮懷裡，往他頸窩裡蹭了蹭，委屈巴巴地說：「哥哥我不笨。」

謝榮一怔，摸摸她的後腦勺。「阿蕁本來就不笨，阿蕁是我們家第二聰明的。」第一當然是謝蓁了，他身為哥哥從來不跟她們爭，旋即又問：「誰這麼說妳了？」

在謝榮循循引導下，謝蕁才說出事情的始末。謝榮臉色很不好看，把她放到腿邊，站起來看向高湛湛。「妳是不是覺得自己很聰明？」

高湛湛還在跟謝蓁對峙，根本沒注意到後面的情況，聞言一愣。「什麼？」

謝榮又問：「既然如此，為何卻連我喜歡什麼、功課學得好不好都猜不到？」

高湛湛徹底呆住了，不知所措地看著他。

謝榮繼續道：「妳既然想打聽我的情況，就該對我妹妹和善一些。否則不僅這回，就連下回、下下回，她都不會告訴妳。」他低頭揉揉謝蕁的腦袋。「對嗎阿蕁？」

謝蕁大力地點頭，或許是嫌不夠，又補上一句。「嗯！」

高潼潼臊紅了臉，恨不得立即找個地洞鑽進去，再也不要出來。

中午回到普寧寺，冷氏跟謝立青商量了一下，打算明日一早就啟程回府。用過寺裡的齋飯，三個孩子都累得不輕，冷氏便讓人把他們送回房間休息。她跟謝立青躺在榻上說了一會兒話，沒過多久，兩人昏昏欲睡時，檻窗外忽然明亮起來，火光映天。

謝立青起身到窗外一看，只見火源是從大雄寶殿那裡傳出的，隔得不遠，幾乎能聽見噼哩啪啦的火星聲，他一驚。「正殿怎麼燒起來了？」說著就要過去看看。

冷氏忙披上衣服跟過去，因幾個孩子還在熟睡，便讓丫鬟好好照看，不必驚醒。

冷氏和謝立青離開沒多久，謝蓁就醒了。她找不到阿爹阿娘，聽雙魚說他們在前面，這時她才注意到天邊的一抹紅光。火勢漸漸大起來，燒得半邊天都紅了，寺裡居住的人大部分去滅火，宋氏和李息清也不在，後院一下子安靜得厲害。

謝蕁還在睡，怎麼都叫不醒。謝蓁一個人有點害怕，正好李裕的房間離她最近，她沒多想，往他的房間跑去。

李裕房門緊閉，外面一個丫鬟也無，門剛好沒鎖，謝蓁推開門往裡面走，她輕聲問：「小玉哥哥你在嗎？」

然而剛走進內室，還沒看清裡面的情況，身後便探出一隻手捂住了她的嘴！

雙魚在屋外等著，起初她以為謝蓁在跟李裕說話，便沒有進去，然而過了好一會兒，他們始終沒從屋裡出來，她叫喚兩聲，沒有人答應，這時候她才覺得不對勁，緊跟著走入房間。「大姑娘？」

房內空無一人，繞過屏風看向內室，根本不見謝蓁和李裕的蹤影！她頓時慌了，把房間裡裡外外找了一遍，卻仍沒找到謝蓁。怎麼可能！方才明明親眼看著大姑娘進來的，怎麼一眨眼就沒了！她此時才注意到床鋪有些凌亂，窗戶微敞，很明顯有人剛離開。

雙魚忙走出室內，往外面追去。「大姑娘、李小公子！」

寺廟裡的人都在忙著救火，根本沒人注意到她這邊的情況，她不敢耽誤，忙跑到前面去通知謝立青和冷氏。

然而已經晚了，謝蓁和李裕早已被人帶走。

謝蓁被人扛在肩上，嘴巴裡堵了一塊破布，連叫都不能叫出來。扛著她的人走在崎嶇不平的山路上，顛得她肚子一陣一陣的疼，她明明怕極了，但是卻不敢哭出來，生怕自己一發出聲音對方就會殺了她。

剛才她去李裕的房間找他，剛走進內室，還沒看清裡面的情況，就被一隻手從後面捂住了，那隻手粗糙乾燥，帶著厚厚的繭，明顯不是李裕的手。

她正要掙扎，一眼看到另外一個人扛起李裕，狠狠地瞪她一眼。「若是敢叫就殺了妳。」

那雙眼凌厲狠辣，把她嚇得登時就閉嘴了。

李裕大抵沒想到她會過來，他比她冷靜一點，但到底還是個孩子，忍不住大聲吼她。

「妳站著幹什麼？還不快跑！」

謝蓁聞言毫不猶豫，掙開那隻手轉身就跑，她想如果她跑了，還可以找爹娘救小玉哥哥，她不想死在這裡。可是她還沒跑到門口，扛著李裕的那個人就後悔了，朝同夥抬了抬下巴。「把她也帶上，一塊兒解決了。」

於是謝蓁就成了現在的處境。

扛著他們的兩個人都是一身黑衣，蒙著臉，看不清五官，只能憑身形感覺出是常年習武之人，身手應該不差。他們一人扛著一個孩子來到半山腰下，本想就地解決了，但是又覺得距離寺廟太近，容易被人撞破，索性再走一段路，直接翻到另一座山頭。

謝蓁的早飯午飯都要被他們顛出來了，他們才停下來，把她和李裕扔到地上。

謝蓁的後腦勺磕在樹幹上，上下牙齒一碰正好咬住了舌頭，疼得她當場就淚眼汪汪。她嗚咽一聲，強忍著沒哭，下意識地伸手去抓李裕。

李裕比她好一點，起碼沒受傷，迅速爬起來擋在她跟前，擰起秀氣的眉毛看向兩個黑衣人。「你們是誰？要做什麼？」

方才在屋裡沒看仔細，現下就著陽光一看，這小子長得還真像……紫禁城裡那位。雖然還小，那眉眼之間已能看出輪廓，而那副盛氣凌人的姿態，普通人家的孩子根本學不來。

難怪有人千方百計想除了他。

其中一個高壯的黑衣人抓著他的胳膊把他提起來，陰冷聲音從面罩下傳出。「你說我們要幹什麼？把你們帶到這裡，難道是來喝茶的嗎？」

說著另一隻手抽出腰上的佩刀，冰冷的刀刃在陽光下反射出耀眼的光，光芒刺進李裕眼裡，他下意識閉上眼，旋即覺得臉上一涼，刀刃順著他的臉頰往下滑，一路來到胸口。

眼看著黑衣人一刀就要刺進李裕的胸口，謝蓁急忙忙喊了句。「不要！」

說著從地上爬起來，踉踉蹌蹌地跑到黑衣人跟前，抱著他的腿，仰起粉嫩天真的小臉，水汪汪的眼睛含著淚光懇求。「不要殺小玉哥哥，求求你別殺他……」

黑衣人沒見過這麼可愛的粉團子，無論是名門千金還是皇孫公主，沒有一個這麼可人疼的。他登時有些愣住，但很快回過神來，一腳把她踢開。「別急，下一個就是妳！」

原本不打算殺她的，但是她撞破了他們的好事，回去後定會跟人說不該說的話。為了減少麻煩，還是直接滅口比較好。

李裕的肩膀被抓得生疼，骨頭都要碎了一般，他咬著牙齒說：「你敢……」你敢碰她一根手指頭！

他這時候還小，根本不知道後半句話的涵義，只覺得憤怒。因為謝蓁莫名其妙被牽連進來，因為謝蓁為他受了傷，所以他覺得憤怒。

黑衣人冷聲一笑，大概認為被一個小毛孩這樣威脅很可笑，連解釋都不屑。

刀割破他的衣服，刺入胸膛。

李裕皺著眉頭問：「為什麼殺我們？」

那人可能覺得他快死了，又可能覺得跟一個小孩子說這些，反正他也聽不懂。「為什麼？天底下哪有這麼多為什麼，有人想讓你死，你就活不下去！」一邊說，一邊把刀刃刺得更深。

皮肉被劃破的感覺異常清晰，李裕疼得咬緊牙關，最終忍不住逸出一聲悲鳴。

然而當黑衣人想一舉刺穿李裕的胸膛時卻驀然停了下來。他眼睛瞪得渾圓，低頭看向胸口忽然多出的一柄長刀，刀尖上滴著血，正是從他胸口流出來的。

動手的是另一位黑衣人，那人沒有拔出刀刃，反而握著刀柄轉了一圈，疼得對方立即翻了個白眼，鬆開李裕，身子直挺挺地倒在一旁。

那人眉眼冷淡，不染纖塵，絲毫不像是剛殺完人的人。他看向地上沒有死透的黑衣人，薄唇輕啟，送了一句話。「連一個孩子都要趕盡殺絕，她可真是蛇蠍心腸。」

黑衣人死死盯著他的臉，想說什麼卻說不出來，最終兩眼一翻，徹底死了。

謝蓁和李裕都是家裡嬌生慣養的小祖宗，何時見識過這種血淋淋的場面，當即懵住了。尤其謝蓁，呆呆地看著動手的那個人，居然不怕死地問道：「你為什麼要殺了他？你們不是一夥的嗎？你是不是背叛他了？」

那人拔出長刀，交給身後陸續出現的人。「我們不是一夥的。」

一波一波侍衛打扮的人從林子裡竄出來，恭恭敬敬地跪在他身後，不知他是什麼身分？

謝蓁停頓了一下，小聲又怯怯，像怕驚醒了什麼一樣地問：「那你要放了我們嗎？」

那人居然點了下頭，表情沒什麼大變化，反而帶著點慈悲。「走遠點，離京城越遠越好。」

謝蓁很聰明，這種時候就算不明白他的話什麼意思也要拚命地點頭。「好，越遠越好！」

那人再次深深往這邊看了一眼，目光停留在李裕臉上，神情微不可察地變了變，很快恢復風輕雲淡的表情，轉身領著一干人等離去。

李裕的胸口被戳了一個窟窿，雖然不深但也是一道傷口，還在不斷地往外冒血。

荒山野嶺只有他們兩個小孩，謝蓁頓時覺得前所未有的無助與孤獨，面對受傷的李裕，她根本不知道該如何救他。謝蓁雙手疊上去，捂住他受傷的部位。「小玉哥哥你會不會死？你千萬不要死，我帶你回去找宋姨。」

李裕忍不住咳嗽了下，這一動牽扯到胸口的傷，疼得他齜牙咧嘴，早已不見剛才的冷靜，他額頭不斷地冒出虛汗，大概是剛才的恐懼現在才表現出來。

可憐的謝蓁早就嚇壞了，他們不知道被帶到了哪裡，總覺得走了很遠很遠，遠得連寺廟的影子都看不到。太陽就快落山了，他們若是不能儘早趕回寺裡……聽阿娘說山上有狼有老虎，會把他們都吃掉。謝蓁拉扯他兩下。「小玉哥哥起來，我們快點回去……」

李裕點點頭，捂著胸口跟在她身後。

道路兩旁都是雜草，有的甚至半人高，而且這座山尚未開化，路上堆了很多碎石頭，走起路來十分困難。謝蓁牽著李裕的手走了一段路，只覺得拖著李裕越來越沈，到最後完全拖不動了。她轉身一看，李裕居然趴倒在地上一動不動，路兩旁的雜草幾乎都滴上了他的血。

「小玉哥哥！」謝蓁驚聲大叫，怕他跟剛才的黑衣人一樣死了，慌張地搖晃他的胳膊。「你死了嗎？你說說話啊！」

半晌，李裕緩回一口氣，悠悠道：「死了還怎麼跟妳說話……」

謝蓁喜極而泣，淚珠啪嗒啪嗒往下掉，囔囔地說：「你不要死。」

李裕勉強點了一下頭，他也不想死在這裡啊！

這回他是徹底走不動了，謝蓁捨不得拋下他，架著他的手臂把他扶到肩上，拖著他一步步往前走。謝蓁比他高，所以扶起他來並不吃力，就是時間長了有些呼哧呼哧。兩個小孩子腳程再厲害，今晚都是走不出這座山的，謝蓁扶著李裕走沒多久，太陽都下山了。山林很快籠罩在一層夜色之中，四周黑沈沈的，只剩下天邊一點殘留的光亮。

謝蓁慌了神，不住地問李裕：「怎麼辦，我們怎麼辦？」

此時李裕胸口的傷已經不再流血，而且他疼得麻木，這會兒倒感覺不到疼了。他離開謝蓁身上，正要說話，遠處山谷卻傳來一聲狼嚎，在夜晚空曠的山谷中顯得格外清晰。

謝蓁一抖，下意識靠近李裕身邊，兩人都是孩子，儘管李裕比她更成熟一些，但是也免不了害怕。現在西邊最後一點殘陽也消失了，山林很快黑暗下來，清冷的夜光透過樹葉打在他們腳邊灑下一地銀灰。四周沒有光，他們僅能依靠微薄的月光照亮眼前的路。

李裕這回沒有猶豫，牽住她的手。「我們找個地方躲起來。」

謝蓁寸步不離地貼著他走，一面走一面環顧四周，生怕某個角落有野獸忽然竄出來。她沒有見過狼，但是父母嚇唬小孩的時候，總說如果他們不聽話就會讓狼把他們叼走，她從此謹記在心，對豺狼虎豹一類的動物打心眼裡害怕。

走了一段路，大概是被李裕身上的血腥味吸引，狼嚎聲越來越近。

謝蓁走得兩條小細腿都疼了，但是卻不敢說出自己累了這種話，因為李裕比她更可憐，他還受著傷。她眨眨眼睛，把眼裡的淚水憋了回去。「小玉哥哥你還疼嗎？要不要我揹你？」

李裕想都沒想地搖頭。「不用。」

他是男孩，還比謝蓁大，要她揹像什麼樣子？而且現在已經不怎麼疼了，謝蓁那麼笨那麼瘦弱，揹著他只會走得更慢。

前面不遠處有一個村落，幾家房子煙囪裡還冒著炊煙，他們如果趕在狼群之前抵達村莊，或許能撿回一條命。

李裕把這個想法跟謝蓁說了後，謝蓁立即抖擻起精神，走得比方才快多了。「那我們快過去呀！」

李裕嗯一聲，跟上她的腳步。其實他早都走不動了，流了太多血，能支撐到這裡已經是極限。他覺得眼前的景象越來越模糊，視線越來越晦暗，末了兩腿一軟跪在地上，倒在一旁。

前面的謝蓁聽到動靜轉過頭來，恐懼和無助的情緒一下子洶湧而至，她再也忍不住放聲大哭。她蹲在李裕跟前，不停地叫。「小玉哥哥，小玉哥哥……」

李裕這會兒連嫌棄她的力氣都沒有了，兩眼一閉。「妳自己走吧。」

謝蓁搖頭說不要。「我們一起走。」

她是小孩子，不懂得什麼大道理，只知道他們是好夥伴，要走只能一起走，要活命也一起活命，她不能丟下他。就算李裕走得越來越慢，她也從來沒想過要扔下他獨自逃跑，把他一個人扔在這裡。

身後的狼群逐漸逼近，謝蓁一回頭，透過矇矓淚眼甚至能看到遠處冒著幽幽綠光的眼睛。她咬住下唇，慌亂地拿袖子擦擦眼淚，抓住李裕的胳膊把他揹到背上，看清路後，拚著最後一點力氣往前走。

李裕聲音無力，頗有點恨鐵不成鋼的味道。「妳想死嗎？」

她搖搖頭，哽咽道：「我不要死，小玉哥哥也不能死，我們要一起回家。」

她跑得氣喘吁吁，慢慢地沒了力氣，卻還是不肯放下李裕。李裕兩條腿被拖在地上，正要勸她放棄，孰料她腳下一滑，居然帶著他連滾帶摔地掉到了山坡底下。李裕被壓到傷口，悶哼一聲，徹底昏死過去。

謝蓁忙過去找他，剛站穩，便有一束火把照過來，照亮了她周圍的樹。「誰在那兒？」

來人是附近村落的居民，家裡燒火做飯時沒柴了，他便就近出來尋找，沒想到居然看到兩個受難的小孩，頂多六、七歲的模樣，一個受了傷，一個渾身疲憊不堪，看了就教人心疼，這才多大，怎麼就受了這種磨難？

救人的人姓王，家中排行老四，人稱王老四。見兩個孩子可憐，便把他們帶回了家去。

村莊裡的人為了對付山上的狼群，特別在村子周圍搭建出半人高的火臺，每隔幾十步便有一架火，狼群夜晚不敢靠近。

王老四的媳婦王楊氏還在等柴火，出門來迎他，見他肩上扛著柴火，後面驢車上還躺著兩個孩子，忍不住問：「怎麼回事？」

王老四便把前因後果給她說了一遍，她聽罷沒有二話，連忙把兩個孩子抱進屋裡。李裕胸口受傷，不能耽誤，王老四趕緊就去請村裡的老大夫了。

王楊氏見他們身上的衣服都被荊棘割破了，便給他們換上自家孩子的衣服，正好王家也有一男一女兩個孩子，都跟他們一般大。接著又讓女兒和兒子去打一盆水來，給他們擦臉擦手，這才發現兩人竟然生得一個比一個精緻，玉雪晶瑩，一看便知不是普通人家的小孩。

她嘆一口氣，也不知道是誰造的孽，把兩個玉娃娃折磨成這樣。

她見謝蓁頭髮都亂了，又不會梳富貴人家繁瑣的髮髻，於是給謝蓁梳了兩條簡單的麻花辮，垂放兩側。一切收拾妥當後，她讓兒女照顧謝蓁和李裕，自己繼續去廚房做飯。

謝蓁是被一陣陣香味誘惑醒的，她手腳痠痛，連睜開眼皮子的力氣都沒有，最後實在餓得厲害，慢吞吞地掀起眼瞼。

一眼就看到了床邊眼巴巴站著的兩人，他們目不轉睛地盯著她，帶著好奇和疑惑，還有點驚豔。謝蓁沒搭理他們，清醒過來後立刻就要找小玉哥哥。

而李裕就躺在她身邊，胸口包紮過也換了身乾淨衣裳，看來比剛才有氣色了點。

床頭的小丫頭說：「阿爹請了大夫，給他看了好久，花了二十文錢。」那語氣，心疼得不行。

謝蓁扭頭，眨眨眼睛問：「你們救了我們？」

小丫頭點點頭。「阿爹把你們救回來的。」

她真心誠意地說：「謝謝你們！」

小丫頭露出笑意，害羞地躲在哥哥後面。

王楊氏做好晚飯時，李裕還沒醒。

謝蓁跟著王家人吃了頓晚飯，飯菜都是普通的農家小菜，炒春筍和韭菜雞蛋，因為他們到來，王楊氏特地做了道小雞煨蘑菇。飯菜不如家裡精緻，但是謝蓁一點也不挑食，吃得前所未有的香。

吃到一半，她想起什麼，不好意思地指指桌上的菜。「我能給小玉哥哥留點嗎……」說完怕人家反對，連忙補充。「他吃得不多，一點點就好了。」

王楊氏心疼得不行。「吃吧，早就給他留好了。」

謝蓁開心地說了聲謝謝，繼續埋頭吃起來。

吃過飯，天完全黑透了，王楊氏給他們收拾出一間空房，鋪上柔軟的褥子枕頭，又搬了兩張被子。「晚上你們就睡這裡，若是有什麼需要的，就去隔壁房間叫我。」

謝蓁仰起頭，眼裡淚花閃爍。「等我回家後，一定讓阿爹阿娘好好謝你們。」

王楊氏摸摸她的頭。「明天讓村裡的人一起打聽你們的家在哪兒，你們一定能回去的，別擔心。」

她帶著哭音。「嗯……」

王楊氏離開後，屋裡陷入安靜和黑暗中，鄉下油燈貴，普通人家根本捨不得用，一般天黑之後就上床睡覺了。

謝蓁摸索著來到李裕身邊，緊緊挨著他，試探著叫了聲「小玉哥哥」。李裕沒有答應，但是她卻覺得很安心，躺在他身邊沒一會兒就睡著了。

再次醒來時，天已大亮。窗外陽光刺進來，她蜷縮著嚶嚀一聲，一睜開眼，就對上李裕注視著她的目光，她驚喜地叫了一聲。「小玉哥哥你醒了！」

李裕早就醒了，但是她雙手雙腳都纏在他身上，讓他根本沒法起來。原本想推開她的，可一想到她昨天固執地揹著他走的那段路，頓時就不忍心了。李裕心想，算了，讓她抱一會兒也沒什麼。是以他靜靜地躺著，一直在等她睡醒。

謝蓁這才恍悟自己還抱著他，連忙鬆開他坐起來，噓寒問暖。「你餓不餓？痛不痛？昨天楊姨救了我們，還給你請了大夫……」

話沒說完，李裕便奇怪地看著她，看得她莫名其妙地緊張起來。「怎、怎麼了？」

李裕伸手握住她的麻花辮，一臉不理解。「妳的頭髮怎麼變成這樣了？」

他不說，謝蓁根本沒有發現，昨晚光顧著吃飯，吃完倒頭就睡，一點沒注意自己換了個髮型。屋裡沒有鏡子，她低頭看了看，看到兩條又粗又黑的四股麻花辮。

她說：「大概是楊姨給我梳的……」又問：「不好看嗎？」

李裕撇開頭。「醜死了。」

倒沒他說的那麼難看，謝蓁皮膚瓷白，一張小臉生得漂亮，怎麼折騰都好看。

謝蓁不以為意，想要下床。她習慣了丫鬟嬤嬤伺候，這會兒沒人在跟前，連穿個鞋子都不會，最後索性直接趿在腳上，去王楊氏房裡叫人。

王楊氏和王老四一早就醒了，給謝蓁和李裕燒了熱水，照顧他倆簡單梳洗了一遍。

王楊氏去燒火做飯，早飯是小米粥配幾個簡單的小菜，還有她最拿手的蘿蔔糕。蘿蔔是冬天剩下的，也沒多少，一人兩個。謝蓁最後沒吃飽，李裕便把自己的挾給她，抿唇，想了想還是說：「給妳吃吧。」

謝蓁推拒，重新挾給他。「你流了好多血，你要多吃點。」

李裕皺了下眉頭，再次挾到她碗裡。「讓妳吃妳就吃。」

兩人推來讓去，最後王楊氏把自己的貢獻出來，他倆才算消停。

王楊氏敲敲兩個孩子的腦袋，教育他們。「看看人家兄妹倆關係多好，再看看你們，成天就知道打架。」

兩個孩子吐了吐舌頭。

謝蓁沒聽見，她在專心吃飯，但是李裕聽見了，他轉頭看了看謝蓁，半晌才轉回頭，低頭咬一口蘿蔔糕，沒有反駁這句話。

吃過早飯後，王老四正要去村裡叫人，幫謝蓁和李裕找回家的路。還沒出門，便被一個侍從打扮、體格高壯的人攔在門口，對方問他：「有沒有看到兩個五、六歲的孩子？」

話。

王老四很快把此人打量一遍，想起兩個孩子昨天的落魄，一時間竟不知該不該說出實

正當他剛開口說了個「不」字，侍從身後便探出一個腦袋，少年模樣，言之鑿鑿。「我聞到了阿蓁的味道，他們一定在這裡！」

王老四心想這小屁孩是狗鼻子不成，這都能聞到……正琢磨著，他便從門口的縫隙鑽了進去，站在院裡扯開喉嚨大喊。「阿蓁、阿裕，你們在嗎？」

很快，謝蓁和李裕從屋裡走出來，皆是滿臉不可思議。

從沒想過會有人找到這裡來，而且這人還是高洵，他是怎麼找來的？謝蓁感動得熱淚盈眶，率先撲上去。「你怎麼知道我們在這兒？只有你一個人嗎？我阿爹阿娘呢？他們在哪兒？」

高洵拿出早已準備好的細絹替她擦擦眼角的淚花。「我是跟我爹娘一起來的，他們就在附近，我們在這個山頭找了一早上，總算找著你們了……妳別哭，伯父、伯母都很好，就是很擔心妳。這下好了，你們快跟我一起回去吧。」

謝蓁點頭不迭，吸了吸鼻子很快穩住情緒，轉身把李裕也拉了過來，對高洵道：「小玉哥哥受傷了，我們回去要趕快給他找大夫。」

高洵沒有馬虎，忙讓一個侍從先回普寧寺請大夫，免得耽誤時間。

等一切交代完畢後，他才發現兩人身上都穿著粗布麻衣，尤其謝蓁頭上梳著麻花辮，乍一看還真像農村裡的小姑娘。只是模樣生得太漂亮，天生富貴人家的氣質怎麼都掩不住。

高洵上下看一眼他倆的打扮，忍不住彎起英俊的眉眼。「你們怎麼這身衣服？」

謝蓁張開雙手，無奈地扁扁嘴。「我們的衣服都被草割破了，這是楊姨借給我們的……」

王楊氏的女兒比她小一歲，衣服穿在她身上小了一圈，露出一圈粉白細膩的手腕，陽光下一照，白得跟羊脂玉一樣，就是皓腕被粗布劃了好幾道紅痕。她皮膚嬌嫩，穿不得這樣粗糙的衣服，然而昨兒穿了一晚上居然一句怨言都沒有。

高洵明明想看她的手，但又只能強忍住不看，他紅著臉道：「馬車就在村口，我這就帶你們過去。」

剛要走，謝蓁卻說了聲等等，她渾身上下摸了一遍，只摸到一塊碧玉小魚，也不知道值不值錢，只好問高洵。「你身上帶錢了嗎？」

高洵一心顧著找他們，哪裡有帶錢？他不忍心讓謝蓁失望，便把每個侍衛身上都搜刮了一遍，勉強湊足七、八兩銀子和好幾十枚銅板，自個兒又往身上胡亂摸一通，摸出一塊翡翠人參珮和一小顆珍珠，全部遞到謝蓁手上。「只有這些值錢的東西了，妳要做什麼？」

謝蓁覺得這些應該夠了，感激地咧嘴一笑。「一會兒再告訴你！」

她扭身跑到屋簷下，堂屋門口站著王楊氏和她的一雙兒女，謝蓁把滿滿一捧金銀珠寶舉到她跟前，笑容明媚得像個小太陽。「楊姨，這些都送給妳，謝謝妳給小玉哥哥治病，還謝謝妳讓我們吃飯睡覺。」

王楊氏活了大半輩子都沒見過這麼多珠寶，哪裡敢收？惶恐不安地推辭。「不不，只是舉手之勞……」

她不肯收，謝蓁是個鬼靈精，當即就把這些東西塞到王楊氏的女兒手裡，沒等對方反應過來，她就已經跑遠了。小姑娘站在院子裡笑彎了眼睛，與昨日頹喪的模樣判若兩人，春日暖融融的陽光打在她身上，給她周身鍍了一層毛茸茸的金邊，整個人看起來柔軟得不得了。

王楊氏剛要帶著兩個孩子道謝，他們卻已經坐上馬車走遠了。

「真是遇著貴人了……」王楊氏激動地感慨。

坐在回程的馬車上，謝蓁的心一下子平定下來。

昨日驚心動魄的恐懼彷彿還在眼前，她至今都能想起那個黑衣人死時大睜的雙眼，以及一聲接一聲的狼嚎……沒想到居然逃出來了，她自己都覺得撿了個大便宜。

患難之後，謝蓁和李裕兩個小傢伙的感情似乎一下子親近了很多，他們倆自己沒察覺，但是旁觀者高洵卻看得一清二楚。

他們坐在一塊兒，李裕雖然沒多熱情，但也沒像往常一樣皺緊眉頭，對她不理不睬了，甚至還會搭理她幾句話。高洵吃驚地來來回回看著兩人，不知道他們究竟經歷了什麼，怎麼關係一下子變好了？

謝蓁完全沒注意他的眼神，細心地關心起李裕的傷勢。「小玉哥哥，你的傷還疼不疼？」

李裕搖搖頭。「不疼了。」

謝蓁想起昨天的情況，嘴巴一扁。「你昨天流了那麼多血，我還以為你要死了……」

高洵聽到這句話一駭，睜圓了眼睛。「流血？為什麼流血？」

他這才想起來自己忘了問他們為何會到這裡來，昨日又經歷了什麼，究竟被誰劫走了？他只知道普寧寺大雄寶殿失火後，火剛撲滅，後院住房便傳來丫鬟的驚呼，說是他們兩個被歹人劫走了。

謝家和李家夫妻聽罷差點沒昏過去，當即出動所有的下人到山裡尋找，不眠不休地找了一夜，一直到今天早上人還沒找到。高洵千方百計地央求父母，高二爺才同意把他帶出來，沒想到還真讓他給找到了。

謝蓁便把昨天的遭遇跟他說了一遍，他聽著都覺得害怕，也不知道他們是怎麼挨過來的，高洵對她既心疼又欽佩。「妳居然揹著阿裕……」

李裕看他一眼，抿唇沒說話。

他又問：「那些人是誰？為什麼要殺你們？」

謝蓁如何得知，她自己也是一頭霧水。「我不知道……但是有一個人好凶，又有一個人幫了我們，我也不知道怎麼回事……他們明明是一夥的！」

高洵還要問什麼，馬車已經來到村頭，跟高二爺的馬車會合了。

高二爺得知高洵找到人後，大大地鬆了一口氣，見兩個孩子完好無損，忙讓人回寺裡通知眾人，不必再找了。

回到普寧寺，謝家和李家早已聽聞消息，匆忙趕到寺廟門口來迎接。

遠遠看見一輛馬車，尚未到跟前，謝蓁笑吟吟的小臉便探了出來，老遠喊了一聲：「阿爹，阿娘！」

冷氏的眼淚登時就流了出來，喜極而泣。真是兩個多災多難的孩子，上回在街上走丟了差點遇險，如今在寺廟裡也能被人劫去。所幸及時找回來了，否則她真不知該如何活下去。

不等馬車停穩，謝蓁便迫不及待地撲進冷氏懷裡，抱著她可憐巴巴地撒嬌。「阿娘我害怕……有人要殺我們，還有狼，我和小玉哥哥都很害怕。」

冷氏哪裡知道他們遭遇了什麼？登時心疼得把她揉進懷裡。「別怕，別怕，有阿娘保護妳……」

昨日雙魚說了他們是被人劫走的後，謝立青便立即讓人去追查，然而對方來無影去無蹤，沒有留下絲毫痕跡，目下一天一夜過去了，仍是毫無線索。什麼人會跟孩子過不去？還是說因為他們大人的恩怨，所以才報復到孩子身上？

冷氏思來想去仍是想不通。他們剛到青州，沒跟任何人結仇，又怎麼會有人想害他們？她忘了一件事，謝蓁是在李裕房裡被劫走的，那些人的目的明顯是李裕，謝蓁不過是受了牽連而已。

李家夫妻倒是很清楚這一點，把李裕從馬車上接下來後，見他胸口受傷，宋氏既著急又心疼，抱著他就往寺廟後院走。「後院請來了大夫，阿娘這就帶你去看看。」

李裕也累了，沒有拒絕地趴在她肩上。向後看去，正好看到謝蓁像迷途知返的羔羊一樣窩在冷氏懷裡蹭了蹭，滿足又委屈。

來到後院，大夫拆開他胸口包紮的紗布重新診斷了一遍，村裡人用藥都比較粗糙，藥草研磨得不夠細緻，不利於癒合傷口。大夫另外開了兩副內服外用的藥，叮囑他每天喝藥換藥，不要大幅度走動，傷口不大深，半個月就能好了。

宋氏這才放心，送走大夫，她抱著李裕坐在床頭，久久沒能回神。

屋裡氣氛頗有點沈重，李息清負手站在窗邊，似乎在想心事。

李裕在宋氏懷裡動了動，抬頭問道：「阿娘，怎麼了？」

許久，宋氏才把他摟得更緊一些，聲音帶著顫抖。「裕兒，把你們捉去的那些人你認得嗎？」

李裕愣了愣。「他們蒙著臉，我沒看到。」

過一會兒，宋氏又問：「那他們說了什麼？」

李裕努力回想，那兩個黑衣人一路上委實沒說什麼，只是要殺他的時候，多說了兩句話。「他說有人要我死……」李裕嗓音乾澀，慢慢地複述。「他的同夥說有人要對我們趕盡殺絕……」

宋氏越聽越恐懼，求助的眼神看向床邊的李息清，李息清也是一團亂麻，理不清頭緒，蹙眉道：「這陣子你待在家裡好好養傷，哪兒都別去了。至於這些事，交給我跟你娘處理就行。」

李裕看著他，點了點頭。

李裕這一次受傷足足養了大半年，這陣子宋氏和李息清對他管得緊，再加上養傷的藉口，更是不准他踏出家門半步，就連院子裡的奴僕也多了不少。其實他早就好了，只是宋氏和李息清對外宣稱他病沒好，不能見人。

李裕躺在床上的這陣子幾乎要悶出病來了，偶爾會想起謝蓁在農家院的那兩條烏黑的麻花辮，還有她哭花了小臉叫他「不要死」的場景。

他問宋氏：「我可以去謝家嗎？」

宋氏說：「阿蓁也受了驚，還是過段時間再去吧。」

他便沒再說話。

轉眼入了冬，他跟謝蓁只見過一次面，還是在謝立青過壽的時候。謝蓁沒顧得上跟他說話，只遠遠朝他笑了下便被冷氏領走了。

天氣一天比一天冷，一場大雪之後，青州城內銀妝素裹，到處都是白茫茫一片。

這日李裕正坐在廊下偎著火爐看書，牆的那一邊是謝蓁和謝蕁吵吵鬧鬧的笑聲，吵得他根本沒法靜下心來。正想站在牆底下抗議一聲，前院便來了一個丫鬟叫他。「小少爺，大姑奶奶和表姑娘來了，夫人請您到堂屋去。」

李裕下意識眉頭一皺，明顯極不痛快，他知道躲不過，只好扔下書，慢吞吞地跟在丫鬟身後。剛到堂屋，尚未進門，便從裡面衝出來一個小姑娘，穿著銀紅撒花小襖和夾紗裙，聲音扯得歡快又響亮。「表哥，你終於來了！」

李裕連連後退，差點被她撞倒在地。

第六章

謝蓁在自家院裡過完七歲生日，收到了爹娘和哥哥送的禮物，分別是一條粉色箜篌項鍊和吉慶有餘紋銀帽花。還有一個定國公府老太爺特地從京城送來的禮物，是一條綠松石十八子，價格不菲，有辟邪消災之效。

定國公府幾個孩子裡，老太爺是最喜歡謝蓁的，這兩年一直念叨著她，想得厲害，常常問她什麼時候回去，只不過謝蓁還小，不能離開父母身邊，短期內恐怕是回不去的。

謝蓁人雖小，但鬼點子一點不少，既然不能回京，她便規規矩矩地趴在案桌上給老太爺寫起信來，謝立青欣慰地摸摸她的腦袋。「羔羔有什麼字不會寫的，可以問爹爹。」

謝蓁驕傲地吐了吐舌頭。「我都會寫，阿爹別小瞧我。」

她洋洋灑灑寫下大半頁，誰都不讓看，自己用火漆封好，交至謝立青手上，讓他幫自己送進京城。

謝立青去外面聯絡好人後，順道還聽說了一個消息。

李府李息清的妹妹從婆家回來了，還帶回來一個女兒。聽說這位大姑奶奶早年嫁給一位商賈，三年前那商賈出海時被海水淹了，至今沒能回來。那商賈之母非說是她把兒子剋死的，對她非打即罵，她在婆家日子過得不好，如今終於受不了了，過來投奔哥哥家。這都不是什麼稀罕事，附近鄰居該知道的都知道了。

謝立青將此事跟冷氏一說，冷氏收拾了一下笸籮裡的針線。「那就抽空過去看看吧。」

謝立青也是這個意思，畢竟是鄰居，應該時常走動。自從上回兩家孩子在普寧寺出事後，他們兩家就變得謹慎許多，尤其李家，平常連他們出門都極少見到。

晚上吃飯時，謝立青在飯桌上說起這事，謝蓁第一個表態。「我要去，我要去！」

她跟李裕有好幾個月沒見了，擱在別人家沒什麼，可他們兩家只隔著一道牆，便顯得有些匪夷所思。

謝立青問另外兩個孩子。「你們呢？」

謝蕁頭也不抬地吃飯。「姊姊去，我也去。」

謝榮沒什麼意見，妹妹去，他當然要跟著保護妹妹。

於是這事就這麼定了，明日一早他們去李家作客，謝立青讓人先遞了拜帖，免得到時候太過突兀。

夜裡下了一場小雪，早上起來就停了，地上積了薄薄一層雪花，清晨陽光一照就都化了。

天氣比昨日冷，冷氏擔心三個孩子凍著，便讓他們每人多穿了一件衣裳。謝蓁披上米白鑲邊狐狸毛斗篷，梳了個花苞頭，渾身雪白，幾乎要跟院裡的積雪一起融化。她笑得跟個小太陽一樣，牽著謝蕁一蹦一跳地走在前面，時不時回頭催促阿爹阿娘走快點。

到了李家，李息清和宋氏早已在正堂迎接他們。除此之外還有一位穿青緞比甲的婦人，模樣跟李息清有幾分相似，應該就是李息清的妹妹李氏。

李氏在婆家受氣多年，舉止很有幾分拘束，見到冷氏和謝立青後深深一拜。「見過知府大人，見過夫人。」

冷氏朝她點了點頭，不冷淡也不多熱情，這下讓李氏更加惶恐，還當她不待見自己，立在一旁越發尷尬。

宋氏知曉她的脾性，熱情地把人拉到自己跟前，笑著寒暄。「這陣子裕兒身體不適，我跟老爺留在家裡照顧他，沒顧得上去拜訪你們，倒讓你們先來了。」

冷氏微笑。「誰來都是一樣的，裕兒身體如何？上回的傷可是全好了？」

提起這個，宋氏便心有餘悸，濕著眼眶道：「已大好了。」

「那就好……」

冷氏還想說什麼，謝蓁從她身後探出腦袋，好奇地問：「宋姨，小玉哥哥呢？他在哪兒？」

剛進屋謝蓁就裡裡外外看了一遍，沒找到李裕，這會兒終於忍不住了，眨巴著水汪汪的大眼睛詢問。

宋氏每回看到謝家這幾個孩子都喜愛得緊，把謝蓁從冷氏身後抱出來，摸摸她的花苞頭。「羔羔想裕兒了？」

謝蓁誠懇地點頭。「嗯嗯。」

小姑娘長得真快，一眨眼又長高不少，臉蛋比起去年更美了，朱唇皓齒，嬌俏可人。就像院裡梅花的花苞，那抹嬌豔被隱藏在花苞下，讓人迫切地想知道她綻放時是什麼模樣。

宋氏沒有瞞她。「裕兒在後院書房看書，我讓丫鬟帶妳過去找他。」說著便招呼一個叫金縷的丫鬟過來，領著他們到後院去。謝蓁和謝蕁走在前面，謝榮跟在她倆後面，雪融化後地面有些泥濘，很容易滑倒，他得寸步不離地看著她們。

書房門前有一個小院子，院裡樹下臥著一隻叭兒狗，不知道是哪個下人養的。謝蕁一眼就喜歡上了，蹲在樹下逗牠，不捨得離開。謝蓁只好說：「那讓哥哥在這裡陪妳，我自己進去。」

謝蕁仰頭看她，笑著說好。

再走幾步就是書房，丫鬟準備推開門請她進去，她卻忙擺手說：「不用不用。」金縷露出不解，謝蓁悄悄移步到窗戶底下往裡面偷偷瞄去。果然看到李裕正坐在翹頭案後面低頭認真地看書。她無聲地嘿嘿一笑，伸手敲了敲槅扇，發出篤篤篤的聲音。

李裕聞聲抬頭，然而窗外空無一人，他以為是表妹歐陽儀，不悅地皺了下眉，沒有理會。

誰知道沒過多久，那聲音再次響起來，仍是篤篤篤三聲，他連頭都沒抬，一連好幾次，李裕終於忍無可忍了，聲音飽含怒氣。「別煩我！」

半晌，窗戶底下才慢慢露出個小腦袋，小姑娘眼裡的笑意尚未褪去，雙手托腮，撐在窗櫺上，聲音軟軟的帶著些控訴和撒嬌。「小玉哥哥為什麼對我這麼凶？」

李裕怔住，沒想到會是她，他下意識解釋：「我以為……」話說到一半，看著她笑咪咪的小臉，想起她剛才的惡作劇，他故意板起臉質問。「妳怎麼會在我家？」

她站在窗外歪著腦袋看他，唇邊含著一絲嬌軟的笑意，天真爛漫。「我想你了呀。」

大抵是她笑得太好看，又或許是太久不見了，李裕沒來由臉上一熱，別開頭乾巴巴地說：「那妳怎麼不進來？」

她哦一聲，彷彿才反應過來。

她忽然從窗戶外面消失，很快又從門口跑進來，狐狸毛簇擁著粉嫩白膩的笑臉，討喜得很。李裕往旁邊挪了挪，不著痕跡地讓出一點位置給她。

小姑娘很不客氣，站在他身旁伸著腦袋問：「宋姨說你在看書，你在看什麼書？」

李裕說：「《易經》。」

桌上攤著一本書，上面畫著各種八卦之術，謝蓁曾經在謝立青的書房看到過，但是太高深了，她至今沒有看懂。謝蓁對這本書興趣不大，翻了兩頁就扭頭問他。「小玉哥哥最近在家做什麼，為什麼不去找我？」

屋裡燒著火爐，比院裡暖和許多，不多時她的臉上就泛起紅撲撲的顏色，白裡透紅，讓人看了就想咬一口。李裕忽然想起那天在謝家的院子裡打雪仗，他咬她的時候，她的臉就跟剝了殼的雞蛋一樣滑。

李裕移開視線，一本正經地說：「先生過幾天要考我知識，我在背書。」

李息清早兩年就給李裕請了教書先生，李息清自己是商人，卻很重視兒子的功課，在這方面對他管教甚嚴。

謝蓁追問：「那你考完之後會去找我嗎？」

李裕沒出聲，讓她有點失落。「你真的不去嗎？阿爹買了個好大的風箏給我，等雪融化後我們去放風箏，可好玩了。」說完，她又補充。「你不來找我，我可沒意思啦。」

李裕心想她一定在撒謊，怎麼會沒意思？他在家裡每天都能聽到她的聲音，笑得別提多開心了。他重新捧起書，姿勢端正。「妳不是也沒來找我嗎？」

謝蓁咦一聲，撐著小腦袋想了想，好像還真是。不過她是絕對不會承認的，強詞奪理她最擅長。「宋姨說你身體不好，阿娘讓我別來打擾你，我就沒來。」她眨眨眼，頗有點討好的意思。「你現在身體好了嗎？可以跟我一起玩了嗎？」

李裕看了一行字，沒看進去，點點頭嗯一聲，也不知道他回答的是哪個問題。兩個小傢伙你一言我一語地搭話，不知不覺便半個時辰過去，門外的金縷很稀罕，往常若是表姑娘過來，肯定沒一會兒就被小少爺趕出來了，怎麼換成謝姑娘就是完全不一樣的待遇？

謝蓁全然不知自己的特殊待遇，李裕在旁邊看書，她趴在一邊拿筆在紙上勾勾畫畫，沒一會就畫出一棵梅樹來。

李裕看一眼，覺得她畫得太醜，拿過她手裡的筆。「這裡應該這樣畫……」

還沒動筆，門口便傳來響亮的一聲。「表哥！」

他一抖，墨點全灑在紙上。謝蓁嘴一扁，指著那顆碩大的墨汁抱怨。「小玉哥哥畫得更醜，把我的畫都毀了……」

沒等她說完，身後風風火火地竄出一個人來，抓著李裕就往外走。「表哥快來，我帶你去看個好東西！」

謝蓁循聲抬頭，對上一雙神采飛揚的眼睛，正是李裕的表妹歐陽儀。

歐陽儀顯然也看到她了，第一眼還以為她是畫裡的人兒，她眨一眨眼，才知道是真人。「妳是誰？」歐陽儀挑起眉毛問道。

謝蓁正要回答，一低頭看到她和李裕握在一起的手，李裕注意到她的視線，面上不顯，手底卻默默掙開了歐陽儀。

謝蓁覺得這一幕很熟悉，好像不久之前她才見過類似的場景，努力回想了一下，總算想起年前東平王來她家借住的時候，那個側妃也曾牽過阿爹的手，阿爹就是這麼掙脫的。

再努力一想，東平王側妃也叫阿爹「表哥」。表哥表妹就能隨便牽手嗎？謝蓁弄不明白，她隱約記得當初阿娘是不高興的，所以她現在也有點不高興。至於為什麼不高興……她也說不上來，總之潛意識認為李裕只能牽她的手，怎麼能牽別人呢？

歐陽儀被李裕掙開後，難得地沒有繼續糾纏，注意力反而全放在謝蓁身上，又問了一遍。「妳到底是誰？」

若是擱在以前，謝蓁肯定早就回答了，但她今天故意磨蹭了下，鼓起腮幫子吹乾墨汁才道：「我叫謝蓁。」聲音又綿又軟，拖著長長的尾音，與歐陽儀字正腔圓的腔調完全不同，只四個字，便把人聽酥了。

歐陽儀顯然也注意到了這一點，對方是個嬌滴滴的小美人兒，比自己漂亮得多，自己往她跟前一站立即就被比了下去，簡直是雲泥之別。

歐陽儀想起剛進屋時看到的畫面，再看看桌上的畫。「妳為什麼到這兒來？妳難道不知道表哥不喜歡別人進他書房嗎？」那語氣，儼然在說「只有我能進來」。

其實沒有這麼嚴重，李裕在書房看書的時候一般不會有丫鬟進去打擾。只有歐陽儀來了之後三不五時地過來書房騷擾他，李裕才特意立下這條規矩的。也就是說，李裕只是不喜歡歐陽儀進他的書房。

李裕下意識看向謝蓁，見她沒有反應，那一瞬間，他竟然擔心她會生氣。

過了一會兒，謝蓁才說：「我來找小玉哥哥玩，為什麼不能進來？妳問了我那麼多，怎麼一點也不說妳自己？妳是誰，叫什麼名字？」

李裕暗地裡鬆一口氣，轉念一想，她怎麼可能生氣？他們認識這麼久，他從沒見她生氣過，每次見面都是笑咪咪的，彷彿天底下的好事都發生在她身上了。

歐陽儀哼一聲，對她岔開話題很不滿。「我叫歐陽儀，是李裕哥哥的表妹。」說著忽然想起什麼，不再糾纏謝蓁，重新拉起李裕的手往外跑，邊跑邊嚷嚷：「表哥快跟我來！」

李裕皺緊眉毛，至今仍不習慣她這個雷厲風行的性子，他扶住門框在門口止住腳步，「有話說話，別拉著我，我自己會走。」說著狠狠甩開她的手。

歐陽儀是李氏獨女，李氏生下她後一直沒能再生出一個兒子，所以她們母女不怎麼受婆家喜歡。再加上李氏的丈夫常年外出經商，沒工夫管教孩子，李氏又比較軟弱，久而久之歐陽儀便養成了現在野蠻的性子，不懂規矩，隨心所欲。

這是歐陽儀頭一次被他這麼嚴厲的拒絕，以往她做什麼，他雖然不耐煩，但最多擺一張臭臉，還從沒這麼不給她面子過。

為什麼？因為屋裡多了個人？歐陽儀沒往那方面想，她愣了下，很快說：「我不拉著你，你怎麼知道在哪兒呀？」

李裕眼角餘光看到屋裡的人影，他強忍著才沒轉頭。「這是我家，我比妳更清楚。」說罷走出書房，精緻的小臉寫滿不快。

謝蓁從書房走出來後，院子裡空蕩蕩的。

謝蕁和謝榮不知道去哪兒了，李裕也跟著歐陽儀走了，方才還熱熱鬧鬧的院子如今只剩下她一個人。

她踢了踢腳下的門檻，噘起粉嫩的小嘴。「小玉哥哥壞蛋。」

不是說要看書嗎？不是說先生要考他功課嗎？怎麼歐陽儀一叫，他就跑出去了？還說沒時間找她玩，肯定都是騙人的。為什麼歐陽儀找他他就出去？因為他們是表哥表妹嗎？

謝蓁越想越不高興，索性把剛才收起來的那幅梅花圖拿出來，唰唰兩下撕了，扔在廊廡下面的花壇裡。

金縷在後面看著她的行為，不免有點好笑。小孩子就是小孩子，任性得很，一有點不高興就拿東西發洩。

沒走幾步，謝蓁回頭問她。「妳知道阿蕁和我哥哥去哪兒了嗎？」

金縷從頭到尾都在門口站著，自然看得清楚。「謝二姑娘追著那條叭兒狗出去了，謝大公子也跟了過去，現在應該還在院子裡。大姑娘若是想找他們，婢子讓人去給您問問。」

謝蓁不出聲，算是默認了。

前院兩家的大人還在說話，看來是沒有要走的打算。謝蓁在院裡漫無目的地走了一陣，她對李家院落不熟悉，沒走多久就分不清東南西北了。李家家大業大，富家大室，府裡建得很是氣派，四周都是房間院子，還有一道道的月亮門和長廊。

走過一道鵝卵石小徑，再往裡走，是一個破敗的小院子，裡面堆滿了枯枝落葉，沒什麼好看的。謝蓁正想往回走，沒想到從裡面傳來歐陽儀的聲音。「表哥，咱們把牠放回去吧？」

咦？她忍不住停下。少頃，果真響起李裕的聲音。「妳自己放吧。」

放什麼啊？謝蓁好奇死了，可是又不好意思湊近去看，萬一被發現了豈不是很丟人……她站在院子門口左右為難，粉白稚嫩的包子臉非要端出一副大人的嚴肅模樣，瞧得金縷噗哧一笑，還沒笑完，被謝蓁瞪了一眼，金縷立即捂住嘴識趣地後退兩步。

院子裡的對話還在繼續，歐陽儀的嗓門很大，聽得很清楚。「樹那麼高，我上不去啊！萬一摔著怎麼辦？」

李裕沒接話。

她又道：「不如表哥在下面抱著我吧？我把這隻小鳥放回巢裡，這樣牠就不會被凍死了。」

哦……原來是小鳥摔下來了。謝蓁撇撇嘴，這有什麼好稀奇的？他們家的樹也常有鳥兒掉下來，都是哥哥爬到樹上放回去的，根本用不著自己和阿蕁去做。歐陽儀怎麼這麼笨，爬樹這麼簡單的事都不會，虧她剛才還那麼神氣。

也不知道後來李裕抱她沒有，反正謝蓁沒有聽完，轉身先走了。

沒走多久，金縷讓人找到了謝蕁和謝榮的下落。

金縷告訴她。「謝大公子和三姑娘正在後院梅林裡，婢子帶您過去吧。」

梅林位於後院東南角，裡面種了好幾十棵梅樹，冬天一到，尤其下過雪後，整個院子鋪滿了皚皚白雪，襯得梅樹枝頭的花苞更加嬌豔。一紅一白，點綴了這黯淡的冬日。

謝蓁跟金縷過去時，謝蕁正追著叭兒狗在一棵梅樹下轉圈。

叭兒狗大抵跑累了，速度越來越慢，很快被謝蕁撲倒在地，軟綿綿地癱在地上懶得再動。謝蕁抱著牠打了個滾，一人一狗身上都是雪。「抓到你了！」

謝榮抱臂在樹下看著，眉眼頗有些無奈。他今年十二，已有少年郎的模樣，褪去幼時的稚嫩，變得更加清雋俊美。他挺直身板，肩膀上落了幾片雪花，遠遠看去像一幅畫。

謝蓁心情好了很多，張開雙臂撲上去。「哥哥！」

謝榮扭頭看到她，笑著把她迎入懷中。「羔羔怎麼找到這裡來的？李裕呢？」

謝蓁在他懷裡蹭了蹭，仰起小腦袋。「小玉哥哥跟表妹走了，把我一個人扔在書房裡。」

小姑娘對這件事還是很介意的，雖然她一路上都沒說什麼。

謝榮揉揉她的頭。「沒關係，哥哥帶著妳。」

她重重地嗯一聲。

那邊謝蕁總算把叭兒狗制伏了，抱著小狗來到她面前，大抵是剛才跑累了，這會兒鼻頭上居然冒出幾顆汗珠子。「阿姊跟我一起玩狗狗吧，我們給牠起個名字好不好？」

那狗兒也累了，蔫頭耷腦地任由謝蕁抱著，放棄掙扎。

謝蓁掏出絹帕給她擦擦汗。「妳別跑得太厲害，阿娘說容易生病的。」然後很認真地開始想名字，歪著腦袋問：「起什麼名字？妳知道這是誰的狗嗎，萬一牠的主人不同意呢？」

謝蕁沒想過這個問題，抱著叭兒狗的手緊了緊。「可是……我喜歡牠，我想把牠帶回咱們家，可以嗎？」

謝蓁很乾脆地搖頭。「阿娘不喜歡狗。」

謝蕁簡直要哭了，仰頭繼續看謝榮，誰知道謝榮比謝蓁更狠心。「不可以。」

冷氏對這些小動物的皮毛過敏，一日近身就會渾身發癢，若是嚴重的話還可能起疹子。這就是謝家兩姊妹雖然喜歡小動物，卻從來不能養小動物的原因。

謝蕁嘴巴一扁，還想說什麼，誰知道後面突然傳來石破天驚的一聲。「我的球球呢？」

這嗓門，估計只有歐陽儀才有了。

果不其然，幾人回頭，一眼就看到梅林門口的歐陽儀和李裕。

歐陽儀眼睛一瞇，注意到謝蕁懷裡抱著的狗。「妳抱著我的球球幹什麼？」

謝蕁往謝榮身邊躲了躲，聲音有點怯懦。「這、這是妳的狗？」

歐陽儀一激動起來，就管不住自己的聲音。「當然是我的，難不成還是妳的？快還給我！」

她剛才找了一大圈沒找到叭兒狗，聽丫鬟說看到牠往這邊跑了，就一路找了過來，沒想到居然被別人抱在懷裡。

眼看著謝蕁要哭，謝蓁剛要說什麼，叭兒狗不知哪來的力氣，哧溜從謝蕁懷裡竄了出去，乖乖地蹲在歐陽儀身邊搖尾巴。非但如此，還朝謝蕁叫了兩聲，那神態那氣勢，跟歐陽儀簡直如出一轍。

謝蕁剛被告知不能養狗，又被歐陽儀凶了一頓，現在連她認為的小夥伴也「叛變」了，頓時沒忍住，淚水奪眶而出，哇地哭出聲來。

偏偏歐陽儀一點沒覺得愧疚，還火上澆油。「誰教妳亂動別人的狗……」

謝蓁一把將她推開，厲聲警告。「不許欺負阿蕁！」

往常軟綿綿的小羊羔發起怒來頗具威嚴，歐陽儀後退兩步，正好站在李裕身邊。

剛才那情況，李裕根本沒有插手的餘地，於是只能站在後面旁觀，沒想到這會兒反倒被謝蓁誤會，認為他跟歐陽儀是一夥的了，謝蓁憤怒的眼神落到他身上，竟讓他有一點不安。

他剛要說話，謝蓁卻對謝榮道：「哥哥，我要回家。」

謝榮說好，領著她和謝蕁就往外走，路過他們身邊時，連招呼都沒打一聲。

李裕攔住謝蓁的去路，掌心出汗，帶著點自己都不知道原因的侷促，遲疑了許久才問：「妳生氣了？」

謝蓁瞪著他，清澈明亮的大眼睛裡再也沒了笑意。

這下不用回答，李裕也知道她真生氣了。可是她為什麼生氣？因為他沒有幫她？她不是一直都笑咪咪的，無論怎麼樣都不生氣嗎？

殊不知，謝蓁再愛笑也是有脾氣的，她是個護短的人，但凡關係到自己家人的事，絕對不會退讓。尤其李裕非但沒有站在她這邊，還跟歐陽儀同仇敵愾，讓她更加不痛快了。再一想他剛才把自己丟在書房跟歐陽儀去看小鳥，登時不管不顧地推了李裕一把。「小玉哥哥不跟我玩，我以後也不跟你玩了！你走開，我要回家！」

謝蕁還在掉眼淚，她為了幫妹妹出氣，扭頭瞪向地上的叭兒狗，惡狠狠地放話。「你別得意，我們才不稀罕你！」

叭兒狗隨主人，不僅沒被她的氣勢嚇住，反而更大聲地叫了兩聲，作勢要咬謝蕁。

謝蕁膽小，哭聲更甚。謝榮一邊安撫謝蕁，一邊擋在她們兩個面前，對歐陽儀道：「請表姑娘管好自己的狗。」

歐陽儀扠腰，面露得意。「牠非要叫，我哪裡管得住？」

本以為謝榮會拿她沒轍，沒想到他竟面無表情地挽了挽袖子。「既然妳管不住，那就讓我幫妳管吧。」

說罷沒等歐陽儀回神，他便一手提著叭兒狗的一條後腿，另一手拿著謝蓁的一條絲絹，往一棵梅樹下走去。叭兒狗受驚，汪汪大叫起來，奈何身子騰空了，又被人倒提著一條腿，一點威嚴都沒有。

歐陽儀追上去。「你幹什麼？你把球球還給我！」

謝榮恍若未聞，用絲絹把叭兒狗的後腿纏了兩圈，倒掛在梅樹上，另一端繫在梅樹枝上，打了個死結，叭兒狗撲騰著前肢不住地掙扎，嗷嗚嗷嗚地叫，姿態狼狽。

歐陽儀氣急敗壞，然而謝榮不為所動，更沒有要把狗放下來的意思，她只得轉身求救李裕。「表哥，你快讓人把他們趕走！」

一轉頭，卻發現李裕的臉色也不怎麼好看。

李裕方才被謝蓁推了一下，踉蹌著後退了兩步，他還從沒被她這麼對待過，登時有些愣。「妳不跟我玩了？」

謝蓁握住謝蕁的手，鼓起腮幫子重複了一遍。「對，你跟她一起欺負阿蕁，我不跟你玩了！」她氣勢很足，可見真氣得不輕，就不知道是因為謝蕁被欺負，還是因為李裕剛才扔下她。她鐵了心要回家，李裕拉不下臉挽留，擋在她面前好一會兒都不肯走開。

謝蓁跟他對視片刻，聰明地從他身旁繞過去，繼續往梅林外面走。

李裕還不清楚自己錯在哪裡，但是他不想讓謝蓁走，畢竟他們這麼久沒見，而且剛剛玩得很好不是嗎？他拉住謝蓁的手，脫口而出。「阿娘準備把你們留下用飯，冷姨已經同意了。」

事實證明這句話的效果不怎麼好，謝蓁氣呼呼地甩開他。「我不要跟你一起吃飯，我討厭小玉哥哥。」

李裕臉上一僵，呆呆地看著她。他差點問她。「妳剛才不是還說想我了嗎？」可惜沒勇氣問出來，萬一她再說出更傷人的話怎麼辦？他的心被那句「我討厭小玉哥哥」給戳了個大窟窿，寒風灌進來，冷颼颼的。

謝蓁生怕他沒聽清，加重語氣。「我討厭你！」

李裕的臉登時就黑了，他覺得自己剛才的挽留成了笑話，狠狠瞪著謝蓁，恨不得能把她一口吃下去。「那妳走吧，以後都別來找我了！」

謝蓁很有骨氣地轉身就走。「不找就不找！」

於是她帶著謝蕁走出梅林，在金縷的帶領下回到正堂。她們一個執意回家，一個哭得眼眶通紅，冷氏還以為出了什麼大事，緊張地詢問她們原因，可是這兩個小傢伙不知是事先商量好還是怎麼，竟然一個都不肯說，嘴巴閉得比誰都嚴實。

冷氏沒轍，唯有先跟宋氏告辭，改日再來府上。

回到家後，冷氏把謝榮叫到屋裡問了他情況，才算清楚了來龍去脈，知道不是什麼大事，只是孩子家的小吵小鬧後，這才徹底放下心來。

然而這在謝蓁面前可不是小事，她氣壞了，小玉哥哥讓她以後都別去找他，她才不去呢，誰去誰是小狗！

冬雪消融，天氣漸漸暖和起來，開春之後，萬物復甦，百花齊放，院子裡開滿五顏六色的花朵，呈現出勃勃生機。

這陣子謝蓁說到做到，果真沒去李家找過李裕一次。一開始是因為生氣，後來是因為謝蕁生了一場病，在床上躺了大半個月，她擔心得不行，根本沒心思去想玩的事。謝蕁病好之後，轉眼已過去一個月。

今天晴空萬里、微風拂面，是個難得的好天氣，謝蓁忽然想起年前謝立青給她做的風箏，興沖沖地從庫房裡搬出來，準備在自家院裡放風箏。

那是一個竹製骨架的大雁風箏，比三個謝蓁還大，她一個人根本舉不起來，唯有求助謝榮。謝榮帶著她們到後院一塊空地上，手把手地教她們如何放風箏。

後院很大，足以讓他們肆無忌憚地跑，就是有一點不好，這裡跟李府的後院僅僅隔著一道牆。這裡的動靜，那邊聽得一清二楚。

謝蓁一隻手扯著棉線，一隻手舉著風箏，歡快地跑在前面。「哥哥快看，我飛起來了！」

她回頭一笑，滿院的花朵都黯然失色。

風箏在她手上越飛越高，大雁盤旋在她頭頂上空跟著她跑。謝蕁跟在她後面，眼裡毫不掩飾地流露出欽佩。「阿姊好厲害！」

謝蓁得意洋洋，還想把風箏放得更高，未料一陣風吹過來，她還沒來得及做出反應，風箏就被吹到隔壁李家院子裡，卡住了。

她拉了拉斷掉的棉線，惆悵地看向謝榮。「哥哥，怎麼辦啊？」

這可是爹爹送給她的風箏，她很喜歡的，還沒玩夠呢。

謝榮讓她別擔心，他去李家幫她拿回來。謝榮走後，謝蓁和謝蕁兩人眼巴巴地盯著牆頭，希望哥哥能舉著風箏出現在牆的那邊。可惜她們的願望落空了，出現在牆頭的不是謝榮，而是臭著俊臉的李裕。

謝蕁病才剛好，不能吹太久的風，被嬤嬤先抱了下去，院子裡只剩下謝蓁和幾位丫鬟婆子。謝蓁眨眨眼，確信自己沒看錯，那個人確實是李裕無疑。

可是他怎麼會出現在牆頭，他不是不跟她玩了嗎？

正當謝蓁胡思亂想的時候，李裕把風箏舉起來，問她。「妳還要不要了？」

兩個小傢伙還在鬧彆扭，心裡都憋著一口氣，誰都不肯先服軟。謝蓁猶豫了下，抿唇點點頭。

李裕輕輕地哼一聲。「那妳上來拿。」

謝蓁不明所以，仰頭看著他。「你直接扔下來不就好了？」

那一瞬間，李裕臉上的表情好像有點變化，但是他頭頂正好對著太陽，強烈的日光刺得她沒有看清，只聽到他說：「妳到底要不要？不要我就把它扔了。」

謝蓁怕他真扔了，連忙說：「別扔，我要！」

她讓幾個婆子去搬梯子來，放在牆角下，幾個人在下面圍了一圈，小心翼翼地扶著她，怕她一不留神摔下來。謝蓁踩著梯子一步步爬上去，一抬頭，剛好看見李裕的臉。李裕站在另一邊的梯子上，兩人離得太近，連對方的眼睫毛都能數得出來。

李裕的額頭鼻子上有汗珠，不知是在太陽底下待久了還是怎麼。他看著謝蓁的眼神一直有點凶，大概還在生她的氣。

謝蓁稍微往後退一點，天真地問：「我上來了，你能把風箏給我嗎？」

她真的不對他笑了。李裕又氣惱又挫敗，他都親自把風箏送給她了，她為什麼還不笑？

上回那件事他被宋氏教訓了，說他不該把她一個人留在書房，他後來想了想，也覺得做得不大對。他以後不扔下她就是了，她就不能原諒他一次嗎？

謝蓁見他沒動靜，忍不住提醒。「我的風箏……」

李裕沒有理由不給，表情越來越臭，把風箏送到她手上。「給妳。」

風箏太大，謝蓁拿著它很難保持平衡，只好先從梯子上爬下去。然而她剛走下一步，李裕就抓住她的手。「妳這就走了？」

謝蓁疑惑地看向他，很快反應過來。「謝謝你！」

李裕要的不是這句話，沈默了很久，這回沒躲避，直勾勾地看著她。「妳不是說要帶我去放風箏嗎？」他自己都沒發現，這話隱隱帶著些期盼，還有一絲不易察覺的埋怨。

謝蓁恍悟，歪著腦袋問：「可你不是讓我以後都別找你嗎？」

李裕一噎，她什麼時候這麼聽話了！

風箏脫手而出，謝蓁伸手去搆。「哎，我的風箏……」

她怕風箏摔壞了，一著急就想掙脫李裕的手，順著梯子便往下爬。

但是李裕剛跟她說兩句話，說什麼也不放她走，緊緊抓住她的手。「我的話還沒說完！」

他沒控制好力道，謝蓁的手腕被他抓疼了，嚶嚀一聲，立即停止動作。好在風箏被下面的丫鬟接住了，沒有摔壞，她這才放心，扭頭正視李裕。「你還要跟我說什麼啊？」

梯子因為剛才那番拉扯左右晃動了下，把底下一干人等嚇壞了，紛紛扶得更賣力了些。兩個小傢伙趴在牆頭，兩邊的牆角下都圍了一圈下人，替他們緊張到不行，偏他倆一點不知道他們的苦，還在旁若無人地交談。

謝蓁低頭一瞧，見自己手腕有一圈紅痕，嘴巴一扁。「紅了。」陽光照耀下，她露在外面的肌膚就跟凝脂一樣，又白又嫩，唯有被李裕握住的那一塊泛出一道紅色，與別處相比很不協調，尤其她表情可憐，活脫脫他欺負她似的。

李裕沒想她這麼脆弱，他只是輕輕一握，怎麼就把她弄傷了？他把她的手拉過去揉一揉。「疼嗎？」

謝蓁把手抽回去，掩在袖子底下。「不要你管。」看樣子還在生他的氣，也不知道是氣他弄疼她，還是氣他上回把她扔在書房。其實她不是小心眼的姑娘，平常不生氣，一旦生起氣來，那是十足的難哄。

李裕沒哄過別人，更沒跟別人道過歉，如今幾番張口，還是說不出那三個字。頭頂太陽越來越炙，他不讓她走，她曬得有點頭暈。「你到底要跟我說什麼？」她現在不纏著他了，讓他很有些不習慣，李裕斂眸，長而翹的睫毛下是微微泛紅的皮膚。「我家在城外買了一處新院子，那裡風景好，適合放風箏。」

謝蓁哦一聲，沒反應。

他都說到這分上了，她還不明白嗎？怎麼這麼笨！李裕有點惱羞成怒，凶巴巴地瞪她。「妳不是想放風箏嗎？妳家這麼小，怎麼放風箏？」

謝蓁沈默地盯著他。

半晌，李裕被她看得臉更紅了，轉頭只露出一隻紅紅的耳朵。「我可以帶妳過去。」

這是在邀請她？謝蓁眨眨眼，毫不留情地戳破。「你的臉怎麼這麼紅？」

李裕騰地冒煙了，抬起手臂擋住半張臉，只露出一對劍眉和一雙熠熠生輝的眼睛。「太陽曬的！妳去不去？」

謝蓁沒見過他這模樣，一時好奇，忍不住多看了兩眼。她想了一下，認真地問：「那你還會把我一個人扔下嗎？」

李裕放下手臂，斬釘截鐵。「不會。」

「你的表妹呢？」

「她不去。」這件事李裕壓根兒沒跟歐陽儀說過，他這陣子躲她都來不及，怎麼會帶她去別院放風箏？就連這次帶謝蓁出去，他都得好好想想該怎麼避開歐陽儀。

大抵是怕什麼來什麼，正在李裕等謝蓁答應的時候，身後忽地響起歐陽儀的聲音。「表哥，你在跟誰說話？」

他回頭，皺了下眉。

歐陽儀站在幾步之外，瞇了瞇眼，看到牆頭另一邊的謝蓁。「怎麼是妳？妳在跟我表哥說什麼？」

謝蓁不待見她，朝她吐了吐舌頭。「不告訴妳！」

一邊說一邊往梯子底下爬，不多時就站在地面上了。李裕沒等到她的答案，心裡又急又氣，著急她走那麼快幹什麼，生氣歐陽儀來得真不是時候。他探出腦袋，低頭俯瞰她。「妳還沒告訴我去不去！」

謝蓁：「我……」

剛說一個字，那邊謝榮便從外面回來了，兩手空空，想來沒找到她的風箏。他遠遠地叫了她一聲，她立即就飛奔過去。「哥哥，我的風箏找到了！」

李裕簡直氣歪了鼻子，心裡暗暗罵她小白眼狼，還不是他替她找到的。他朝她喊道：「下月初八我去找妳！」

謝蓁沒有回頭，也不知道聽到沒有。

此後幾日，謝蓁總能看到李裕出現在牆頭上，而且他的理由千奇百怪，不是東西掉在她家院子裡了，就是他養的鳥兒飛了過來。他一個人趴在牆頭就算了，還總喜歡把她也叫上去。

一開始謝蓁不願意，太陽底下多曬啊！就站在院裡說話不好嗎？

可是李裕總有辦法把她騙上去，然後說些不著邊際的話。比如妳喜歡什麼？妳討厭什麼？為什麼喜歡？為什麼討厭？

謝蓁莫名其妙地答了，他卻好像很不滿意，久久都不說話。

謝蓁兩隻小手扶著牆頭，白嫩嫩的小臉被太陽照得發紅，粉唇微嘟。「你問我這些幹什麼？」

水靈靈的包子臉，被太陽曬了幾天竟然沒被曬黑，仍跟幾天前一樣白嫩，一雙黑黝黝的眼睛鬱悶地盯著他，稚嫩又天真，讓人看了就想欺負。

李裕真想再咬一口她的臉，氣她說過的話就忘了，讓他一個人惦記到現在。

他垂眸，問她。「妳還討厭我嗎？」

可惜說這句話的聲音太小，加上院子裡謝蕁吵鬧的咋呼聲，謝蓁沒聽清楚他在說什麼。「啊？」

也不知道戳到他哪一根軟肋，他霍地抬起頭，氣勢洶洶。「我問妳，妳是不是還討厭我？」

原來那天謝蓁說的「我討厭你」四個字一直記在他心裡。這陣子她對他不如以往熱情，也沒叫過他小玉哥哥，他一直都很介意，以為她還沒原諒他。

可是他也不想想，他都沒跟人家道歉，人家哪來的原不原諒一說？

謝蓁這回聽清了，還從沒被人這麼直白地逼問過，漂亮的小臉一紅，變得有些不自在。旋即她腦子裡閃過壞點子，咬著唇瓣狡猾一笑。「討厭啊。」那小模樣，既招人恨又招人愛。

李裕沈下臉。「為什麼討厭？」

她低頭掰著手指頭，如數家珍。「不跟我玩，總對我凶，還跟別人一起欺負阿蕁……」

說起這個，李裕總要為自己辯駁一番。「我沒有欺負謝蕁。」頓了頓，總算找著機會說起書房那件事。「那天在書房，是我……」

他半晌說不出一句完整的話，謝蓁索性雙手托腮，睜著烏溜溜的大眼睛等他說完。

李裕對上她的眼睛，卻更加說不出話來。「我……」

謝蓁軟軟甜甜。「你什麼啊？」

他別開頭，惡狠狠地。「總之妳不許討厭我！」

謝蓁還以為他要說什麼呢，白期待了半天，鼓起腮幫子故意氣他。「就討厭就討厭，就討厭你！」

李裕果然被氣到了。「不許，不許！」

「你管不著！」她哼了一聲，說著不再理他，從梯子上爬下去，成功落到陳嬤嬤懷裡，朝他做了個鬼臉，一扭頭就跑遠了。

李裕差點從牆那邊爬到這邊來抓她，然而剛要行動，就被歐陽儀發現了行蹤。

歐陽儀站在底下不滿地問：「表哥你怎麼又在爬牆？我要去告訴舅舅、舅媽！」

李裕只得中途停下，不甘心地看了眼謝蓁跑遠的方向，心想下回若是抓住她，一定要讓她收回今天這句話。

最近一連下了好幾場春雨，綿綿不斷，好似沒有盡頭一般。

雨停之後已是初六，這幾天謝蓁一直待在屋裡，沒有出去，更沒有到後院牆頭見過李裕。今兒天氣好，陽光普照、萬里無雲，謝蓁準備去後院看謝榮釣魚。她穿著一身白綾短衫和百蝶穿花紋裙子，腳下一雙緣金邊繡鞋，在裙子底下若隱若現，走過一道牆時，牆頭忽地傳來一道聲音。「後天辰時我到妳家門口接妳。」

謝蓁一仰頭，李裕正目不轉睛地盯著她，她拍拍胸脯。「小玉哥哥嚇我一跳！」

李裕臉色稍霽，繃著小臉說了句。「那就這麼說定了。」然後從牆頭下去，一轉眼就沒了人影。

謝蓁摸摸頭，自己都不知道什麼時候跟他說定了。

晚上她特意跑到冷氏屋裡說起這事，沒想到冷氏一口就回絕了。「只有你們兩個的話，絕對不行。」畢竟她跟李裕在一起出過兩回事，不得不引以為鑑。

謝蓁軟磨硬泡，冷氏始終不肯鬆口。

第二天宋氏特意來了一趟，說那地方很安全，裡裡外外有十幾個下人，院子裡也清理得乾乾淨淨，冷氏才勉強同意。不過冷氏仍舊不大放心，畢竟吃一塹長一智，於是她另外給謝蓁安排了七、八名丫鬟婆子，準備陪著她一塊兒去。

初八這天天氣很好，碧空如洗，適宜出行。

謝蓁嘴上說討厭李裕，但還是很期待跟他一起去放風箏的，然而她一切都收拾完畢，等到辰時，始終不見李裕過來接她。

她以為他有事耽誤了，沒想到這一等，就等到天黑。

暮色四合，日落西山，天色漸漸沈下來，謝蓁等了一天都沒等來李裕。

不是說要帶她去放風箏嗎？怎麼不來？她等得沒意思，就坐在堂屋門口的石階上擺弄風箏，這大雁風箏被她拿在手裡一天，左看一遍右看一遍，看得她自己都會做一個了。「小玉哥哥怎麼還不來？」

冷氏從堂屋走出來，怕她凍著，便讓丫鬟拿了件素面妝花褙子給她披上。「或許是家裡有急事，羔羔別等了，跟阿娘回屋歇著吧。」

冷氏看女兒等了一天，何嘗不心疼？可惜這孩子脾氣倔，怎麼勸都沒用，非要等到李裕來不可。冷氏下午差人去李家問了一趟，看看他家是不是出了什麼事，然而李家大門緊閉，敲了半個時辰都沒人答應。

下人回來通稟，說李家沒人，冷氏將這話原封不動地轉述給謝蓁，謝蓁不相信。「他早就跟我說好的，他說要來接我，他一定會來的！」

於是一直等到現在。

冷氏嘆一口氣，李家沒有人，可能是全家出門了，李裕還怎麼來接她？這孩子怎麼就認死理呢？

用過晚飯，謝蓁實在等累了，也終於意識到李裕不會出現了。

她有點沮喪，看著黑漆漆的夜空，把風箏一把扔在地上，洩憤似的踩了兩腳。「小玉哥哥是大騙子！」

發洩完後，就著廊下迷濛的燈光，她低頭看著腳下縐巴巴的風箏，吸了吸鼻子。一想到這是阿爹給她的，她又默默地把風箏從地上撿起來，伸出肉乎乎的小手撫了撫，把它展平，抱在懷裡。

冷氏就站在廊下，輕聲叫了句。「羔羔，跟阿娘回屋吧。」

她軟綿綿地喚一聲阿娘，飛快地撲進冷氏懷裡，腦袋在冷氏肚子上蹭了蹭，心酸又委屈。「小玉哥哥騙我……」

冷氏揉揉她的腦袋，安慰她。「他可能是有事耽誤了……」

她嚶嚀，還是不大甘心。「可是他自己跟我說的……今天會來接我的……」

冷氏只好說：「那妳下回見面問問他，為何今天沒來？他會跟妳道歉的。」

小玉哥哥才不會道歉，他從來沒跟她道過歉。

謝蓁搖了搖頭，賭氣一般。「不要，我下回不要見他了。」末了還嫌不夠，補上一句。「我不要跟大騙子一起玩。」

冷氏覺得好笑，小孩子就是愛說氣話，可是又有哪句能當真呢？說不定沒過幾天，這兩小傢伙就又玩到一塊兒了。

她跟李裕天天趴在牆頭上說話的那幾天，她可都聽下人說了。真是人小鬼大，明明前一刻還說討厭對方，下一瞬卻能冰釋前嫌腦袋對著腦袋說話。只要他們不傷到自己，冷氏基本上都是睜一隻眼閉一隻眼，任由他們去了。

可是這一次，誰都沒想到謝蓁的話會一語成讖。

第七章

過了三、五日，李家仍舊沒有任何動靜，往常都會有下人出入大門或是找李息清談生意的商賈，這幾天卻不知怎麼回事，李府大門緊閉，竟不見一人進出。

不僅如此，李府院裡連一點聲音都沒有。李家雖然不吵鬧，但往常也會有幾句對話聲，這幾日非但沒有聲音，彷彿連一絲人氣都沒了。冷氏和謝立青均覺得奇怪，還當李家出了遠門，可大家同為鄰居，出遠門怎麼也不說一聲？

一個月後，連謝蓁都察覺到不對勁。「阿娘，宋姨是不是好久沒來咱們家了？」

冷氏與謝立青對視一眼，安撫她道：「明日阿娘就帶妳去找宋姨。」

她應好，但對於李裕失約這件事還是很介懷，噘起嘴巴說：「但是我不會跟小玉哥哥說話的。」

冷氏失笑，女兒這模樣實在可愛，忍不住把她拉到懷裡好好揉了揉。

翌日，她跟謝立青商量好時間，一家人去李府登門拜訪，他們在大門前站了許久，銅環叩了又叩，始終沒人來給他們開門。

謝蓁趴在門縫裡觀望，嘟囔道：「怎麼沒人開門？人都到哪兒去了？」她拍了兩下門板，長長地哎了一聲，清脆綿軟的聲音婉轉悅耳。「有沒有人啊？」

仍是無人回應。

冷氏跟謝立青說：「恐怕是出遠門還沒回來，咱們先回家吧，改天再來。」

謝立青點頭表示同意，臨走前說了句。「既是要出遠門，怎麼也不跟我們說一聲……」

沒走兩步，門口的石獅子後面露出一個人，她神色憔悴、模樣頹唐，啞著嗓音說：「他們不會回來了。」

冷氏差點沒認出來是誰。待仔細一看，才發現這不是之前借住李家的表姑娘嗎？好端端的怎麼一個人流落在外？

冷氏剛要靠近，她就後退。「你們別來了，舅舅、舅媽和表哥走了，再也不會回來了。」

謝立青問她什麼意思，她卻不肯再透露更多，只是身軀顫抖，彷彿經受了極大的恐懼。明明上個月還神氣十足的小姑娘，如今竟變成這副模樣，這極大的反差更加讓人摸不著頭緒。

謝蓁衝出來氣急敗壞地說：「妳胡說，我不信！」

大抵是兩人不對盤，謝蓁一出現，歐陽儀就瞪圓了眼睛，這才顯得有點生機。「我沒有胡說！」

謝蓁說什麼都不信歐陽儀的話，明明前陣子李裕還要帶她去放風箏，風箏沒飛起來，他怎麼能永遠不回來了？「小玉哥哥只是出遠門了，他會回來的！過幾天他一定會回來的！」

歐陽儀也很執著。「我說不會就是不會！」

末了兩個小姑娘居然站在門口吵了起來，頗有不把對方說服絕不甘休的氣勢。歐陽儀被逼急了，三兩步衝上臺階，從懷裡掏出鑰匙打開朱漆大門。「妳要是不信，就自己進去看看！」

大門應聲而開，發出吱呀聲響，厚重的木門後面是昔日朱甍碧瓦的庭院。

謝蓁來過幾回，卻沒有哪一次像這次這麼陌生。院子一個月沒人打理，冒出不少雜草，院裡一個人也無，空蕩蕩的，安靜得連他們說話都有回音。

謝蓁跑到堂屋裡裡外外看了一遍，什麼東西都沒有，只剩下黃梨木桌椅板凳。她又到了李裕的房間，他屋裡更是空曠，一點住過的痕跡都沒留下，走得乾乾淨淨。

謝蓁怔怔地走出房屋，問歐陽儀。「他們為什麼走？」

歐陽儀眼眶泛紅，別開頭不肯說。

謝蓁來到她跟前，抓住她的袖子急得團團轉。「為什麼？小玉哥哥為什麼要走？」

歐陽儀被問煩了，一把推開她。「能有為什麼，還不是因為討厭妳！」

謝蓁一愣，無助地站在原地。

或許是對她厭惡到了極致，歐陽儀的語氣彷彿淬了毒，凶狠地說：「表哥最討厭的就是妳，如果不是妳，他才不會搬走！」

好半晌，謝蓁揉揉眼睛。「他說了要帶我去放風箏……」

「那是騙妳的！」

可是、可是他從沒說過討厭她啊……就連以前她一直纏著他，他都沒說過討厭她。

謝蓁很受傷，在李裕房門口站了一會兒，才跟著冷氏和謝立青離去。她走得很慢，一步三回頭，大眼睛裡的光彩漸漸暗了下去，最後終於一狠心，再也沒有回頭。

謝家的人走後，歐陽儀許久沒動，直到李氏來找她，她才放聲大哭。

事情根本不是她說的那樣，她是故意騙謝蓁的。其實最討厭她的是她，所以她才想傷害她、打擊她。憑什麼她就過得比別人幸福？憑什麼她父母恩愛、家庭美滿？她也要讓她傷心難過一回。

李裕要帶謝蓁去別院的前一天，歐陽儀發現了他的打算，說什麼都要跟他一塊兒去。

李裕不答應，宋氏就跟他說：「阿儀沒有爹、沒有家，如今只能依靠我們。你是她的表哥，如果連你都對她不好，那她將來還能依靠誰呢？」

自從歐陽儀住進李府後，宋氏常跟他說這句話，她是他的表妹，他應該好好照顧她。儘管他不願意，但還是沒有違背父母的意思，唯有那一次，他只想帶著謝蓁一起去。

李裕跟宋氏起了爭執，當天一人獨行前往別院，可是路上出了意外，差點被幾個歹人劫走。好在李裕身邊帶了四、五名侍從，幫助他逃過一劫。宋氏和李息清把他找回來後，當晚李府便闖進來一批蒙著臉的黑衣人，他們來得無聲無息，奪去府裡上下幾十口人命。

宋氏和李息清帶著李裕從後門逃了出去，李息清給歐陽儀母女一筆銀子，讓她們各自逃命去。事出緊急，根本來不及安排妥當，李息清更沒有向她們解釋原因，一夜之間各奔東西。歐陽儀和李氏沒有地方去，於是在附近置辦了一個院子暫時落腳。

歐陽儀偶爾會到李府附近轉悠，希望能看到舅舅、舅媽或是李裕的身影，今天再去時，剛好碰到謝家一行人，她一時沒忍住開了口，這才有了之前那一幕。

她騙了謝蓁，李裕其實一點也不討厭她。

回到家後，謝蓁失落了好幾天。

李裕不聲不響地走了，居然連聲招呼都沒打。他真的討厭她嗎？那為什麼要邀請她去別院放風箏？謝蓁小腦袋瓜想了好幾天都想不通，最終還把自己折騰病了，病快快地在床上躺了十幾天，小臉一下子瘦了一圈，讓人瞧了就心疼。

原本肉乎乎圓嘟嘟的，如今摸著居然有點硌手。

病好之後，謝蓁讓人把那只大雁風箏收進倉庫裡，再也不許拿出來。有一回路過後院一處牆角，她讓人搬了梯子過來，一個人趴在上面看了很久，最後再默默地爬下來，窩在冷氏懷裡許久不出聲。

冷氏既心疼又無奈。「李裕走了，不是還有高洵嗎？高洵這幾天常來找妳，妳怎麼不見他？」

謝蓁悶悶地。「阿娘我難受。」

小小年紀，竟然懂得什麼叫難受？冷氏不免好笑，親親她的眉心。「這有什麼？以後會有更多人離妳遠去，妳哪能每一個都顧得上？羔羔，妳知道什麼叫人來人往嗎？」

她抬起濕漉漉的眼睛。「人多？」

冷氏點點頭，誇讚她聰明。「街上那麼多人，有人過來，有人離開，他們走了又來，這是一種常態，我們沒法避免的。」

謝蓁不懂。「什麼叫常態？」

冷氏說：「就是一種很正常的事情。」

她想了一會兒，所以說小玉哥哥的離開是很正常的事嗎？她抱住冷氏的腰，還有一件事耿耿於懷。「可是小玉哥哥說討厭我。」

冷氏點點她的鼻子，開導她。「妳不是也常說討厭小玉哥哥嗎？那妳真的討厭他嗎？」

她不吭聲，帶著點孩子氣的執拗。「原本不討厭了，但是他走了，我就討厭他。」

冷氏輕笑，佯裝鬆一口氣。「那這下好了，你們扯平了，誰也不欠誰的。」

謝蓁仰起頭，眨巴眨巴眼睛，忽然覺得阿娘說得好有道理。

她連日來陰霾的心情有了好轉，咧嘴一笑，朝冷氏靠過去，膩膩歪歪地說：「阿娘親親……」

冷氏嘆一聲「妳呀」，表情很無奈，臉上卻漾開了笑意。

高洵求見了好幾次，始終沒見到謝蓁一面。這日他又鍥而不捨地來了，沒想到謝蓁居然肯邀請他到春花塢。他受寵若驚，忙趕了過去，到時正看到謝蓁一個人在慢悠悠地盪秋千。

他上前，歡喜地叫了聲。「阿蓁！」

謝蓁抬頭，朝他微微一笑，他覺得周圍的花都不如她開得好看。

秋千把她送上前來，又慢慢往後搖去，漸漸地停下來。他這才看清她瘦了不少，臉上的肉少了，笑時兩邊浮現出淺淺的梨渦，漂亮得讓人心驚。

謝蓁指指另一架秋千，大方地說：「阿蕁不在，你可以坐她的秋千。」

高洵一屁股坐上去，雙腳往地面一蹬，前後搖晃起來。「我還以為妳再也不肯見我了。」

謝蓁好奇地偏頭。「為什麼呀？」

他摸摸鼻子，眺望對面李家的院子。「因為我跟阿裕關係好……妳喜歡阿裕，所以才跟我一起玩。」

自從高洵得知李裕不告而別的消息後，對此人也是埋怨到了骨子裡，把他從頭到腳數落了一遍。如今李裕走了，他們之間的那點聯結也沒有了，她肯定不願意再見他。所以今天謝蓁答應見他的時候，他心裡高興極了。

沒想到謝蓁搖搖頭，義正詞嚴地說：「就算沒有小玉哥哥，我也會跟你玩的！」

高洵眼裡亮晶晶。「真的嗎？」

她一嗯。「真的！」

高洵總算放心了，嘿嘿一笑，別提有多傻。他的小仙女肯跟他說話、肯對他笑，不是因為李裕，這讓他覺得很滿足。

想起李裕，他又有點悲憤。「但是阿裕居然一聲不響地就走了，委實不夠義氣！日後我若再見到他，必定將他好好揍一頓。」一扭頭，詢問謝蓁：「阿蓁，妳說揍他幾拳比較好？」

謝蓁很認真地想了想。「你揍他，我在一旁看著就行了！」

高洵說好，揮舞起自己的拳頭，開始在腦海裡描繪那場景。他爹最近給他請了一個武術師父，每日清晨叫他練功習武，他最近學得勤勤懇懇，假以時日，必定能把李裕那小子打得趴在地上嗷嗷叫。

他想像完後，心情好了許多，繞到謝蓁身後抓住秋千的兩條繩子。「我幫妳推，妳想不想飛起來？」沒等謝蓁答應，他就拉著繩子往後退了兩步，然後輕輕把她往前送。一來一往，謝蓁在他手裡越飛越高。

風從耳邊呼嘯而過，謝蓁每一次上升都能看到很遠的風景。遠處碧空萬里，風輕雲淨，她看著看著，對底下的高洵說：「再高一點，再高一點！」

高洵聞言，更加賣力地往上推，她衣袂飄飄，百褶穿花裙在他眼前畫出一道弧度，伴隨著她歡快的笑聲，將這一幕一起深深地印在他心裡，此後許多年，一直沒捨得忘記。

李裕離開這件事確實讓謝蓁難過了一段時間，不過她想通之後，也就慢慢地淡忘了。她要忙著長大，小小的腦袋瓜裡根本記不了那麼多東西。何況高洵三天兩頭就來謝府一趟，不是給她帶小玩意兒就是給她帶好吃的，還會給她講笑話，把她逗得哈哈大笑。

一眨眼過去七年，她從當初稚嫩的小不點，不知不覺地長成一個豆蔻少女。

她連想起李裕這個名字都很少了。

十四歲生辰這一天，謝蓁跟家人吃完一頓飯，非要拉著謝榮比身高。她站在謝榮跟前，抬手比了比，一臉期待地看著旁邊的謝蕁。「長高了嗎？我長高了嗎？」

謝蕁捧著一杯杏仁茶，誠實地搖了搖頭。「阿姊，沒長高。」

她失望地啊一聲，仰頭看謝榮。「為什麼哥哥越來越高，我這兩年卻一點沒長？」

她小時候長得快，幾乎是同齡裡最高的小姑娘，當時她可驕傲了，覺得自己走到哪裡都高人一等。沒想到十二歲後居然就像停止生長了一般，周圍的姑娘還在長個兒，唯有她還跟十二歲時一模一樣。倒也不算矮，就是站在修長挺拔的謝榮身邊，顯得過於玲瓏了一點。

謝榮今年十九，俊朗昳麗，清冷的眉眼與幼時如出一轍。這兩年他到了娶妻的年紀，青州不少官家夫人有意把女兒許配給他，但謝家遲遲不表態，他們只能暗暗著急。

謝蓁是個鬼靈精，曾問謝榮喜歡什麼樣的姑娘，他想了半天，只說出兩個字。「投緣。」

謝蓁故意問：「那頭方的行嗎？」還被謝榮狠狠賞了兩個毛栗子。

她還是跟小時候一樣，鬼點子多得不得了，時常讓人招架不住。要說唯一有變化的，大抵就是她這張臉，褪去嬰兒肥，當初的蛹破繭成蝶，讓人越來越移不開視線。

她面容精緻，每一處都恰到好處，肌膚若冰雪，綽約若仙子。然而她不是高洵口中的小仙女，反而有點像小狐狸，斜斜一眼看過來，能把人心魂都勾去。

有時她向謝榮撒嬌，謝榮都有些招架不住，一本正經地告訴她。「羞羞，以後不能對誰都這樣說話。」

她懵懵懂懂。「怎樣說話？」

謝榮想了很久，始終找不出一個比較合適的形容詞。

她聲音原本就軟，軟軟甜甜，若是再拖著長腔跟人撒嬌，但凡是個男人都要酥掉半邊身子。尤其她臉蛋生得漂亮，單這一點便不知要引來多少男人覬覦。

冷氏對兩個女兒越來越謹慎，不輕易讓她們出門，即便出門也要戴上帷帽，擋得嚴嚴實實，誰都不讓看。是以旁人雖知謝家有兩個絕色女兒，但究竟怎麼個絕色法卻不得而知。

要說這兩年，謝蓁倒也不是一點沒長，起碼有一個地方長得很快。

夜裡胸脯脹脹地疼，她輕輕一碰，那兒就可憐兮兮地顫了顫。真疼啊……如果不是阿娘說這是正常的反應，她還以為是自己生病了呢。

害得她晚上睡覺連肚兜都不敢穿，因為那兒一碰到布料也會疼。饒是如此，那兩團肉還是長得很快，半年時間，就長得比她的一隻手還大。冷氏一年給她縫了好幾件肚兜，縫到最後她自己都不好意思了。「阿娘，以後這些我自己來吧……」

冷氏含笑抬頭。「怎麼，妳自己會縫？」

她說不會，哎呀一聲偎在冷氏身邊。「我這不是怕阿娘累著嘛。」

冷氏擔心針頭扎著她，便讓丫鬟把針線笸籮拿遠一點，摸摸她鬢邊的頭髮，感慨道：「一眨眼都長這麼大了，知道心疼阿娘了？」

謝蓁彎唇一笑，給自己臉上貼金。「阿娘可別冤枉我，我一直都心疼您的。」

冷氏搖搖頭輕笑，母女倆說了一會兒話，外面進來一個丫鬟說：「大姑娘，高公子來了，目下在正堂求見。」

丫鬟口中的高公子就是高洵，這兩年他們都長大了，來往也不如兒時頻繁。不過高洵還是偶爾會來見她一面，有時說說話，有時喝喝茶，如同多年舊友一樣。

謝蓁鬆開冷氏的手，站起來道：「阿娘，我去前面看看。」

冷氏叫住她，欲言又止，最終還是什麼都沒說，揮揮手道：「去吧。」

女兒越來越大，姑娘家最看重的就是名聲，她這麼跟高洵相處下去也不是辦法。冷氏想問問她的意思，如果她真對高洵有意，那她就跟謝立青商量商量，跟高家把親事定下來，免得讓人說了閒話，對她的名聲不好。

冷氏看著高洵這孩子長大，知道他品德模樣都是一等一的好，又死心塌地的喜歡了謝蓁七年，若是讓羔羔嫁給他，倒也沒什麼好挑剔的。

那邊謝蓁來到正堂，牽裙拾階而上，一眼就看到屋中那個高大健壯的身影。大概是習武的緣故，高洵的身體一天比一天結實，他才十六，但單看背影，已是個能獨當一面的男人了。

他後背寬闊，寬肩窄背，英武卻不顯得粗獷。他聽到聲音回頭，視線落在謝蓁臉上，眼裡毫不掩飾的癡迷和驚豔。

高洵打算從軍，高二爺與青州提督有些交情，正好可以在軍中提拔提拔他。

這幾個月他為了此事忙裡忙外，已有好些天沒見著謝蓁。今日好不容易抽空見她一面，眼睛就跟黏到她身上似的，癡癡地看了半天，還是沒捨得移開。

謝蓁讓丫鬟添茶，順道笑話他。「你老看我幹什麼，是不是太久沒見了，所以不認識我了？」

高洵這才回神，乾咳一聲，端起墨彩小蓋盅喝一口，清了清嗓子。還別說，真是有點不認識她了。誰叫她這兩年越長越漂亮，才幾天沒見，臉蛋比起上次見面更標緻了一些。

謝蓁坐在他對面的八仙桌前，抿一口新摘的碧螺春，滿口都是茶香。「你在軍中的事處理得如何？」

高洵收回思緒，把小蓋盅放在八仙桌上。「大致沒事了，過兩天我便要去軍中生活一段時間。」

到了軍中，他想好好做出一番成就。他是個有上進心的人，懂得一步步往高處爬，不甘於青州這片小小角落，軍中便是他走出的第一步。他聽說京城繁華，便想這輩子定要去京城一趟才不枉此生。

謝蓁哦一聲，對此沒什麼想法。其實她也覺得軍營挺適合高洵，高洵不是讀書的料子，他隨興恣意、不喜約束，唯有軍中才滿足這些條件。兩人一起長大，她對他多少有一些瞭解，知道他想要什麼、適合什麼，所以她一直都支持他。

許久沒見，兩人坐著說了一會兒話。他倆都是話多的人，不愁沒有話題聊，你一言我一語，倒也從未冷場過。

快到晌午，高洵打算離去，可他一刻鐘前就說要走，然而在椅子上坐到現在都沒有要走的意思。他看起來像有話說，幾次張口，都沒發出聲音。

謝蓁忍不住問：「你是不是想跟我說什麼？」

高洵總算點點頭，一副難以啟齒的表情。「妳應該知道，這幾天阿娘一直為我選親……」

他到了成親的年紀，從去年開始，趙氏便一直張羅著要為他選個好媳婦兒。青州有頭有臉的人家都挑了一遍，趙氏問他看得上哪家的姑娘，他卻說一個都看不上。這下把趙氏氣得不輕，以為他想一輩子都不娶，最近實在急了，若是他參軍之後，那成親生子不是更沒指望了？是以這幾天把他逼得更緊了些。

這事謝蓁是知道的，因為他之前總三天兩頭來她這兒訴苦，她聽得耳朵都快起繭了。

謝蓁好笑地咧嘴。「怎麼啦？你還是都看不上？」

高洵看向她，誠懇地點了下頭。

這下連謝蓁都跟著沒轍，她一攤手，搖頭晃腦地說：「你這個看不上、那個也看不上，你究竟想找什麼樣的姑娘啊？」她笑時眉眼彎彎，亮如星辰。

高洵看了一會兒，似笑非笑地問：「不如妳這樣的姑娘如何？」

謝蓁愣住，眼裡還殘留著一點笑意，錯愕極了。

這反應讓高洵很受傷，他單手撐腮，唇邊噙著一抹笑。「阿蓁，我們認識這麼久，妳就沒考慮過嫁給我嗎？」

謝蓁幾乎毫不猶豫地搖頭。「沒有呀。」

無論他們再怎麼親近，她也沒想過這個問題。她認為他們只是單純的兒時玩伴，沒有任何旖旎心思，再純潔不過了。

高洵眼裡的光彩黯了黯，不死心地問：「為什麼沒有想過？」

她被問住了，要真說為什麼……她苦思冥想，腦子裡忽地靈光一閃。「阿娘說我還小呢，不著急嫁人！」

這分明就是拿藉口堵他。高洵失落地看著她，那模樣活脫脫被她拋棄了一樣。

這幾年他毫不掩飾對她的愛慕，明示暗示都示了一遍，偏偏她裝傻功夫一流，總有理由把人打發回去。其實謝蓁說得夠直白了，她只把他當好朋友，沒有動過其他心思，偏他固執得很，越挫越勇，如今居然明目張膽地把話說開了。

當然，結果沒什麼改變。

高洵這回是抱著豁出去的態度，反正就要走了，這回不說，以後萬一沒機會了呢？他就是喜歡謝蓁，就是愛慕她，想把她據為己有，娶回家當媳婦兒好好疼愛。

這次不成功，他還有下一次。這麼多年都等過來了，不在乎再等一、兩年。等他有所成就，必定風風光光地把她娶回家。

高洵離開後，謝蓁一個人在屋裡坐了很久。

她惆悵地托腮，琢磨著怎麼樣才能讓高洵死心？她對他沒有男女之情，總不能耽誤了人家，該說清楚的還是早點說清楚為好。

沒等她想出個所以然來，謝蕁便端著一碟玫瑰糕走進來。「阿姊，妳要不要吃點東西？」

謝蓁瞥妹妹一眼，謝蕁越長大越貪吃，十二歲了非但沒褪去臉上的嬰兒肥，反而圓嘟嘟的像個蘋果。好在她底子好，怎麼都吃不胖，就是身上的肉多了點兒，瞧著比謝蓁更加圓潤。

「不要，我心情不好。」謝蓁扭開頭，拒絕被她誘惑。

她也不勉強，自己捏了一塊玫瑰糕送入口中，細嚼慢嚥。「阿姊為什麼心情不好？」

謝蕁吃東西有個特點，無論她吃什麼，都會讓人覺得很香。譬如她現在吃一塊普通的玫瑰糕，但是那滿足的表情卻讓人食慾大開，真想試試她手裡的玫瑰糕多麼好吃，讓她露出這種飄飄然的表情。

謝蓁果真這麼做了，湊上去咬一口她手裡的玫瑰糕。「說了妳也不會懂的。」

謝蕁嚼完吞下去，不服氣地辯解。「誰說我不懂了？我知道的，高洵哥哥來了，他想讓妳嫁給他。」

謝蓁大驚，被嘴裡的玫瑰糕噎得不輕，拚命喝了兩口水才緩過來。「妳怎麼知道的？」

謝蕁指指門口。「我站在那裡好久了，阿姊和高洵哥哥都沒看到我。」

她才十二，居然就知道偷聽了！殊不知謝蓁自己五、六歲的時候就躲在門口偷聽過爹娘說話。

謝蓁正色，認真地警告她。「不許告訴阿娘。」

謝蕁眨眨眼。「為什麼？」

「否則以後高洵帶給我的點心，我都不給妳吃了。」

她立刻答應下來。「好好，我不說。」果然在吃的面前，永遠能治得住她。

過一會兒，謝蕁把半碟玫瑰糕都吃完了，舔舔指腹，重新想起剛才的問題。「阿姊，妳為什麼不想嫁給高洵哥哥？」

謝蓁自己也說不上來，搖搖頭說不知道。

沒想到下一瞬，這小丫頭語出驚人。「如果李裕哥哥要娶妳，妳會嫁給他嗎？」

謝蓁許久沒聽到這個名字，猛地愣了很久，半天才想起來這人是誰。想起這個人，就想起他的不告而別，想起他當初的那次失約，她慢吞吞地蜷縮進椅子裡。「當然不會。」

謝蕁不解。「可是妳以前不是很喜歡他嗎？」

她皺著眉頭想了下，好像真有這麼一回事，那時候她天天跟在他屁股後面，趕都趕不走。現在想想真是天真得很，要是再讓她這麼覥著臉喜歡一個人，她可做不出來。

她說得義正詞嚴。「那是因為他長得漂亮！」

過去這麼多年，李裕的面孔早就模糊了，記憶最清楚的，便是他有一張比姑娘家還漂亮的臉。

入秋之後，百葉枯黃，天氣也一天天冷起來。

謝立青今年要上京述職，正好趕上老太太六十大壽，便打算帶全家人回京一趟。若是有幸能在京城謀個一官半職，便不必再每年兩地奔波了。

回京之前，謝立青先修書一封寄到京城定國公府，說了自己的打算。

定國公看完很是高興，聽說捋著鬍鬚高興了半天，逢人便笑咪咪的。追根究底，還是幾個孫子孫女兒要回來了，他幾年沒見孩子們，想得厲害。

定國公登時讓人把他們住的院子清掃乾淨，免得到時候人回來了，屋子還沒收拾好。青州。

謝立青聯絡好京城的事宜，定下回京的日子。這邊還有很多事情要處理，回去一趟不是小事，要帶的東西很多，一輛馬車根本拉不完，起碼得兩、三輛。還有路上使喚的丫鬟婆子，每一個都不能少，這些都要安排。

冷氏親自打點好一切，到了出發歸京那一日，一家人順順利利地坐上出城的馬車，往京城駛去。

爹娘坐一輛馬車，謝蓁和謝蕁一輛馬車，謝榮騎馬跟在外面，偶爾遇到什麼突發狀況，還能幫他們探探路。

路上遇到一場大雪，積雪足足有半尺深，馬車根本走不動。路上耽誤了小半個月，老太太的壽禮迫在眉睫，只剩下七、八天時間。

謝立青跟車夫商量了下，讓他們緊趕慢趕，總算趕在壽宴前抵達京城。

這一路風餐露宿，可苦了兩個如花似玉的姑娘。

謝蓁原本懶洋洋地躺在坐褥上，馬車一駛進京城，耳邊便充斥著喧鬧繁榮的聲音，比青州熱鬧得多。她霍地從褥子上坐起來，側耳傾聽，這聲音太親切，讓她有種回歸故土的錯覺。

雖然她離開京城時還小，但她的潛意識裡京城便是她的故鄉。如今她總算回到這個地方，算算時間，已有九年。

謝二爺要回來，定國公府上下早就做足了準備。

此時老太太和老太爺領著大房、三房、四房的人坐在堂屋等候，家僕每隔一刻鐘就通傳一次，隨時彙報二爺到哪兒了。一直到了正午，總算聽到下人說：「到了到了，已經到門口了！」

老太爺坐不住，拄著枴杖便要去門口迎接，老太太輕輕咳嗽一聲。「那就趕緊請進來吧。」

下人聞言，忙去門外迎接。不多時院裡傳來聲響，眾人齊齊往鶴鹿同春影壁後面看去。謝立青和冷氏走在前頭，後面是謝榮，再後面是謝蓁和謝蕁兩個小姑娘。多年不見，謝立青被青州的風土磨礪得越發成熟，比九年前黑了壯了，卻也更像個頂天立地的男人。他旁邊的冷氏反而沒什麼變化，這是上天對一個女人最好的賞賜，三十幾歲的婦人看起來仍像二十幾歲的姑娘。朱唇皓齒，膚白若雪，也不知道平時是怎麼保養的。

這一家子都生了副好皮囊，父母齊整，兒女自然也很養眼。

要說最惹眼的，還當數最後面披著白色繡牡丹紋狐狸毛斗篷的謝蓁。她唇邊掛著淺笑，漫不經心地往前方看去，鵝蛋臉在融融日光的照耀下彷彿一塊白璧無瑕的美玉。身邊的謝蕁跟她說了一句話，她低頭一笑，那一瞬間，周圍似乎有花開的聲音。

她從小就笑容甜美，無論再怎麼生氣，只要一看到她的笑臉就什麼脾氣都沒了。

這種美是與生俱來的財富，旁人模仿不來，只能豔羨而已。

其實謝蕁沒說什麼好笑的話，她只是問了句。「這是哪兒啊？」

她三歲時離開京城，對這裡早已沒什麼印象，更別提記住定國公府了。這裡對她來說太過陌生，雖然富麗堂皇、雕樑畫棟，但還是比不上青州那方小小的府邸。青州的家小是小，但更像一個家。

謝蓁偏頭看她，捏捏她水嫩的臉頰。「笨阿蕁，這裡是國公府。」

謝蕁不知道國公府是哪裡，她聽冷氏說過，他們在京城還有一個家，裡面住著祖父祖母，以及一干叔伯嬸娘。她抬眼看去，果見正堂裡坐了許多人，所有人的眼光都往他們這邊看來，她天生膽小，不動聲色地躲到謝蓁後頭。

謝蓁反握住她的手，對她說了句。「別怕，他們不會吃人。」

謝蕁尚小，不明白這句話的涵義，但是謝蓁卻知道得清楚。

她離開時五歲，尋常孩子早就忘了這時候的事，偏她記得清清楚楚。大抵是那時給她的印象太過深刻，以至於現在想忘都忘不了。

正想著，人已到了正堂。

眾人來迎接，國公爺感慨萬千道：「可算是回來了，在青州的這幾年過得可好？」

謝立青恭敬地彎腰，向二人行了個禮。「一切安好，勞父親掛心。」

國公爺又問了些青州的情況，這才作罷。

他看向後頭的孫兒，需要仰著頭才能看到謝榮。「都已經長這麼高了。」

謝榮行禮叫一聲祖父祖母。

再看兩孫女，一個淺笑盈盈，一個怯懦嬌憨，都是一等一標緻的美人兒，他的目光停留在謝蓁臉上，著實震驚了好一會兒。小時候看不出來，如今長大了，益發像當初的譚姨娘。

譚姨娘是謝立青的生母，原本是小作坊家的女兒，生得貌美如花、傾國傾城。一日國公爺打馬路過，看到她從門口出來，登時一見傾心，從此念念不忘。後來定國公把她納入府中做了姨娘，可惜紅顏薄命，她生下謝立青沒幾年就香消玉殞了，時至今日，國公爺都對她心懷愧疚，每常想起，總要懷念一陣子。倒從未想過，這個小孫女兒跟她生得如此像。

老太爺想起以前，無數思緒翻湧而至，說話很慢。「好，好……這是阿蓁和阿蕁吧，這些年沒見，還記得祖父嗎？」

謝蓁水眸一彎，脆生生地叫道：「祖父！當然記得呀，我當年弄壞了祖父養的花，祖父把我訓了好大一頓。」

小孩子都這樣，你對她好的時候她未必記得，但凡你一教訓她，她就深深地記在心上。老太爺對謝蓁是最疼愛的，這小丫頭能把你惹得火冒三丈，也能在下一刻把你哄得眉開眼笑，這就是一種本事，讓人又愛又恨。

定國公哈哈大笑，寵溺不言而喻。「妳這丫頭片子，竟還在怨祖父不成？那是要送給太后的姚黃魏紫，妳把它弄壞了，讓祖父怎麼跟宮裡交代？」

她吐了吐舌頭。「我這不是知道錯了嘛。」

爺孫倆還跟多年前一樣，嘮叨起來沒完沒了，若不是老太太發話，估計他們還會旁若無人地說下去。

老太太讓他們一家五口坐下說話，謝立青坐在大爺謝立松下方，冷氏坐在對面，左右兩邊分別是大夫人許氏和三夫人吳氏。

許氏穿一件杏色緙絲短襖，下繫一條薑黃琮裙，頭戴珠翠，雙臉用簪花粉抹得膩白，然而與冷氏一比立刻相形見絀。她朝冷氏微微一笑，叫一聲弟妹，便再無話。倒是右手邊的吳氏親切許多，她向冷氏詢問了幾句青州的風土人情，然後又說了這些年定國公府的變化。謝三爺近兩年剛入禮部，仕途頗為順利，言語之中不無炫耀之意。

冷氏聽罷，反應極其平靜。「恭喜三弟妹。」

吳氏碰了顆軟釘子，訕訕地住了口，不再搭話。

謝蓁和謝蕁站在冷氏身後，左顧右盼一番，規規矩矩地不再亂動。

謝蓁總覺得有一道視線在看她，循著看去，正好對上三姊姊謝瑩的目光。

謝瑩是大夫人許氏所出，年方十六，也是個美人兒。只不過她繼承了許氏的高顴骨，眼尾微挑，乍一看有些刻薄，不大好相處。謝蓁對她印象深刻，笑得意味深長。「三姊姊。」

謝瑩回以一笑。「多年不見，五妹越發標緻了。」雖是讚嘆，但語氣並無稱讚之意。細聽之下，反而有些酸溜溜的。

謝蓁聽出來了，也客氣地寒暄。「三姊姊也是，我都差點不認識了。」

話音落下，謝瑩臉色變了變。

她最近臉上長了幾顆小斑，不大明顯，但她卻非常介意。平常根本不讓人說，如今謝蓁雖然沒有明說，但她總覺得是在暗示什麼，是以心中有些不快。

偏謝蓁一副天真無邪的表情，問她的臉怎麼回事，還給她提了幾條不著邊際的建議。她窩了一肚子火，無處發洩。

一家人在正堂用過午膳，謝立青和冷氏送走老太太和老太爺，這才帶著兒女回到玉堂院。

他們離開京城之前一直住在玉堂院中。如今這裡多年沒有住人，處處都透著冷清，沒有人氣。不過定國公提前讓人清掃過，屋裡擺設整齊，桌椅櫃架擦拭得一乾二淨，被褥也用薰香熏了一遍，冷氏裡外看了，還算滿意。

謝蓁和謝蕁長大後要分房睡，冷氏便讓她們住在西邊兩間次臥，謝榮住在東次臥。丫鬟婆子把東西一件件搬進去，依照冷氏的吩咐擺放整齊。有哪裡不如意的，冷氏又讓人重新打理一遍，一切都收拾好後，已是日落。

謝蓁讓雙魚、雙雁燒好熱水送進來，倒進浴桶裡，打算把自己好好洗一遍。

這一路舟車勞頓，難得有個休息的時候，她已經好久沒有舒舒服服泡個澡了。脫下衣裙，坐在熱水裡時，她懶洋洋地嘆了口氣。

水溫正好，她洗得昏昏欲睡，這才站起來抓過屏風上的巾子，把身上的水擦乾，換上櫻色蘇繡牡丹紋褙子和馬面裙，走出房間。

謝蕁正在院裡看下人忙活，見她出來，把袖筒裡的手爐遞給她。「阿姊，妳穿得太少了。」

屋裡暖和，一到外面果真有些冷。她接過手爐，把謝蕎拉進屋。「妳在看什麼？」

謝蕁指指正房。「大娘剛才來了，正在跟阿娘說話。」

謝蓁好奇地看過去，大夫人素來不跟他們親近，來做什麼？

許氏來是為了老太太大壽一事，大後天就是壽宴，府裡上下都已打點完畢。冷氏才回京，這些事無須她管，許氏只是來跟她說一聲。

「妳剛從青州回來，本不該跟妳說這些，但這次非同小可，萬不可因你一家人丟了整個國公府的臉面。」許氏原本就不大瞧得上二房，如今他們待在青州幾年，更是覺得他們上不了檯面。

冷氏掀眸，淡淡地問：「大嫂此話何意？」

許氏連桌上的茶都沒看一眼。「這次老太太大壽，太子受王皇后囑託，會跟六皇子一起來訪國公府。你們剛回來，若是無事，就不必到前頭去了。」

許氏心裡自有一番打算，若是二房兩個閨女去了，必定會搶走別人的光彩。若是她們不去，那自家女兒幸見到太子或六皇子一面，或許能促成一樁姻緣。

許氏算盤打得精妙，但冷氏也不是好欺負的人。

冷氏慢條斯理地喝一口茶，平靜無瀾地開口。「此事不是我說了算，也並非大嫂說了算。我的三個兒女剛從青州回來，老太爺歡喜得很，若是不讓他們去前面為老太太賀壽，兩位老人定會不高興的。非但如此，恐怕還要說一聲榮兒他們不孝。」

此話不假，明眼人都看得出來老太爺偏心二房，對二房的幾個孫兒更是疼愛有加。正因為如此，老太太對二房越發不待見，今日見面還是勉強端著好顏色的。許氏此番前來顯然是得了老太太的吩咐，沒經過老太爺同意，想來一個先斬後奏。

可惜冷氏還跟多年前一樣，不好拿捏，輕輕鬆鬆一句話便把她堵了回去。

許氏輕笑，正因為冷氏這樣的性子，她跟她說話才會如此直白。冷氏剛進定國公府的時候，許氏對她還是很客氣的，起碼維持著表面的和平。然而慢慢地發現冷氏此人軟硬不吃、鐵石心腸，若是跟她虛與委蛇地說話，她根本不搭理妳，許氏被她惹出脾氣來，也就漸漸地不客氣了。饒是如此，還是拿冷氏沒轍。

謝蓁跟她一樣，她生的好女兒同樣有把人氣死的本領。謝瑩回屋後發了好大一頓脾氣，院裡下人都遭了殃，個個膽戰心驚。

許氏見她不為所動，讓了一步。「老太太怕你們路上辛苦，沒得累壞了，想讓你們多休息幾日。既然弟妹不想歇息，那我也不好勉強，後日一早壽宴開始會有不少貴客到訪，妳讓孩子們都行事謹慎一些，免得衝撞了貴客。」話畢，抬起絹帕點了點嘴角。「畢竟在青州待慣了，不知京城的規矩，許多事情都得慢慢學。」

冷氏看她一眼。「今日父親還當眾誇讚榮兒、蓁兒禮儀周到，怕是大嫂多慮了。」

她一口一個老太爺，反而讓許氏無話可說，偏偏她說的都是實話，讓人想反駁也沒法。

她的孩子她最清楚，謝蓁和謝蕁平常雖不著調，一個懶洋洋，一個軟綿綿，但關鍵時刻還是很能給她爭光的。尤其謝蓁，在大事上懂分寸，知道進退，是個很聰明的孩子。冷氏反而慶幸他們在青州住了快十年，天性純良、活潑可愛，沒有被國公府這烏煙瘴氣的環境薰染。

許氏該說的話說完了，好處沒撈著卻碰了一鼻子灰，臉色很有幾分不愉快。她起身走出房門，對冷氏道：「不必送了。」

回頭一瞧，冷氏端端正正地坐在花梨木圈椅中，哪有起來送她的意思？她一噎，轉身跟著丫鬟走了。路過謝蓁的房間，對上兩個姑娘烏溜溜的大眼睛，她本想扯出個和善的笑容，奈何笑不出來，嘴角垂下去，面色難看地走出玉堂院。

謝蕁站起來跺跺腳，一臉疑惑地看向謝蓁。「阿姊，大娘為何表情這麼嚇人？」

謝蓁正倚在熏籠上，鼻端是沉香的香味，嫋嫋襲來，使人昏昏欲睡。她半閉起眼睛打了個哈欠。「她是從阿娘房裡出來的，必定跟阿娘說了什麼話，可惜說不過阿娘，自己跟自己生悶氣了。」

不得不說，她分析得實在透澈。謝蕁若有所思地點點頭。「那大娘跟阿娘說了什麼？」

屋裡很暖和，把人骨子裡的懶怠都蒸騰了出來，謝蓁漸漸地歪下頭，倒在謝蕁肩膀上。「最近的大事，應該是跟祖母壽宴有關……」

話沒說完，她自個兒已呼呼睡去。謝蕁推了她兩下，她還是睡得很沈，謝蕁只得跟雙魚一起把她放到內室床榻上，輕絹軟幔下，她呼吸平穩，睡容恬靜。

回到定國公府兩天，謝蓁很快把府裡逛了一遍，各個角落都摸得很清楚，熟記於心。

因為府裡跟小時候沒什麼變化，只變動了一些細枝末節，是以她記起來倒也不算吃力。

這日她拉著謝蕁去湖邊走一圈，回來時路過一座花壇，花壇中間堆著好幾塊假山，假山後面是長長的廊廡，廊廡上並肩走著兩人，正是三姑娘謝瑩和四姑娘謝茵。

謝茵是三房吳氏所出，杏臉桃腮，也是個漂亮的姑娘。她性格跟謝蓁有幾分相似，都是活潑的人，就是有些趨炎附勢，現在老太太寵愛三姑娘，大房在定國公府說話有分量，她便與謝茵交好，關係親暱，而對二房不屑一顧。

兩人在廊上說話，謝蓁跟謝蕁在此處歇腳，中間有塊石頭擋著，謝茵和謝瑩沒有發現她們。

謝瑩似乎在為壽宴上穿什麼發愁，謝茵提了好幾個建議，她都否決了。「那些衣服都是去年的。」

謝茵說這容易。「三姊姊再去裁布做一身不就是了。」

謝瑩蹙了蹙眉，大抵是嫌她太笨。「明日就是祖母壽宴，新做肯定來不及了。」

原本前陣子就讓人新做了幾套衣裳，但是明日太子和六皇子要來，她嫌顏色太素了，不夠出彩，便想挑一件顏色鮮豔的衣裳。奈何挑來挑去總是不稱心。

哦……謝蓁跟謝蕁默默對視一眼，不就是件衣裳，至於這麼發愁嗎？

那邊謝茵搭了腔，頗為熱情。「三姊若是不嫌棄，我這裡有幾件新做的衣裳，還沒來得及穿過，妳去我屋裡試試如何？」

謝瑩看一眼兩人體型，她比謝茵高，還比她瘦，大小恐怕不合適。

謝茵也注意到這一點，轉了轉眼珠子提議。「我看五妹跟妳身形相似，不如……」話沒說完，自己先否決了，好笑地搖了搖頭。「五妹在青州住了這麼久，早就不知道京城最受歡迎的顏色了。還是罷了，免得撞見了太子爺，讓他笑話。」

沒有出閣的姑娘家談論男人，何況這個男人還是未來儲君，這謝茵真是有些大膽了。好在周圍沒什麼人，謝瑩紅了紅臉，彷彿太子爺就在眼前。「別說胡話。」

謝茵會心一笑，道了聲是，兩人相攜離去。

假山後面，謝蓁和謝蕁走出來，若無其事地往玉堂院走。

謝蕁忍不住問：「阿姊，明日太子爺也要來嗎？」

謝蓁唔一聲。「妳沒聽見三姊、四姊的話？多半是會來的。」

她自己也不知道這回事，如果不是聽到謝瑩和謝茵談論，根本還被蒙在鼓裡。她似乎能猜到大夫人當初為何來玉堂院了，謝瑩到了說親的年紀，如果能乘機攀一門好親事再好不過。

定國公府老太太與當今太后是手帕交，謝瑩的外公在太子手下任職，再加上老太太疼愛謝瑩，如果找機會跟太后說一說，說不定還能許給太子當側妃，再不濟也是為良娣，到那時，可不就飛上枝頭當鳳凰了？當然，這一切的前提是太子要先看得上謝瑩才行。

第八章

老太太大壽這天，謝蓁毫無預兆地生了一場病。

不是什麼大病，就是夜裡窗戶沒關好，感染了風寒，早上起來頭暈乎乎的，說話甕聲甕氣。冷氏忙讓人請了大夫，開了兩副治療傷寒的藥，讓丫鬟煎了讓她吃下，這才覺得好一些。

冷氏說：「要不就在屋裡歇著吧，前院由我和阿蕁去就夠了。」

謝蓁蔫蔫地點了下頭，冷氏不放心她，讓雙魚、雙雁好生照看著，若有任何情況，都要去前院回稟。

謝蓁這一病，高興的是大房母女倆。許氏當然沒表露在臉上，甚至還讓丫鬟過來表示了關懷，見謝蓁是真病了，便也不再管她。

謝蓁吃過藥後睡了一會兒，睡醒天已大亮，想來還不到晌午。她覺得頭腦清醒不少，想去前面給老太太賀壽，免得被人抓住把柄說她不孝，日後想解釋都解釋不清。起初雙魚、雙雁不同意，但拗不過她，只得給她多添了兩件厚衣服，由著她去了。

她去之前重新梳了梳頭髮，沒有施粉黛，她最清楚自己怎麼樣好看。這張臉沒有瑕疵，用胭脂水粉反而掩蓋了原本的顏色，倒不如素面朝天，還平添幾分嬌弱可憐。

她沒穿厚衣服，只披了件大紅繡牡丹紋斗篷，手裡揣一個小手爐，慢悠悠地往主院走去。

前院人多，老太太只露了一面便回來歇著了，目下正在屋裡恭候太子和六皇子到來。這兩位身分尊貴，斷不會跟其他人一樣在前院坐著的，他們只是來送太后和皇后準備的禮物，送完了就走。

沒想到等了半個時辰，卻等來了謝蓁。

老太太臉色不大好看。「不是病了，怎麼沒好好歇著？」

謝蓁把準備好的紫檀浮雕木盒送上去，笑咪咪地說：「祖母過壽，我就算再不舒服也要過來的。」

定國公喜歡她的能言善辯，但是在老太太這裡就成了油嘴滑舌。老太太不喜，只說了幾句話便打發她離去。

謝蓁倒也沒有久留，她以為自己好了，沒想到走這一趟路還是有些吃力。從屋裡退出來，她呵出一口白霧，舉步往回走。

走出主院門口，遠遠瞧見對面來了兩個人，身高頎長，鳴珂鏘玉，一看便知不是尋常之人，想來其中一位應該是謝茵口中的太子。

隔得太遠，謝蓁不想跟對方迎面撞上，萬一被人瞧見了，對她的名聲也不好。於是她想了想，轉身往另一條路走。

遠處兩人走來，一個穿絳紫寶相花紋錦緞直裰，約莫二十上下，容貌俊美，紆青佩紫，正是當今太子嚴韜。他一邊走，一邊問身旁的人。「查到是誰了嗎？」

他身旁的人嗯一聲，語氣沒什麼起伏。「是三哥。」

太子笑了笑，不動聲色地把袖口放低，掩住手腕上的傷口，繼續往前走。他們出宮之後遇到了埋伏，十幾個死士從四面八方衝出來，招招都想要他的命。恐怕是他在宮裡太逍遙，老三早就忍不住了，這才如此迫不及待地想要置他於死地。

他偏頭，若有所思。「六弟對此有什麼想法？」

被他稱作六弟的是一位十五歲的少年，眉眼精緻，五官彷彿雕刻，俊朗不凡。這幾年被曬黑了一點，皮膚是淺淺的小麥色，褪去了兒時的稚嫩秀氣，越發顯得英姿勃勃。他身高從去年開始猛地竄起來，如今竟只比嚴韜矮了一點點。

他就是六皇子嚴裕。

嚴裕沈默片刻，平靜地分析。「三哥太魯莽，不足為懼。」

倒是跟太子想得一樣，嚴韜輕笑，拍了拍他的肩膀，沒說什麼。

這個六弟是七年前才從民間找回來的，剛入宮時，一身的市井氣息，行事作風都單純魯莽得很，沒想到短短幾年就像完全變了個人似的，脫胎換骨、判若兩人，從他身上再也看不到當初幼稚的影子。

這是一件好事，否則他根本無法在宮裡生存下去。

正說話間，看到定國公住的主院走出來一人，穿著大紅斗篷，瞧不清模樣，看身段應該是位窈窕的姑娘。兩人都沒在意，走到跟前一看，才發現那姑娘離開得太匆忙，連帕子掉在地上都沒發現。

嚴韜彎腰拾起來，摸了摸面料，是極其軟滑的絲綢，左下角繡了一朵素馨花，除此之外再無別物。

嚴韜遞給嚴裕，說笑道：「六弟拿著在這兒等會兒吧，說不定還能碰見那姑娘。」

嚴裕看一眼，沒什麼興趣。「碰到了又如何？」

嚴韜彎唇。「那二哥我也算當了一回月老。」

竟是打這個主意……嚴裕扯了扯嘴角，連接都沒接。「多謝二哥好意，我不需要。」

太子嘆一口氣，委實惋惜。「六弟也不小了，身邊總沒一個女人，難道就不覺得寂寞嗎？」

生在帝王家，十三、四就該接觸女人了，偏這位非但沒納姬妾，竟然連一位通房都沒有。有時嚴韜帶他去臣子家中作客，舞姬魚貫而入，一個比一個柳嚲花嬌，他眼睛卻連抬都沒抬，自顧自喝自己的酒，誰都不管。

每當這時候，誰都不知道他心裡在想什麼。

嚴韜以為他清心寡慾，但是有一次他喝醉了，卻從嘴裡逸出一個名字。聲音太輕，帶著濃濃的壓抑，以至於嚴韜沒聽清他叫的是誰。

後來問他，他卻怎麼都不肯說。

嚴韜又問：「還是說，你早有了心儀的姑娘？」

嚴裕停下，看著前方。「到了，二哥不是要送壽禮嗎？別耽誤了。」

果然還是不肯說……嚴韜笑笑，沒再追問。

從主院出來，謝蓁始終沒發現自己掉了東西。她暈乎乎的，只知道往回走，哪裡顧得上那麼多。

雙魚跟著她，一門心思全在她的身體上，自然也沒注意掉落的帕子。

謝蓁大抵是病糊塗了，環顧一圈。「這是哪兒？」

雙魚哭笑不得，扶著她往前走。「回姑娘，這是回玉堂院的路。」

她哦一聲。「阿娘和阿蕁呢？」

「夫人和七姑娘應當在前院會客，一會兒就回來了。」

沒走幾步，她突然停下，眼珠子轉了轉。「不回玉堂院了，我們去後院。」

雙魚丈二金剛摸不著頭腦，這又是怎麼了？這位小姑奶奶，病還沒好，咱們就不能回屋好好歇著嗎？當然，雙魚是萬萬不敢說出來的，她委婉地勸說：「姑娘的藥還沒吃……」

可惜謝蓁決定的事是絕不會輕易改變的。「不急，先去後院一趟。」說著不管雙魚，竟然兀自走在前面。

雙魚趕忙跟上，愁眉苦臉。「姑娘去後院做什麼？」老太太壽宴，後院這會兒應該有不少女眷，又不認識，去了幹麼？

謝蓁扭頭朝她甜甜一笑。「不告訴妳。」

雙魚一陣無奈。

後院距離玉堂院有一段路，走過長長的廊廡，再穿過兩道月洞門，踩著鵝卵石小徑走一會兒，才能看到後院的光景。後院有一座不小的湖，如今湖面已經結冰，湖邊建了三座八角亭，周圍種滿了銀杏樹和松樹，昨晚下了一場霜，霧淞沆碭，儼然一方琉璃世界。

此時亭子裡還沒有人，謝蓁走過去對雙魚說：「這裡太冷了，妳去提兩個火爐子來，順道把我那件月白合天藍冰紗大袖衫拿過來。」

雙魚不明白她的用意，拿火爐就算了，拿衣服來是為什麼？

謝蓁卻說：「讓妳去妳就去。」

雙魚不再多言。「姑娘等我，我很快回來。」

等雙魚走後，謝蓁坐在亭裡的圍欄上，倚著亭柱，閉上雙眼，很快醞釀出睡意來。

不多時，亭外走進來幾位姑娘，帶頭的是謝瑩和另一個身著白綾襖馬面裙的姑娘，謝茵和另外幾人走在後面。她們交談融洽，妳一言我一語，竟沒人注意到亭子裡的謝蓁。

穿白綾襖的是太子太傅的孫女凌香雲，笑著問謝瑩。「聽說府上五姑娘和七姑娘回來了，怎麼只見了七姑娘，卻不見五姑娘？」

方才在正堂她們已跟謝蕁打過照面，委實是個不可多得的小美人。凌香雲見到她好好讚嘆了一番，誇她的眼睛會說話，是她見過最漂亮的小姑娘。謝蕁被她的熱情嚇到了，躲在冷氏後面不肯出來，只露出一雙水汪汪的大眼睛偷偷看人。

凌香雲一下就喜歡上了，還邀請謝蕁去她家裡作客。當然，謝蕁沒答應，她害羞。

她們剛從前院出來，想到後院坐著說會兒話，凌香雲剛好想到定國公府還有一位姑娘，順口就問了出來。

謝瑩沒能見到太子和六皇子，心不在焉。「五妹染了風寒，今兒沒出來……」

凌香雲說了聲可惜。「開春之後阿姊要在府上設宴，我本想邀請她們一塊兒去的。」

凌香雲的姊姊凌香霧是太子妃，嫁給太子已有兩年，膝下無子。謝瑩聞言，眼睛亮了亮。「太子妃要設宴？」

她點頭。「阿姊自己培育的牡丹花過不久就要開了，想邀請大夥兒賞賞花。」

太子府來往多是達官顯貴子弟，說不定還能碰到幾位皇子，謝瑩動了心思。「我正好……」

不等她說完，便見凌香雲一愣，直勾勾地看著前方。

謝瑩循著她的視線看去，看到偎在亭柱上小憩的謝蓁後，愣住了。

要說什麼叫天香國色、仙姿玉質，恐怕只要看一眼眼前的人就會立刻明白了。

謝蓁微垂著頭，大抵是風寒未癒的緣故，酥頰粉紅、唇瓣微張，像兩瓣灼灼盛開的桃花，又嬌又豔。耳畔的頭髮垂下一絲，覆在她巴掌大的小臉上，隨著風起，一遍遍撫摸她光潔的臉蛋。竟讓人有點羨慕那縷頭髮，想取而代之，試試她的臉究竟多滑多嫩。

她聽到動靜，長長的眼睫毛顫了顫，緩緩睜開，一雙矇矓水眸看向來人。初時有些迷茫，看清人後，彎唇乖巧地叫了聲。「三姊姊、四姊姊。」聲音很軟，帶著剛睡醒時的腔調，聽得人耳朵發癢。

其他人都看呆了，原來美人睡醒時是這麼好看，她們明明是女人，居然也會覺得心動。

謝瑩臉色有點難看，勉強擠出一抹笑意。「五妹不是生病了，怎麼會在這裡？」

她站起來，揉揉眼睛。「我想起一件事，便特意過來等著三姊的。」

謝瑩不解，能有什麼事？

正好雙魚從玉堂院回來，她手裡捧著一件大袖衫，後頭的兩個丫鬟提著火爐，緊趕慢趕總算趕來了，雙魚來到謝蓁跟前。「姑娘，衣服拿來了。」

謝蓁沒有接，反而讓她送到謝瑩面前。

謝瑩沒反應過來。「這是什麼意思？」

謝蓁看向謝茵，謝茵忽然有種不大好的預感，果不其然，她下一刻說：「四姊說妳的衣服都不合身了，我們身形相似，正好可以把我的衣服借妳。這件是我最喜歡的，三姊若是不嫌棄便拿去穿吧。」

謝瑩臉都綠了，她居然在大庭廣眾下說這些？而且自己是什麼身分，居然要借庶出的衣服？謝瑩瞪向謝茵，責怪意味不言而喻。

謝茵心裡喊冤，自己是私底下說過，但也沒到謝蓁跟前說啊，她是怎麼知道的？當即就想解釋。「我沒……」

謝蓁眨眨眼。「四姊忘了嗎？是妳讓丫鬟告訴我的。」

她說謊話的本事一流，面不改色心不跳。至於是哪個丫鬟……便讓她們自己查去吧，反正跟她沒關係。

謝瑩無論如何都不會收她的衣服，一是好面子，二是看不上。青州那窮鄉僻壤的地方能有什麼好看的衣裳？謝瑩看都不看一眼。「多謝五妹，不過妳大抵是聽錯了，我不缺衣裳。」

謝蓁露出遺憾的表情，讓雙魚把衣服拿下去，反正她的目的也達到了，謝瑩不收正好，她還捨不得送人呢。

謝瑩雖然否認了，但周圍幾個姑娘的眼神還是起了變化，都當謝瑩是好面子才故意這麼說的，甚至有一個掩唇輕輕笑了聲。

謝瑩臉色更難看了，看謝茵的眼神就跟刀子一樣。

那邊凌香雲被美色吸引，已經開始向謝蓁發出邀請。「我阿姊設宴妳去嗎？妳剛從青州回來，應該多認識些人才對，到時和儀公主也會去呢。」

面對盛情邀請，謝蓁有些招架不住，最後點一點頭。「好。」

凌香雲高興地拉住她的手，說到時候會派馬車來國公府迎接，讓她把謝蕁也帶上。

壽宴結束，謝瑩好幾天沒理謝茵。謝茵吃了啞巴虧，把院裡丫鬟全提溜出來問了一遍，但是沒一個人肯承認的。她氣得不輕，每個人都罰了一頓，還是不解氣。

過不久就是太子妃設的牡丹花宴，她向謝瑩示了好幾次好，謝瑩才勉強原諒她。兩人湊在一塊兒商量了下，謝瑩去求大夫人，大夫人管著國公府的吃穿用度，凡事都要經過她手上。沒幾天，便往大房、三房、四房送了十幾疋上等布料裁做春衫，然而送給二房的雖不是什麼下等料子，卻也沒多好就是了，而且顏色也都很暗沈，根本不適合十幾歲的小姑娘。

謝蓁只看了一眼，原本是想讓人一把火燒了的，想了想，讓丫鬟拿去做抹布了。

她們以為這樣就能讓她出醜嗎？她偏不讓她們如意！

太子府。

自從上回見過謝蓁、謝蕁一面，凌香雲每每來到這裡，總要誇讚一番。「阿姊不知道，定國公府的五姑娘和七姑娘那才是真正的絕色，我要是個男人，一定娶她們倆……」

太子妃凌香霧聞言噗哧一笑，她跟妹妹的性格天差地別，凌香雲有點大大咧咧，她則溫婉賢淑。她點了點妹妹的鼻子。「過幾日就是賞花宴了，我倒要看看，是不是真跟妳說的一樣。」

凌香雲豎起手發誓。「如假包換！」

這話不知怎的傳到太子耳中，嚴韜問凌香霧，凌香霧一邊替他更衣，一邊笑著搖頭。「哪有香雲說的那麼誇張，殿下又不是不知道她的性子，成天神神叨叨的，嘴裡沒幾句真話。」

太子想想，還真是這麼一回事，也就沒再多問了。

開春之後，冬雪消融，萬物復甦，春暖花開，草長鶯飛。

京城的春天比青州來得早，彷彿一夜之間院裡的花就全開了。謝蓁收到太子府送來的請柬，邀請她和謝蕁三月初一到府上賞花。

就像凌香雲說的那樣，她們剛到京城，應該多認識些人才好。而且謝蓁原本就是好熱鬧的人，參加這些宴會對她來說簡直是手到擒來，當初在青州的時候，她可是圈子裡出了名的伶牙俐齒，跟每個人都能打成一片。

當然，青州比不得京城。

京城的人比青州顯貴，認為自己高人一等，處處都透著優越感。其中，以謝瑩和謝茵尤甚。謝蓁覺得這兩人挺好笑，她們以為把她的布料換成粗布，她就沒辦法了嗎？

回京之前，冷氏給她和謝蕁新做了好幾套衣裳，春夏秋冬都有，都是最時令的顏色和料子。謝蓁眼光獨到，讓人做出來的款式和花紋都別具一格，即便擱在京城，也是讓人眼睛一亮的。

謝蕁跑過來找她，吞吞吐吐地。「阿姊……」

謝蓁正在擺弄一條粉色箜篌項鍊，聞言抬了下頭。「嗯？」

謝蕁扭扭捏捏，好半晌才把話說完整。「我能不能不去賞花……」

這下她停下動作，扭頭看妹妹。「為什麼？」

謝蕁噘嘴。「人多。」

她哦一聲，很苦惱的樣子。「可是妳不去，我一個人勢單力薄，會很孤單啊。」

謝蕁聽不懂這話什麼意思，眨巴眨巴眼。

謝蓁放下項鍊，只好問道：「妳喜歡三姊、四姊嗎？」

謝蕁誠實地搖搖頭。她雖單純，但有些東西還是明白的。一個人喜不喜歡自己太容易知道了，從對方動作、眼神等方面全都可以感受出來，謝瑩、謝茵不喜歡她們兩姊妹，從她們回府的第一天，她就感覺到了。

謝蓁很欣慰。「對呀，三姊、四姊也不喜歡我們。」

小時候的事情，有些她忘了，有些她卻記得很清楚，就跟記得老太爺教訓她弄壞他的花那次一樣。謝瑩從小不喜歡她，跟她不對盤，彼時她小，弄不明白為什麼，一次次想接近謝瑩，卻都以失敗告終。

謝瑩是個好強的人，她想成為長輩眼裡最好的那個孩子，然而前面有謝蓁。謝蓁很聰明，看過的書一遍就能記住，所以祖父最喜歡她。再加上老太太和大夫人的灌輸，謝瑩從很小的時候就看不順眼謝蓁了。於是欺負她，把她推雪地裡或騙她淋雨成了家常便飯。

謝蓁後來總算明白過來，謝瑩不是她以為的好姊姊，所以她再也沒接觸過她，一直到現在。

謝蓁告訴謝蕁。「別人越不想讓我們過得好，我們越要過得很好，阿蕁，妳跟我一起去好嗎？」

謝蕁用力地點頭，伸手抱住她的脖子，蹭了蹭。「我聽阿姊的。」

謝蓁猝不及防，被她壓倒在美人榻上，可憐兮兮地嗚咽一聲。她說：「阿蕁妳是不是又偷吃東西了？怎麼又重了。」

謝蕁大聲地反駁了一句。「才沒有。」

到了三月初一，太子府上的馬車準備來定國公府等候。總共有兩輛，一輛坐著三姑娘和四姑娘，一輛五姑娘、六姑娘和七姑娘。

定國公府有七位姑娘，前兩個都出嫁了，剩下五個待字閨中。六姑娘謝菁不大喜歡說話，時常被人遺忘，是四房嫡出。

這日謝瑩和謝茵早就收拾完畢出門了，兩人穿著新做好的衣裳，妝容鮮亮，登上車輦。

臨上馬車前，謝瑩扶了扶頭上的石榴紋銀點藍釵，看向後頭的馬車，問謝菁。「五妹、七妹還沒出來嗎？」

見謝菁點點頭，她沒說什麼，只是唇邊的笑意濃了些。

謝菁只覺得奇怪，卻沒往心裡去。她坐在馬車裡等了一會兒，直到花鳥暗紋布簾被人掀起，她抬頭看去，一時愣住。

謝蓁矮身坐進來，頭上的紅瑪瑙眉心墜隨著她的動作輕輕晃了下，被窗外明媚的太陽一照，更加顯得雪膚白膩。她朝她微微一笑，兩頰露出淺淺的梨渦，一下子增添了不少親切感。「讓六妹久等了。」

饒是謝菁見過她兩回，這下也不免被她的美貌折服。

以前謝蓁沒好好收拾自己，是一種天然去雕飾的美。如今她梳著翻荷髻、穿著櫻色縐紗衫、繫一條彩色蓮紋羅裙、額戴眉心墜、腰佩金累絲香囊，坐在陽光下，整個人好似一朵雨後沾露的荷花，讓人想把她採擷回家，放在花瓶裡日日澆灌、細心呵護。

她是細心打扮過的，身上每一處都透著精緻。謝菁低頭一瞧，蓮花紋羅裙上的針腳紋路繡得栩栩如生，恐怕就算蜻蜓來了，也想停在上頭棲息片刻。

不等謝菁開口，外面又上來一人，正是謝蕁。

謝蕁梳著垂鬟分髾髻，她年紀小，不需要太隆重的打扮，只在髻上插了一支花蝶紋玉簪。她穿著白綾對襟衫，下配一條結彩鵝黃錦繡裙，腰上除了香囊之外，還在碧玉翡翠玉珮下掛了兩個花卉紋銀鈴鐺，隨著她的動作發出叮叮噹噹清脆的聲響。

她看到謝菁，俏麗的蘋果臉紅了紅。「六姊姊。」

謝菁被這兩姊妹震住了，愣了許久才回應。「七妹。」再看謝蓁。「五姊。」

謝蓁完全沒在意，放下簾子，讓車夫啟程。

從定國公府到太子府有好一段路，路上百無聊賴，謝蓁跟謝蕁並肩坐在一起，腦袋對著腦袋，談天說地。

謝蓁忽然想起什麼，問謝菁。「三姊、四姊呢？」

謝菁幾乎立刻回答。「三姊、四姊出來得早，先走了一步。」

謝蓁點點頭，便再無話。

半個時辰後，馬車停在太子府門前，府裡的人前來接應，丫鬟領著她們到後院去，說太子妃與和儀公主已經到了，其他姑娘也在那裡。謝蓁還當自己來晚了，好在丫鬟說：「太子妃和公主設宴款待各位姑娘，自然是到得最早的，姑娘不必著急，隨婢子來就是。」

她這才放心。

賞花的地方在後院東南角，那裡有一座牡丹園，裡面是太子妃悉心培育的各種牡丹花。園子裡有涼亭和花架，還有假山流水，以及各種姑娘喜愛的琴棋書畫。謝蓁、謝蕁和謝菁到時，園裡彷彿世外桃源，絲竹悅耳、笑語嫣然。

丫鬟上前，朝亭子裡對弈的兩人通稟。「娘娘、公主，謝府五姑娘、六姑娘和七姑娘來了。」

凌香霧落下一子，扭頭朝外面看去，只一眼，便被驚豔。

謝府二房兩位姑娘都是萬裡挑一的絕色。小的那個尚未長開，稚嫩中帶著嬌憨，大的那個卻是十足的美人胚子，十四、五歲的模樣，身段窈窕、曼妙無雙。她裙子上繡著暗地金蓮花紋，金累絲香囊裡透出淡淡荷花香，一走近，還真有點步步生蓮的味道。

看來這回凌香雲沒有撒謊，整座長安城估計都找不出這樣的好顏色。

她和謝蕁一進來，所有人的目光都落在她們身上，一旁的謝菁幾乎成了陪襯。謝瑩和謝茵看著她們，既震驚又惱怒。

謝蓁和謝蕁上前對凌香霧和和儀公主行禮。「拜見娘娘、拜見公主。」

凌香霧虛扶了她們一下，讓她倆起來，凌香雲站在太子妃後面，朝她們爽朗一笑。

石桌對面的和儀公主總算醒過神來，方才差點流了口水。她跟謝蓁一般年紀，容貌可愛，性子卻有幾分野蠻刁鑽。今日謝蓁和謝蕁對了她的胃口，很快跟兩人玩到一塊兒去。

一問生辰，才知她只比謝蓁大了半歲，立即跟謝蓁又親近了一些。和儀公主也不跟太子妃下棋了，拉著謝蓁到一旁賞牡丹，兩人一見如故，居然有說不完的話。短短半天時間，就有發展成閨中密友的趨勢。

謝瑩見狀，手裡的帕子都要絞碎了。「她可真有本事……」

謝茵也是嫉妒，心想不就是長了一張好看的臉嗎？憑什麼讓公主對她另眼相待？

另一邊，和儀公主帶著謝蓁坐在紫藤花架下，解下腰上的白玉玉珮。「這個給妳，以後我們就是好姊妹了。妳好好收著，要是敢弄丟了，我找妳算帳。」

謝蓁只好收下，她身上沒帶什麼可以送人的東西，索性把金累絲香囊解下來。「那這個給妳。」

和儀公主兩眼放光，痛快地接過去。「我早就看上妳這個香囊了，這裡面放的什麼香料？聞著真香。」

這香囊裡的香料是謝蓁自做的，她說起來如數家珍。「有荷花、桂花、茅香和杜蘅等……」

和儀高高興興地收下了，謝蓁笑話她。「公主還缺這東西嗎？怎麼跟沒見過似的……」

和儀哎一聲，打斷她的話。「妳以後別叫我公主了，就叫我名字瑤安吧。」

當今國姓是嚴，嚴瑤安。

謝蓁倒也沒客氣，叫了一聲瑤安，順道誇她名字好聽。

晌午是在太子府用午膳的，和儀公主是個野蠻性子，說什麼都不讓謝蓁走。到了申末，如果不是下人通稟說六皇子來接她了，恐怕她還不肯放謝蓁離開。

和儀公主與六皇子都是惠妃所出，六皇子七年前才從民間找回來，對外宣稱與和儀公主是龍鳳胎，因被宮人所害才會多年下落不明。其實這裡面牽扯到宮中醜聞，外人並不知曉真相，只有宮裡為數不多的人知道。

和儀公主並非惠妃親生，當年被人跟六皇子調換了身分，一朝入宮，享盡榮華富貴。原本六皇子回來後她也應該恢復原來的身分，但是當今聖上疼愛她，不捨得把她放出宮外，是以才保留了公主的封號，至今仍留在宮中。

嚴瑤安與謝蓁依依不捨地辭別，臨走前還提議。「妳家住哪兒？不如我讓六哥送妳一程？」

她可真敢說，謝蓁哪敢讓皇子送自己，以家裡有馬車拒絕了。

侍女欠身，委婉地提醒。「公主，殿下已經在門口等候多時了。」

六皇子嚴裕跟太子外出辦事，回來時路過太子府，得知和儀公主也在府裡，便順道接她一起回宮。

嚴瑤安站起來撣撣裙子，這才往外走。

太子府外停著一輛青帷華蓋的馬車，馬車簡單卻不失華貴，一看便知裡面坐著非富即貴之人。馬車四角立著八名侍衛，各個訓練有素，貼身保護六皇子的安全。見到和儀公主過來，紛紛行禮，其中一個侍衛挑起一邊的繡暗金紋簾子請她入內。

嚴瑤安彎腰走進車廂，抬眼一瞧，笑著叫了聲。「六哥。」

嚴裕坐在車廂一邊，斜倚著車廂，正在閉目養神。這幾天他跟太子外出，為了調查太子遇刺一事，少有休息的時候，這會兒忙裡偷閒，便在馬車裡睡了一會兒。聽到嚴瑤安的聲音，他只微微抬了下眼皮子，眼裡甚至沒有一點情緒起伏，隨口問道：「怎麼這麼慢？」

嚴瑤安讓車夫啟程出發，放下簾子。「跟定國公府的五姑娘多聊了一會兒。」

嚴裕重新閉上眼，連問都沒多問一句。

嚴瑤安習慣了他的性子，她這個六哥總是一副拒人於千里之外的表情，好像什麼事都不能撼動他的情緒，更沒人能吸引他的注意。也不知道成天在想什麼，就不能多說兩句話嗎？

她撇撇嘴，拿出謝蓁送給她的金累絲香囊，無聊地擺弄香囊下的緦子。

一時間香味充盈車廂，這種香並不濃烈，淡雅素馨，徐徐蔓延，甚至有些讓人心曠神怡。很特別的香味，起碼嚴瑤安從沒在別人身上聞到過。

馬車漸漸前行，緩緩遠離太子府，嚴裕仍舊在睡。

嚴瑤安忽地想起什麼，興致勃勃地跟他說：「六哥，你上回去定國公府見到謝五姑娘沒？她可真漂亮，比我見過的所有姑娘都漂亮。」

嚴裕沒搭理她。

她繼續自言自語。「她還有一個妹妹，也是個標緻的美人兒……就是還小，有點怕生……」

她的話讓嚴裕想起另一個人，思緒飛遠，腦子裡只剩下五、六歲時的光景。

那也是一個很漂亮的小姑娘，她也有一個妹妹，她總是笑盈盈地叫他「小玉哥哥」，纏著他要跟他牽手。她的聲音很好聽，會唱動聽的兒歌，還會揹著他走很長的路……那個時候他總不耐煩她，因為第一次見面她就摸他褲襠。

真是一個小混蛋。

他心想，為什麼這麼多年過去了，他卻還是對她念念不忘？

一閉眼，每一幕都記得清清楚楚。

不知道她長成了什麼模樣？小時候就像個小狐狸，現在呢？他在宮裡生活，每一步都如履薄冰，想找人去打探她的下落，但是又害怕知道她的消息。

或許是因為近鄉情怯，又或許怕給她招來麻煩，不知不覺竟已七年。

他陷在回憶中，那邊嚴瑤安還在喋喋不休。「看，這個香囊就是她送給我的！六哥聞聞，香嗎？」

見嚴裕沒反應，她倒也沒氣餒，繼續說：「不知道我戴久了，身上會不會跟她一樣香？她說她妹妹阿蕁也有一個，是她自己調的香料……」

話沒說完，嚴裕驀地睜開眼，漆黑烏瞳再也沒有平靜，只剩下震驚。「妳說什麼？」

嚴瑤安沒見過他這反應，呆呆地說：「我說她自己調香料……」

不是這個，嚴裕抓住她拿香囊的那隻手。「妳說她妹妹叫什麼？」

嚴瑤安張了張口。「阿蕁，謝蕁。」

許久，車廂裡只剩下寂靜。

嚴裕鬆開她的手，朝外面道：「停車，立刻停車！」

車夫得了命令，匆匆忙忙把馬車停在路邊。他原本想讓車夫調頭返回太子府，但又嫌馬車走得太慢，於是直接奪走嚴瑤安手中的香囊，大步走出車廂。

嚴瑤安生氣了，掀起簾子抗議。「那是我的！」

他沒聽見，讓一個侍衛從馬背上下來，他接過韁繩，翻身上馬。他甚至連招呼都沒跟嚴瑤安打一聲，直接喊了一聲駕，揚塵而去。

嚴瑤安從沒見他這麼著急過，在後面氣得跺腳，回過味來後，開始思考他為何如此反常？好像是從聽到謝蕁的名字開始……

他認識謝蕁？什麼時候認識的？

嚴瑤安說那姑娘姓謝的時候，嚴裕根本沒有多想，直到聽見謝蕁的名字。

這天底下，生得漂亮、妹妹又叫謝蕁的人，能有多少個？

或許很多，然而這一刻，他卻管不了那麼多，只想回去見她一面。見到她，看看她是不是他認識的那個小混蛋。

謝蓁，謝蓁。

那個可惡又可愛的小姑娘，經過這麼多年，他以前的東西都毀了，她是不是還跟小時候一樣？

耳畔風聲喧囂，他卻彷彿聽到她撒嬌叫他「小玉哥哥」的聲音。

不知道還好，他可以把所有的情緒都壓制在心底。一旦知道她就在京城，就在離他這麼近的地方，他竟如此迫不及待。

街上行人很多，他騎馬飛奔，強行闖出一條路來。

到了太子府，他跳下馬，不等下人把馬拴好便直接往院裡走。「太子妃在哪裡設賞花宴的？」

下人一愣，不好回答。「這……殿下要去嗎？」

那裡都是姑娘，他去似乎不大合適啊？而且六皇子來太子府，不是一般都找太子殿下嗎？今兒怎麼想起賞花來了？

他沒有耐心，又問了一遍。「在哪兒？」

下人只好說：「在牡丹園，小人帶您過去。」

他步履匆忙，下人也不好走得太慢，幾乎是小跑著帶他過去的。

然而到了牡丹園，卻發現裡面空無一人，賞花宴早就散了，姑娘們也各自回了家中。

下人面露為難。「殿下……」

嚴裕站立片刻，手裡握著金累絲香囊，指節泛白，捏得香囊都變形了。他一言不發地轉身往外走，來到太子府門口，躍上馬背，朝定國公府的方向而去。

他上回跟著嚴韜去過定國公府，是以知道在什麼方向。

這一路比剛才平靜了點，只是手心仍舊不斷地冒汗，差點握不住韁繩。他下頷緊繃、面無表情，快馬加鞭總算看到定國公府的大門。

門口停著一輛馬車，應當是剛從太子府回來，丫鬟打簾，從馬車裡走下兩個人。

謝蕁先踩著黃木凳走下來，她還是圓圓的蘋果臉，沒什麼變化。

她身後，謝蓁緩緩走出，大抵是路上坐累了，她有些睏，謝蕁不知跟她講了什麼，她唇邊彎起一抹笑，整個人頓時鮮活起來。她笑起來眉眼彎彎，明亮耀眼，跟小時候一模一樣。

謝榮站在國公府門口接她們，他已經長成了出色的男人，身姿挺拔、成熟穩重。

印象中，他一直都是默默地站在兩個妹妹身後，替她們掃平一切障礙，不動聲色地看著她們成長。他現在變得比以前更加不苟言笑，只有在面對謝蓁和謝蕁的時候，臉上的神情才會柔和一些。

嚴裕靜靜地看著，直到謝蓁牽裙拾階而上，撲入他的懷中。

她埋在他懷裡撒嬌，那麼大的姑娘了，居然還會露出小時候的表情。她仰著頭向他說什麼，眼睛裡全是笑意，軟軟的、甜甜的，只是遠遠地看著，就能讓人從心底裡覺得溫暖。

嚴裕握著香囊的手漸漸放鬆，他拿到身前，一邊看著她，一邊輕輕撫摸香囊上的紋路。

她在謝榮懷裡，小得就像一個娃娃。小時候她總是比他高一個頭，如今他只比謝榮低了一點，看樣子總算能扳回一局了。不知道她見到他會是什麼表情？

嚴裕握緊韁繩想打馬靠近，走了兩步，又停了下來。

見面之後該說什麼？怎麼解釋他的身分？

他當初沒有履行約定，明明說好帶她去別院放風箏的，卻沒實現。不知道她有沒有等他？等了多久？那時候他跟父母連夜逃走了，根本沒機會向她解釋一句，她會不會怪他？

嚴裕看著定國公府門口，始終沒有再前進一步。

謝蓁跟在謝榮後面，牽著謝蕁的手快走兩步，走入院內。她笑著對謝蕁說話，隔得太遠，看不清她五官的輪廓，只能看到她笑得那麼真誠，彷彿薈萃了整個春天的美景。

他想起來，嚴瑤安說她前幾天剛來京城。

謝立青不是在青州擔任知府嗎？她為什麼會到京城來，又為什麼成了定國公府的五姑娘？

人越走越遠，再也看不到了。

嚴裕在定國公府門口停了很久，一動不動。旁人路過，免不了好奇地觀望幾眼，他恍若未覺。

直至暮色四垂、日落西山，他才重新握起韁繩，調轉馬頭轉身離開。

他尚未在宮外建府，至今仍住在宮裡的清嘉宮。宮中除他之外，還有五皇子和七皇子，其餘幾位皇兄皆已成家，在外建了府邸，不常留宿宮中。

嚴裕住在清嘉宮中段的郴山院，他回來之後，讓人把馬牽回馬廄，他則去了書房，一坐就是一整夜。

夜裡小太監袁全進去看了好幾次，發現他一直坐在圈椅裡，連姿勢都沒變一個。他的眼睛看著翹頭案，案上有一個金累絲香囊，一看便是姑娘家的東西。

袁全看直了眼睛，他的主子什麼時候對女人的東西感興趣過？真是不得了！難道是要開竅了？他端著茶水點心，放在案上。「殿下，您從回來就沒吃過東西，吃點糕點墊墊肚子吧？」

嚴裕這才動了動，伸手把香囊握在手心裡，竟是當成寶貝似的。「拿下去吧，我不吃。」

袁全露出擔心。「不吃東西怎麼成……」

嚴裕沒回應，看樣子是又走神了。也不知道那個香囊究竟有什麼好看的，值得他看一整夜？袁全偷偷瞄了瞄，除了香味好聞點，其他也沒什麼特別的嘛。

袁全忍不住好奇，委婉地問：「殿下，這是……」

他不說話，袁全壯著膽子問：「這是姑娘送您的？」

嚴裕霍地站起來，把袁全唬了一跳，還當他是生氣了。正要叩頭認錯，卻見他風一樣往外面走，也不知道是要去哪裡。

嚴裕徹夜未眠，天一亮便去了和儀公主的永平殿。

殿內嚴瑤安剛起床，正在一個人吃飯，見他進來，忙讓宮婢多準備了一副碗筷。「六哥怎麼這麼早來了？」她說完，忽然想起他昨天幹了什麼好事，伸手便攤在他面前。「把香囊還給我。」

嚴裕坐下，面不改色。「扔了。」

嚴瑤安登時就怒了，那是她的東西，他憑什麼扔了？頓時連早膳也不讓他吃了，揮揮手趕他。「你給我走，別讓我看見你！」

她說趕人就是真趕，管你是不是哥哥。她從小野蠻慣了，對誰都不客氣，一整個霸王性子。

嚴裕卻穩坐如山，權當沒聽見她的話。「明日是上巳節，妳怎麼過？」

嚴瑤安以為他要轉移話題，哼一聲。「你管我怎麼過？」

每年都是在宮裡過的，到水邊洗洗手洗洗帕子，一點意思都沒有。她倒想去宮外玩一圈，但是哪有那麼容易？誰肯帶她出去？

偏偏嚴裕就像知道她想什麼似的，垂眸說：「我明日要出宮一趟，可以帶妳一塊兒出去。」

她登時一喜，連香囊的事都不跟他計較了，站起來追問：「真的嗎？父皇同意嗎？咱們什麼時候出發？」

嚴裕想了想。「明日辰時。」又道：「我會去跟父皇說一聲，若是為了祭祀去災，父皇應當不會反對。」

嚴瑤安簡直高興壞了，對他的態度立即變得恭恭敬敬，開始計劃明日的行程。「六哥，我們明天要去哪兒？」

在宮裡憋悶太久，還沒出宮，就跟撒了歡似的。擱在以前，嚴裕肯定不會帶她一起出宮，畢竟嫌煩，但是這次不同以往，需要她一塊兒同行掩人耳目。嚴裕說隨她，又道：「我中途要去定國公府一趟，妳最好找個人結伴而行，路上出了意外也好有個照應。」

他既然提到定國公府，那嚴瑤安第一個想到的便是謝蓁，果不其然，她說：「我找人一起出門，六哥會派人保護我們嗎？」

嚴裕頓了頓，頷首。

語畢，她忽然想起一事，神秘兮兮地湊到嚴裕跟前，擠眉弄眼地問：「昨日我一提到謝蓁，你為何這麼大的反應？六哥難道認識人家？」

他偏頭，半真半假地說：「早年認識她的哥哥謝榮，多年不見，想確認一下是不是他們。」

嚴瑤安很好打發，當即就信了。「那你見到了嗎？是他們嗎？」

他點頭，說了聲是。

嚴瑤安一笑，熱情高漲。「那正好，明日我把他們叫出來，讓你們好好敘敘舊。」

他沒說話，但是也沒反對。

三月三日上巳節，家家戶戶都要到溪邊淨身祛病消災。

富貴人家在家中用蘭湯沐浴，普通人家便到溪邊淨身。更有些文人雅士、王孫貴族喜好臨水宴飲，曲水流觴，這一日可謂熱鬧非凡，家家戶戶都來到街上，就連平時大門不出二門不邁的姑娘們也都出了門，一起外出踏青遊玩。

嚴瑤安早就聽說宮外的熱鬧了，可惜一直沒機會親眼見一面。

如今有聖上恩准，還有六哥帶著她，她可算如了一回願。一大早不用人請，便自發自覺地收拾好一切，在永平殿裡等著。

不多時，嚴裕底下的袁全來通報。「公主，可以出發了。」

她一躍而起，飛奔而出。殿外停著一輛黃楊木馬車，一看便是嚴裕的那輛。她不用人扶，踩著黃木凳上馬車，興高采烈地喊了聲出發。

馬車緩緩駛出宮門，先往定國公府的方向駛去。

到了定國公府門口，嚴裕走下馬車，在朱漆大門前站了好一會兒，才舉步上前。

看門的閽者得知他們的身分後，惕惕然讓他們在堂屋等候，很快把定國公和老夫人請了過來，定國公哪裡料到他們會來？忙要跪下行禮。

嚴裕把他們扶起來，開門見山。「府上三公子謝榮可在？」

定國公惋惜道：「他方才出門。」

和儀公主聞言，迫不及待地問：「那五姑娘和七姑娘在嗎？能否讓她們出來一趟，我帶她們出去玩一圈。」

定國公還是搖頭，同樣的理由。「回公主，她們也不在府裡，這仨孩子一塊兒出去的。今兒個是上巳節，榮兒估計帶她們去水邊踏青了。」

嚴瑤安失望地撇撇嘴，又問：「那你知道他們去哪兒了嗎？」

定國公忙差人去玉堂院詢問，沒多久下人回來，告訴他們謝榮帶著謝蓁和謝蕁去明秋湖遊玩了。

明秋湖在城外，距離此處有二、三里的路程，不是太遠，馬車兩刻鐘就能到。

嚴瑤安道了聲謝，轉身就出門要去明秋湖，她上馬車前問嚴裕。「六哥，你呢？」

嚴裕說：「既然謝榮也在那裡，我跟妳一起過去。」

嚴瑤安沒多想，痛快地點了點頭。

於是兩人一起坐上馬車，往城外明秋湖而去。出了城，路上行人減少，馬車走得很暢快，再加上嚴瑤安的催促，到的時候比往常都快。

明秋湖一邊是山，一邊是水，風景秀美，是個適合踏青的好地方。湖邊站了不少男男女女，泰半女子都戴著帷帽，看不清面容。一眼望去，竟像大海撈針，完全找不到謝蓁和謝蕁的影子。

嚴瑤安怎麼也沒想到會這麼多人，登時傻了眼。「這該怎麼找？」

她有點想放棄，畢竟這是一個浩大的工程。

嚴裕讓她站在原地，環顧一圈，然後說：「我去找。」說完不等嚴瑤安反對，他便已消失在人群中。

明秋湖是個遊山玩水的好地方，往常就有不少人來，今兒個更是人多。湖岸有不少姑娘潑水嬉鬧，笑聲傳出好遠，即便潑濕了帷帽也不以為意，一年中唯一一次放縱的機會，誰都不想錯過。

嚴裕沿著湖岸走了一段路，路上遇到很多人，卻都不是他想見的那一個。

正當他要往回走時，忽然聽到一聲嬌軟的催促。「妳走快點呀！」

他一定，循聲看去。距離湖岸有一些距離的樹林邊沿，幾棵高大的樟木下站著一位穿粉衫白綾羅裙的姑娘。她戴著帷帽，一手拉著另一個小姑娘，林中吹來一陣風，颳起她面前的輕紗，露出一角光潔的下巴，以及微微揚起的粉唇。

嚴裕轉回身，漆黑如墨的眸子裡只剩下她。

她的身分毋庸置疑，因為另一邊的馬車旁站著的就是謝榮。

謝蓁牽裙往前走兩步，興致勃勃。「阿蕁，快跟我來。」

謝蕁慢吞吞地跟在後面。「阿姊走慢點，我跟不上。」

她在林中發現了一隻小鹿，那鹿躺在草叢裡睡覺，她沒有驚動牠，回來先告訴謝蕁，想讓妹妹跟她一塊兒過去看。然而她只顧著回頭看謝蕁，連帷帽掛在樹梢上都不知道，輕輕一扯，帽子便從她頭上掉了下來。

丫鬟來不及阻止，霎時間青絲流瀉，露出一張姣麗無雙的面容。

她一愣，正要彎腰拾起帷帽，嚴瑤安不知從哪兒冒了出來，遠遠便喊了一聲。「阿蓁、阿蕁！」

頓時所有人的目光都被吸引了過來，謝蓁循聲看去，嚴瑤安站在人群裡，身後站著幾個侍衛和宮婢，生怕別人不知道她身分尊貴。

沒想到會在這裡遇見她，謝蓁有點驚訝，回過神後，重新把帷帽戴回頭上朝她走去。

「瑤安，妳怎麼會在這兒？」

嚴裕就站在嚴瑤安跟前不遠，謝蓁從他身邊直直走過，竟是連看都沒看一眼。

第九章

嚴瑤安親暱地拉住她的手。「可算找到妳了！」

方才她在附近轉悠，沒想到一眼就看到了她。也是，帷帽掉下來後，她的模樣是最出色的，跟著大夥兒的目光看過去就一定能找到她。可惜是曇花一現，還沒看夠，她就把帷帽重新戴回去了。

謝蓁不由得感到奇怪。「妳找我做什麼？」

嚴瑤安說得理所當然。「今兒個是上巳節，我好不容易出來一趟，一個人沒意思，不找妳找誰啊？」

一看她的陣仗就知是剛從宮裡出來的，身後跟了三、五名侍女不說，不遠處的馬車旁還站著十來名侍衛，雖然都作了喬裝打扮，但還是十分引人注目。再加上剛才謝蓁露了臉，一時間明秋湖大半的人都在看她們，委實太招搖了些。

嚴瑤安向她訴苦，說自個兒怎麼千方百計從宮裡出來，又怎麼去了定國公府，得知她不在府裡後，再到明秋湖千辛萬苦地找到她。說完忽然想起一件事，往周圍看了看。「我是跟我六哥一起來的，他人呢？」

謝蓁愣了愣，六皇子也來了？

然而嚴瑤安在人群裡梭巡了一遍，始終沒找到嚴裕的身影，一個人奇怪地自言自語。

「剛才明明看到他在這兒的……不管他了，我們自己玩去！」很快，嚴瑤安把此事拋到腦後。

謝蓁嗯一聲，心想六皇子不在倒好，她們可以隨心所欲玩自己的。她又想起剛才林子裡見到的那隻小鹿，拉住嚴瑤安的手往前走兩步。「我帶妳看個東西，快跟我來！」

嚴瑤安很少出宮，對什麼都好奇，於是想也不想地跟著她走。「去看什麼？」

謝蓁回頭朝她一笑。「小鹿。」

嚴瑤安頓時來了興致，疾走兩步。「好好，我們快去。」

在宮裡最常看見的動物要麼是父皇養的海東青和各種鳥，要麼就是後宮妃嬪的貓兒狗兒，小鹿還真是少見，尤其是在這野生的林子裡，難怪她這麼興奮。

後頭跟了幾個侍女，一直寸步不離地護著她，生怕她有任何危險。嚴瑤安嫌她們礙手礙腳，便只留下清風和白露兩名侍女，其餘的都在林子外面等著。

謝蓁找到謝蕁，忽然朝一個方向喊。「哥哥，你不要走，在這裡等我們！」

嚴瑤安隨著看去，只見樹下站著一名弱冠少年，氣質清冷、如松如柏。他斜倚著樹幹，原本在看遠處的湖面，聞言轉過頭，看到謝蓁的那一刻微微一笑，沖淡了眉眼間的冷漠，點了點頭，謝蓁這才放心，帶著她和謝蕁往林子裡面走。

嚴瑤安呆呆地任由她拉著，半晌才吞吞吐吐地問：「那是……妳哥哥嗎？」聲音輕微，跟方才的盛氣凌人完全不同。

謝蓁沒發現她的不對勁，天真地點了下頭。「是啊。」

她哦一聲，也不知是怎麼回事，話明顯比剛才少了。

她們沒走多遠，畢竟林中深處還是不大安全。謝蓁領著她們來到一條小溪前，沿著溪流走了十幾步，果真看到一棵高大的樟木下臥著一隻花斑小鹿。牠大抵是跟母鹿走散了，謝蓁在周圍找了一圈，始終沒發現別的鹿。

她們到時小鹿剛好睡醒，牠緩緩站起來，見到她們時很有些害怕，悄悄往後退了一步。可惜沒找準方向，一下子撞在樹幹上。

謝蓁忍俊不禁，蹲下來摸摸牠的頭，有模有樣地跟牠溝通。「你別害怕，我們不會傷害你的。」

小鹿低低地叫了一聲，還是沒有放下戒心。

謝蓁覺得牠可憐，想把牠帶回家裡去，但牠始終不肯靠近她，於是她撿起地上的青草餵牠。「吃嗎？」

小鹿沒動，她正要再餵，卻忽然覺得有些不對勁，站起來往四周看了看。林中樹葉婆娑，樹影斑駁，一切都很平靜，沒有什麼異常，她抿抿唇，還是覺得哪裡有點奇怪。

謝蕁一邊逗小鹿一邊仰頭問她。「阿姊，妳在看什麼？」

她遲疑了下，然後說：「我覺得有人在偷看我們。」

謝蕁一頓，露出幾分無措，那邊嚴瑤安也聽到了，跟著往周圍看了看，可是什麼異常也沒看到。「該不是妳看錯了？」

林子裡三三兩兩有幾個姑娘，都是由丫鬟婆子跟著的，沒有什麼奇怪的人啊？大家都在玩自己的，誰也沒注意到她們這邊。

「或許吧。」謝蓁點點頭，跟謝蕁一起商量怎麼把這隻小鹿帶回去。

漸漸地這隻小鹿跟她們熟起來，居然一口吃掉了謝蓁手裡的草，把她嚇了一跳，撲通跌坐在地上。還沒從驚嚇中反應過來，小鹿就像沒吃飽似的，一下子撲到她身上，用腦袋拱掉了她頭上的帷帽，伸出舌頭就開始舔她的臉。

謝蓁下意識要躲，然而晚了，已經被牠舔了滿臉口水。她嗚咽一聲，可能是跟小動物的聲音有點像，小鹿又舔了她一下。

嚴瑤安一開始也很震驚，後來笑得東倒西歪。「牠大概覺得你們是同類……」

雙魚、雙雁忙上來救她，拉開小鹿，把她從地上扶起來，用絹帕給她擦了擦臉。「姑娘沒事吧？」

「髒死了……」她扁扁嘴，嫌棄地說。臉上都是口水，她嫌帕子擦不乾淨，便提著裙子到溪邊洗臉。把帕子浸在水裡，擰乾之後一點點把臉洗乾淨，帷帽擱在腳邊，烏黑的頭髮從肩膀後面滑下來，她偏著頭，露出一張白淨無瑕的面容。

洗了兩、三遍，總算覺得洗乾淨了，她猛地站起來，頗有些頭暈目眩。眼前一花，她似乎看到前面的林子裡有一個人，再一看，除了濃密茂盛的樹木之外，哪有什麼其他東西？

可她剛剛分明看到有人，難道是眼花了嗎？謝蓁慌忙把帽子戴回頭上，轉身就往後走。

雙魚就在幾步之外，見她步履匆忙，不禁問道：「姑娘怎麼了？」

她顧不得解釋。「我們先出去再說。」

她小時候經歷過好幾次危險，警覺心比一般人都強。不知怎麼的，她忽然想起小時候在荒山野嶺被狼群盯上的那晚也是這樣的感覺。好像無論她怎麼跑、跑到哪裡，那束目光都會一直看著她、跟著她。

她逃不掉。

她猛一激靈，走得更快了些。

回到剛才的地方，原地除了謝蕁與雙雁之外，全然不見嚴瑤安的蹤影。

謝蓁問道：「和儀公主呢？」

謝蕁指指林子裡一個方向。「她追著小鹿往那裡走了。」

原來謝蓁離開不久，那小鹿就開始不老實起來，要跑到別的地方去。嚴瑤安性子野，為了抓住牠，跟著牠一塊兒跑了，兩位侍女擔心她出意外，便一起跟了過去。

林子裡面雖然沒有野獸，但也不代表沒有危險，萬一裡面有歹人，幾個姑娘家根本無從應付。謝蓁有點擔心，在原地等了一會兒不見嚴瑤安回來，便趕忙讓雙魚去外面求助謝榮，順道把公主的侍衛和侍女也都叫了過來。她跟謝榮說了一遍情況，真是急得眼淚都要掉下來了，謝榮安慰她道：「林子不深，應當不會出什麼意外。」

他聲音冷靜，莫名地就給人一種安全感。

謝蓁抓住他的袖子，還是很不放心。畢竟嚴瑤安是公主，若是她出了意外，他們今天一行人都沒有好下場，說不定整個定國公府都要被牽連。

謝榮摸摸她的頭。「我去那邊找找，羔羔，妳和阿蕁在這裡等著。」說著，又頭腦清晰地給剩下的侍衛、侍女分配好方向，讓他們各自分散找人。若是找到了，便帶回這裡來。

謝蓁點點頭。「哥哥小心……」

他說放心，往謝蕁方才指的方向走去。

一時間原地只剩下謝蓁、謝蕁和雙魚、雙雁，謝榮讓她們到外面馬車裡等著，但是謝蓁坐立難安，還不如留在這裡更安心一點。

等了一會兒，林子沒有任何消息，她越來越不安，總覺得會出什麼事。

謝蕁拉了拉她的袖子，愧疚地說：「阿姊對不起，我沒有阻止她……我不該讓她走遠的……」

謝蓁回握住她的手，一點也沒有責怪她的意思。「就算妳攔了也攔不住她的，妳別難過，跟妳沒關係。」

謝蕁悶悶地嗯一聲，還是很不開心。剛才嚴瑤安要去追小鹿，她以為他們不會走遠，哪想到一眨眼人就不見了，早知道她應該阻止他們的。

沒一會兒，不遠處傳來腳步聲，謝蓁驚喜地看過去，竟看到了剛才那隻跑走的小鹿！小鹿藏在草叢裡，只露出一個頭頂和一雙圓溜溜的眼睛，往她們這邊看一眼就跑走了。

「哎！」謝蓁以為嚴瑤安也在那裡，忙牽裙走過去，情急之下脫口而出。「你等等我！」

小鹿跑得並不快，始終跟她保持著一定的距離。

她追了一段路，正要放棄的時候，發現那隻鹿卻停在一塊石頭上，石頭前面是一棵粗壯的巨樹，她慢慢往前走兩步，環顧四周，沒看到嚴瑤安的影子。回頭一看，雙魚已經跟了上來，她剛要開口，卻被一股力道握住手腕，往一旁的樹幹後面帶去。

謝蓁驚愕地睜大眼，還沒來得及呼救，視線一亮，帷帽已被人驀然掀開。

眼前是一堵結實的胸膛，往上看去，是一張英挺俊朗的臉，劍眉低壓，薄唇緊抿，每一個眼神都昭顯著他的不愉快，但毋庸置疑，這是一張很漂亮的臉。

謝蓁微微發愣，莫名感到有些熟悉，似乎見過這麼一個人，可是仔細想又想不起來。

她忘了呼救，眼裡的迷茫讓對方更加惱怒。

他在等她想起來，可是過了好一會兒，樹幹後面雙魚呼喊的聲音越來越近，她還是什麼反應都沒有，非但如此，還試圖掙開他求救。「我……」

他捂住她的嘴，貼近她，身高的優勢使他看人時帶著點居高臨下，竟有種孤傲的味道。

他咬著牙，一字一句地問：「謝蓁，妳敢忘了我？」

沒頭沒腦的一句話讓謝蓁一愣。

他身上傳來的壓迫感讓她沒法好好思考，腦子裡一團亂麻，只想著趕快掙脫他。

「嗚……」

雙魚的聲音就在身後，她想開口叫她，但是居然被眼前的人緊緊捂住了嘴，只能發出悶悶的聲音。

荒郊野嶺的，忽然被人這樣對待，就算他長得很漂亮，也難免會覺得恐懼。謝蓁明亮的眼裡很快升起水霧，淚水盈盈，她長長的睫毛輕輕一眨，便有一顆淚珠掉下來，砸在他的手背上。

他彷彿被燙了一下，語氣有些凶狠。「妳哭什麼？」

謝蓁瞪向他，他莫名其妙把她抓到這裡來，還不准她哭了嗎？奈何眼神沒什麼威力，她眼眶發紅，反而有點像被激怒的兔子，帶著點可憐兮兮的味道。

或許是為了跟他作對，他不讓她哭，她偏偏越哭越厲害，眼淚無聲無息地掉下來，順著光滑的臉蛋流進他的手心。他最終投降了，見不得她哭，只好裝出一副凶神惡煞的模樣。

「我鬆開妳，妳不許叫人。」

謝蓁乖乖地點了下頭。

等他一放開她，她就扯著喉嚨求救。「雙魚，我在這兒——」

他眼神一深，頗有些氣急敗壞。「妳！」

他早就該知道的，她就是一隻小狐狸，狡猾得不得了，嘴裡沒幾句真話，哪能輕易相信？

那邊雙魚聽到聲音，快步往這邊趕來，一眼看到樹後交疊的兩個人，嚇得驚叫一聲，撲上來就要拉開他。「你是誰？快放開我家姑娘！」

還沒近身，就被不知從哪裡冒出來的侍衛攔住了。侍衛眼神冰冷、語氣堅決。「退下。」

侍衛一身黑衣，腰上佩刀，跟雙魚說話的時候亮出了鋒利的刀刃，把雙魚唬得僵在原地。

剛才謝蓁只顧著反抗眼前的人，根本沒注意周圍的情況，目下一看，心霎時涼了一半。居然還有侍衛，那她想逃跑是不是更不可能了……

雙魚遠遠地看著她，進退兩難。「姑娘……」

謝蓁抿唇，橫下心來拿袖子抹了抹眼淚，氣勢洶洶地看向面前的人。「你是誰？究竟想怎麼樣？」

她問完之後，半天沒得到答案，也不知道哪句話觸怒了他，只見他的眼神更加陰沈，直勾勾地盯著她，一句話也不說。他不說話，她哪裡知道他想做什麼？

謝蓁也很倔強，他不說話，她就一直跟他耗著，最好耗到謝榮回來之後她就可以得救了。雖然她如意算盤打得啪啪響，但他也不是吃素的，最後問了一句。「妳真的想不起來了？」

謝蓁歪著腦袋，眼裡全是疑惑。「想起來什麼啊？」

真是好極了，他記了她這麼多年，想忘都忘不掉，她倒好，一眨眼把他忘得乾乾淨淨。他以前怎麼沒發現她是這麼沒心沒肺的一個人，明明小時候纏他纏得要命，開口閉口都是「我想你了呀」、「我喜歡小玉哥哥」……現在連他站到她面前，她都想不起來他是誰！

兩人大眼瞪小眼好一會兒，謝蓁左右觀察一番，發現他只帶了一個侍衛，周圍再也沒有別的人。她想逃跑，只要謝蕁能聽見她的聲音她就能得救了。

然而現實終究比較殘酷，她才剛動了動腳步，他就一把握住她的手腕，把她重新壓回樹幹上。「我讓妳跑了嗎？」

謝蓁簡直想哭，她哽咽著說：「你不讓我跑，也不說自己要幹什麼，難道只是想跟我聊天嗎？」

靜了一會兒，他扭過頭，嗓音有點低啞。「那天，妳去放風箏了嗎？」

他雖然身高長高了，但還是一個少年，最近剛處於變聲期，說話時有股特殊的音色，有點啞有點沈，倒也不算難聽，但絕對稱不上好聽。

謝蓁好半天沒反應過來，放什麼風箏，這又是哪兒跟哪兒？

她已經很久沒有放風箏了，自從小時候被人失約後，就再也沒有碰過風箏。印象中阿爹送給她的大雁風箏被她一直扔在庫房裡，回京時也沒有一起帶回來……

她忽然想起什麼，震驚地看著眼前的人，不可思議地盯著他的臉，一遍又一遍地看。

他慢慢鬆開她的手，視線落回她的臉上，看了片刻，再次移開。「如果妳還想放風箏……我可以再帶妳去。」

很久以前，也有人用這種口氣跟她說話。

明明每一個字都透著不耐煩，但是眼神卻跟她一樣期待。那是她心底最深處的記憶，埋藏得太久，再次翻出來的時候竟有種恍若隔世的錯覺。

那個時候他們都還是孩子，小小的一團，既幼稚又天真，他們趴在牆頭上，頭頂著太陽，一聊就是大半天。

「我家在城外買了一處新院子，那裡風景好，適合放風箏。」

「妳不是想放風箏嗎？妳家這麼小，怎麼放風箏？」

「我可以帶妳過去。」

她到現在都記得，他對她凶巴巴的，話沒說完自己先紅了臉。她問他為什麼臉紅，他說是太陽曬的。

記憶中稚嫩的臉孔跟眼前的人重疊在一起，她總算想起他的名字，慢吞吞地說：「小玉哥哥？」

那一瞬間，嚴裕有種渾身的包袱都卸下來的感覺。時隔多年，沒想到還能再聽她叫一次「小玉哥哥」，他不由自主地握緊了拳頭，強忍著才沒有擁抱她。他的手臂撐在樹幹上，俯身逼近，不讓她看到他的表情，半晌才啞聲道：「是我。」

謝蓁眨眨眼，始終有種不真實感。

他們離得太近，她的鼻子抵著他的胸膛，看不到他的表情。她這才發現，他們的身高已經差了這麼多了。

小時候她比他高，現在她居然只到他的胸口？謝蓁錯愕不已，檀口微張，暫時忘了他剛才的無禮。「怎麼是你？你怎麼會在這裡？你不是走了嗎，你當年去哪裡了？」

她拋出一連串的問題，他沈默良久，只能回答：「我到了京城……」

謝蓁抓住他胸前的布料，仰著頭努力想看到他的臉，再次確認他是不是當初的李裕。

「為什麼要來京城？宋姨他們呢？你走的時候怎麼也不跟我們……」

原本想責怪他走時不跟他們說一聲，但是她想起歐陽儀當年說過的話，她說他是因為討厭她才走的，如果不是她，他根本不會搬走。謝蓁頓時不吭聲了，再一想剛才他對她的態度，可不就是厭惡到了極致嗎……

她小時候似乎沒少欺負他，難道他現在還記著仇？

嚴裕沒發現她的反常，因為他的注意力全放在第二個問題上。他烏瞳漆黑，閃爍著不具名的光彩，沒有回答她這幾個問題。

謝蓁自討沒趣，推搡了他兩下從他懷裡掙脫開來。「你在京城做什麼？你把我帶到這裡來，有什麼意義嗎？」

懷抱頓時空了，他恢復一開始的面無表情，別開頭說：「妳又為什麼會來京城？」

無論她怎麼問，他就是不肯說關於自己的事情就是了。

謝蓁有點失望，這麼多年不見，他們之間生疏了不少，他在刻意隱瞞她一些事情。不過沒關係，她也不是那種追根究柢的人，於是彎起眸子，笑容真誠。「我家在京城定國公府，我是跟著阿爹阿娘一起回來的，估計以後不會再離開了。」

他點點頭，沒說什麼。

誰都沒說話，氣氛有些尷尬。

另一邊謝蕁總算覺得不對勁，過來這裡找她，大聲地叫阿姊，很快找到這裡來。

謝蓁想要回去，臨走前想起來問他。「你家住在哪裡？你若是有什麼事，可以到定國公府找我……嗯，找我哥哥也行。」畢竟他們都長大了，男女有別，傳出去不大好聽。

嚴裕頓了頓，微一頷首，見她當真要走，想也不想地抓住她的手腕。「我方才說的……妳去嗎？」

謝蓁歪著腦袋，很顯然已經忘了。「去哪裡呀？」

他臉色不大好看，無聲地瞪了她一會兒。「放風箏。」他靜了靜，到底是太要面子，補充一句。「畢竟當初是我失約在先，現在彌補還來得及嗎？」

謝蓁笑了笑，很好說話。「都過去這麼久了，我早都忘記啦。你也不用太在意，畢竟我們已經過了放風箏的年紀了。」

嚴裕一愣，握著她的手不由自主地鬆了鬆。

她乘機掙脫，想要跟謝蕁會面。「我先走了……」

話沒說完，被他狠狠一拉，重新抵在樹幹上。他神情古怪，頗有點不甘心的意思。「為什麼忘了，妳就沒什麼要跟我說的？」這句話飽含了太多的意味，連他自己都沒察覺。

謝蓁撞得後背生疼，被迫迎上他惱怒的雙目。她看著這張臉，發現他跟小時候的變化真大，五官都長開了，比小時候少了幾分雋秀，多了幾分英氣，難怪她一開始沒有認出來。她舒展眉頭，掀唇笑問：「說什麼？你不是討厭我嗎，我幹麼要自討沒趣呀。」

嚴裕怔住。「我……」

他什麼時候討厭她了？他若是真正討厭一個人，根本不會跟他說一句話。

然而還沒醞釀好該怎麼說，那邊謝蕁已經找了過來，站在幾步之外，大眼睛眨啊眨，天真懵懂地看著他們。謝蕁看看謝蓁，再看看嚴裕。「你是誰？」

她人小，說話同樣沒什麼威力。但是不傻，知道這個人在脅迫她姊姊，因為她在謝蓁臉上看到了不樂意。

嚴裕只好鬆開謝蓁，向她解釋。「我是李裕。」

謝蕁對他還有點印象，小時候她喜歡纏著謝蓁，謝蓁喜歡纏著他，久而久之謝蕁就把他記住了。她年紀小，童年裡也就記住了兩人，一個是高洵，一個是他，都跟謝蓁有著牽扯不清的關係。

她對李裕的印象不大好，蓋因他以前對謝蓁很不好，又跟她搶阿姊，後來還莫名其妙地消失了，害得阿姊難過好一陣子。現在聽說他是李裕，上下把他打量一眼，不管不顧地把謝蓁從他面前拉過來，護在身後。「你為什麼回來了？要對我阿姊做什麼？」

嚴裕唯有止步，看一眼她身後的謝蓁。「我只是跟她說兩句話。」

說什麼話，非要挨這麼近嗎？謝蕁狐疑地看他一眼，拉著謝蓁就往後走。「阿姊我們快走，哥哥快回來了，我們不要跟他說話。」

謝蓁跟在她後面，忍不住回頭看了一眼。

嚴裕站在原地，微微抿著唇，正一動不動地盯著她。

他看到她輕輕一笑，雙目含嬌，粉面盈盈，恰如盛開的紅粉蓮花，美到極致，讓人怦然心動。她笑得有點狡黠，又有點得意，唇瓣張了張，無聲地吐出幾個字來。

「我也討厭你。」

嚴裕瞳孔縮了縮，差點沒忍住就把她抓回來了。

……這個小混蛋。

而另一邊山林深處，謝榮正好找到了溪水邊怡然自得的和儀公主。

嚴瑤安正在踩著石頭過河，她牽著裙子，從這塊石頭跳到那塊石頭，被溪水濺濕了裙襬也恍若未覺，自己跟自己玩得津津有味。她常年被困在宮裡，被迫學習那些禮儀規矩，早就膩煩得不行了。她骨子裡有一種野性，不喜歡被拘束著，在宮裡總鬧出不少大麻煩，讓聖上頗為頭疼。然而聖上寵著她，即便惠妃沒了，也沒人敢當面數落她教訓她，是以時至今日便養成了她任性刁蠻的脾性。

比如今天在山林裡，她想走就走，全然不顧自己的安危，也不顧是否會給別人招來麻煩，只顧自己痛快。

岸上的侍女欲哭無淚。「公主，您是不是該回去了……」

她仰頭一笑。「急什麼？我還沒玩夠呢！」

說著又跳了兩塊石頭，視線一挪，正好看到了不遠處的謝榮。她一腳踩空，只來得及張口說了個「救」字，就撲通一聲坐進水裡了。水花四濺，她在水霧中看到謝榮微微皺了下眉。

都這時候了，她第一想到的居然不是疼，而是完了完了，這下丟人丟大了……

侍女見狀嚇了一跳，趕忙從岸上跳進水裡把她救出來。

清風和白露一個替她擰裙子上的水，一個給她擦拭臉上的水珠，心有餘悸地抱怨。「公主下回千萬不可如此了……」

她不聲不響看著遠處，毫無預兆地哎了一聲。「你為什麼要站在那裡嚇我？」

兩個侍女一驚，抬頭看去，只見樹下站著一個芝蘭玉樹的少年，面無表情，冷靜無比。

謝榮看她一眼，轉身緣原路折返。「公主若是無事，便隨我一起回去吧。」

嚴瑤安覺得有點丟人，他越是冷淡，她就越是生氣。如果不是他突然出現，她根本不會摔進水裡，他居然還不跟她道歉？這麼一想，她底氣足了不少，顧不得讓清風、白露繼續擦乾衣服，不依不饒地追上去。「你既然知道我是公主，為何不對本宮行禮？你剛才嚇得我掉進水裡，你得跟我賠禮道歉。」

追了好幾步，總算把他追上了，嚴瑤安站在他面前瞪圓了眼睛，端出公主的架子嚇唬他。

沒想到他表情沒有絲毫變化，微微頷首道：「公主貴安。」

說完，繼續往前走。

若是別人對她這樣無禮，她肯定早都怒氣衝天了，偏偏他對她這樣，她居然一點也不生氣。嚴瑤安繼續跟上去，裙子沾了水，在山林裡行走很困難，濕漉漉的繡鞋踩出一個個腳印。「誰讓你來找我的？你就不能走慢點嗎？」

前面沒反應。她咬咬牙，盯著他的後腦勺。「你再不說話，我就讓父皇治你的罪。」

謝榮總算肯理她了。「敢問公主，我何罪之有？」

嚴瑤安得意地一笑。「驚嚇本宮、對本宮不理不睬，你說你有什麼罪？」

林中道路並不好走，枝椏橫生又有碎石擋路，也不知道她剛才是怎麼過來的。謝榮專挑平坦的路走，撥開樹枝，對她的話充耳不聞。

嚴瑤安叫他一聲。「你聽到了嗎？」

他嗯一聲。「聽到了。」

這反應……讓嚴瑤安很沒成就感，她也就是說說而已，根本不會真的治他的罪，誰讓他是謝蓁的哥哥呢？但是他就不能裝出害怕的樣子嗎？她叫他一聲。「你跟我六哥什麼關係？」

謝榮問道：「此話何意？」

她跟他始終保持著兩、三步的距離，不緊不慢地跟著。「我六哥今日也來了，他是來找你的。」

謝榮沒有多想。「公主想必弄錯了，我與六皇子素昧平生。」

他剛回京城，認識的人大部分都是小時候的玩伴，並未與六皇子有過交情。

嚴瑤安不信，六哥怎麼會弄錯呢？她正欲爭辯，人已經走出了山林，不遠處就是謝蓁和謝蕁。她叫了她們一聲，再回頭時，謝榮已經走遠了。

這一天委實稱得上驚心動魄，先是弄丟了和儀公主，再是遇到小玉哥哥，回程的馬車上，謝蓁倒在緙絲大迎枕裡，仍舊有些暈乎乎的。

她想了又想，始終沒想明白李裕當年為何忽然消失，如今又忽然出現。他現在住在哪兒？家裡在做什麼？宋姨還好嗎？

謝蓁霍地坐起來，懊惱地哎呀一聲。

謝蕁不解。「阿姊，怎麼了？」

她拍拍腦門，後知後覺道：「我忘了問他家住哪裡、怎麼找他了。」

謝蕁哦一聲。「李裕哥哥？」

她點點頭。

「阿姊現在是大姑娘，為何要去找他？妳若是去了，會惹人說閒話的。」在這方面謝蕁比她明白得多，只要是關於嚴裕的，謝蓁的頭腦總是不夠清楚。

他在她毫無準備的時候回來，她都快忘記他了，他卻突然出現在她身邊，問她還要不要一起去放風箏。謝蓁現在想想還是有點生氣，當年他不辭而別，如今又什麼都不肯說，她才不要跟他一樣好像什麼都沒發生過。

所以那句「我也討厭你」，終歸帶著賭氣的成分。那是她小時候的執著，等了許多年，總算有揚眉吐氣的一天。

這件事只有她和謝蕁知道，回家之後，謝蓁沒有告訴任何人，就連冷氏也不知道。她不是刻意隱瞞，而是不知該從何說起……她想等一切都清楚後再一五一十地告訴冷氏。

不知不覺過去兩個月，這兩個月內，謝蓁一直待在國公府裡，沒有再見過嚴裕一面。

近來謝立青的仕途不大順利。他擔任青州知府的這些年，青州百姓安樂、生活富庶，眼看著青州一日比一日繁榮起來，他就算不能升做京官，繼續回去青州也是好的。然而皇帝嚴屹卻指派了另一人到青州擔任知府，他沒了退路，又恰好京城官位無空缺，只好留在家中等候。

這幾日謝立青心情頗為沈重，只有回到家中看到妻子兒女，表情才會輕鬆一些。

冷氏把兩個閨女打發出去，一邊替謝立青更衣一邊寬慰他。「事情總會有轉機的，你不必太過憂慮。」

謝立青長嘆一口氣。「就怕要等上三年五載，讓你們的日子不好過。」

他沒有官職，便沒有俸祿，如今在京城每日花銷都很大，他擔心會讓三個孩子吃苦。尤其兩個女兒，嬌生慣養，一個剛剛綻放，一個還是花苞，若是委屈了她們怎麼辦？

冷氏讓他放心。「我們在青州還有許多積蓄，撐個一、兩年不成問題。」

女兒大了，她比謝立青考慮得更多。既然回到了京城，便要開始考慮她們的親事，丈夫是庶出，太尊貴的人家攀不上，只能退而求其次……然而女兒生得太標緻也是一件讓人苦惱的事。若是被王孫貴胄看上了，以她們的身分只能做一名側室或姨娘……與其如此，不如做一個普通人家的正妻，還能一世安穩。

此時此刻，謝蓁全然不知道父母的愁苦，她在忙著找一條帕子。

過去那麼久，她總算發現有一條帕子丟了。原本是想不起來的，但是那條帕子繡著未完成的素馨花，她今日閒得發慌，想撿起重新再繡，沒想到卻怎麼都找不到了。

她不知道，那條帕子正在太子手裡。

嚴韜這陣子睡得很是安穩，全靠這條帕子。他天生淺眠，再加上最近風口浪尖上，更是沒有睡好的時候。可巧了，謝蓁也是淺眠的人，於是這條帕子上熏了有助睡眠的香。這種香是謝蓁自己琢磨出來的，帶著點特殊的荷香，清香撲鼻，伴人入夢。

那天從定國公府老太太的壽宴回來，嚴韜隨後又去了宮中，沒來得及處理這條帕子，回府的馬車上聞著這陣香，閉著眼睛睡得前所未有的安穩，就連到了家門口都沒醒過來。

後來只要沒有大事，他便帶著這條帕子一起就寢，可惜帕子上的香是熏上去的，總有散去的那一天。香味越來越淺，太子又睡不好了。

其實失眠並不可怕，可怕的是曾經好眠過。

嚴韜最近就處於這樣一種狀態，夜裡驚醒時這種感覺尤其明顯。雖然不至於無法忍受，但幾天下來，整個人也憔悴了一圈，連太子妃都察覺到了他的反常。

晨起服侍他更衣時，凌香霧擔憂地看他。「殿下臉色不大好，是不是夜裡睡得不安穩？」

他略一點頭，捏了捏眉心。「如此嚴重嗎？」

凌香霧笑笑，替他束上龍紋玉條鈎。「不大嚴重，是臣妾看得仔細，換做旁人未必能看得出來。」

嚴韜彎唇，只說了句愛妃有心了。

太子與太子妃在外人眼裡是一對極其恩愛的眷侶，下人從未見過他們爭執，一直都是相敬如賓、笑臉相待。但是只有他們自己知道，這其實算不上是一種愛情，只是別無選擇下的順從。

嚴韜溫和，不如大皇子深謀遠慮、懂得審時度勢，早早地便為自己打好了根基。朝廷不少官員被大皇子籠絡，成為他的幕後之賓，而嚴韜晚了他一步，便處處陷入被動局面。嚴韜這幾年也做了不少，為了更深得人心，便娶了凌太傅家的孫女凌香霧為妻。凌太傅是朝中的老臣，說話也有幾分分量，如此一來不僅能拉攏凌家，更能博得一個敬重恩師的好名聲，以此來拉攏更多官員。

一舉兩得的好事，他斷然不會放過。

事實證明他的決定是對的，這幾年來他的羽翼漸漸豐滿，不再受制於人，已經開始準備反擊了。

他跟凌香霧的關係不好不壞，太子府雖不斷送入別的姬妾，但他對凌香霧始終客客氣氣，其他丈夫能給妻子的他都給了她。因為他母后和父皇的關係僵硬到了極點，所以嚴韜一直認為這就是夫妻最好的相處方式，沒有爭吵，只有順從。

他生在帝王家，早就不奢望會有愛情了。

用早膳時，凌香霧親自舀了一碗山藥枸杞粥給他。「一會兒我讓下人去街上置辦些沉香，我記得殿下以前用這種香睡得還能安穩些。」

嚴韜沒有反對。「那就由妳辦吧。」

凌香霧笑著說了聲是。

他用過早膳外出辦事，說了聲晚上不回來用膳，凌香霧站在門前送他。他帶著侍從往前走了十來步，再次回頭時，發現門前空無一人，他的太子妃早就進屋了。

「殿下？」侍從馮夷叫他。

他回神，搖頭輕哂，繼續往前走。那天從宮裡回來，偶然看到街上一對即將分離的夫妻，男人揹著包袱，與妻子依依不捨地在門前話別。兩人眼中都有淚，相互依偎說了許久的話，最終那男人還是一狠心走了，一連走出百十步都沒有回頭。

妻子便一直站在門前看著他，直到人再也看不見了，才默默擦去臉上的淚痕轉身回屋。

他大抵有些羨慕那種感覺，才會期望在太子妃身上看到同樣的影子。可是他忘了，他們是沒有感情的，不過一場交易，他從她家裡得到想要的後臺，她在他身上得到權勢富貴，各取所需罷了。

夜晚回來，凌香霧讓下人點上沉香。

鴨嘴鎏金熏爐中升起嫋嫋香霧，香氣很快瀰漫整個房間，聞著不濃郁，使人心曠神怡。嚴韜更衣就寢，見太子妃還站在床邊，便道：「夜深了，妳也回去休息吧。」

他沒有留下她的意思，凌香霧是個明白人，當即也沒有說什麼，欠了欠身便退出房間。

有了沉香助眠，嚴韜睡得比前兩天好些了，但夜裡不知怎的，總是會作一個奇怪的夢。

夢裡有一個姑娘手持絹帕，站在雲蒸霧藹中朝他微笑，他上前一步，她便很快消失不見了，再次醒來時，發現那條帕子就在手邊。他覺得這事有點荒唐，他甚至不知道這塊帕子的主人是誰，更不知道對方生得什麼模樣，居然會對一個姑娘產生遐念。

然而事實就是如此，他不承認也沒法。

沉香雖有益睡眠，但始終不如那條帕子的效果好，他這兩天都是睡到三更便自動醒了，後半夜一直睡不著，只能起來坐在窗邊批閱文章，一連七、八日，就是鐵打的身體也受不住。

他妥協了，挑了一個早晨跟太子妃開口。「六弟到了成家的年紀，自己不好意思開口，我身為兄長，應當為他多操點心思。」這招數委實有點不光彩，拿著自己兄弟當幌子，然而沒辦法，總不能說他自己想找個女人。

「我看他喜歡心思縝密的姑娘，妳若是沒什麼事，便辦一場宴席，邀請幾位世家千金到府上，看誰帕子繡得精緻，便拿來讓我過目。」

上回那帕子是在定國公府老夫人壽宴上撿的，不知是國公府裡的姑娘還是前去賀壽的千金，他沒法確定，唯有都叫過來。

凌香霧沒有多想，聞言說道：「六弟平日瞧著寡言少語的，我還當他沒有這種心思呢。」

嚴韜吃一口核桃酪，隨口接道：「話再少，他也是個男人。」都是男人，哪有不中意溫香軟玉的。

凌香霧會心一笑，答應下來。「那我這就著手準備，時間定下來後再告訴殿下。」

嚴韜頷首。「有勞愛妃。」

說起來，這陣子他的人都很辛苦，為了西夷的戰事沒少奔波。不如趁著這次機會把他和七弟一塊兒叫來，順道再叫上幾位官場同盟，在院中舉辦一場酒宴，小酌一杯，縱情一回。

太子府送來請柬的時候謝蓁正在院子裡洗頭。

最近下了幾場春雨，天氣有點涼，好不容易出了太陽，她便讓人在廊廡下搭了木架，彎腰站在廊下洗頭。一頭青絲剛泡進水裡，下人便把帖子拿過來了。

她頭上塗了皂莢，沒法睜開眼睛，便讓謝蕁唸給她聽。「上頭說了什麼？」

謝蕁打開信封，坐在廊下圍欄上，塞了顆烏梅蜜餞在嘴裡，含糊不清道：「太子妃辦了一場才貌雙絕宴，時間是十天後，比賽才藝和品貌，誰若是拔得頭籌，太子妃會賜予獎賞。」

謝蓁抹抹臉上的沫子，聽了三遍才聽明白，關注的重點居然是——「太子妃是不是挺悠閒的？怎麼沒事就喜歡舉辦宴會。」

謝蕁忙著吃，沒搭理她，她就一個人自言自語。「才貌雙絕？是才貌都贏才行嗎？贏一個行不行？」

不用說，她這張臉是穩穩的第一。

謝蕁搭腔。「阿姊要去嗎？」

慢條斯理地洗好頭後，她擦了擦臉上的水珠，濕漉漉的頭髮披在身後，坐在謝蕁旁邊說：「既然太子妃都邀請了，不去怎麼行？妳看看上頭是不是也有妳的名字。」而且宴席最能提高知名度，錯過就太可惜了。

謝蕁低頭一瞧，果然在謝蓁兩字後面看到了自己的名字，她頓時垮下臉。「我什麼也不會……」

謝蓁嘿嘿一笑，從她手裡搶過蜜餞放入口中。「別擔心，妳還會吃呀。」

謝蕁氣得兩腮鼓鼓。「阿娘說能吃是福！」

「……哦。」謝蓁故意戳了戳她的腮幫子，覺得妹妹臉頰太滑，忍不住又捏了捏。「看來我們阿蕁很有福氣嘛。」說完，自己先笑了起來。

謝蕁覺得自己被取笑了，從她懷裡搶過油紙包轉身就要走。「我不理阿姊了！」

那是謝榮從街上給她們帶回來的蜜餞，謝蓁雖然也喜歡吃，但沒有謝蕁那麼貪吃，所以這一大包蜜餞大部分都進了謝蕁的肚子裡。目下眼瞅著妹妹要走，謝蓁趕忙抱住她的腰，認錯求和好。「妳走了我怎麼辦？妳別走呀。」

鬧了半晌，謝蕁重新坐回來，到底感情深厚，也就沒把剛才的事放在心上。

她們兩人坐在太陽底下，謝蕁手裡拿著一條巾子，坐在謝蓁後面給她擦頭髮。「阿姊想得魁嗎？」

謝蓁歪著腦袋，一張小臉白淨通透，烏髮披在肩後，只穿著薄薄的春衫。「想呀，既然去了，自然要得第一。」

別看她平時懶洋洋的，其實好勝心一點沒少。只要是想努力做好的事情，便一定要成功才行，她若是沒幹勁，那就一定是因為看不上這個東西。

謝蕁給她擦得半乾，從雙魚手裡接過牛角梳，一點一點把她的頭髮梳順了。「那阿姊要比什麼才藝？」

品貌是完全不用操心的，整座長安城放眼望去，估計都找不出她這般好模樣的。就是才藝有點難為人，她小時候偷懶，琴棋書畫樣樣不精，現在竟連一個能拿出手的都沒有。

謝蓁想了一會兒，也有點惆悵。「不如我彈七弦琴吧？」

謝蕁疑惑。「阿姊會嗎？」她記得她從沒學過啊……

謝蓁笑咪咪的。「不是還有十天嗎？我可以現在學啊。」

為此冷氏特意為她買了一把七弦琴，但她卻只撥弄過兩下，除此之外，再沒碰過。學琴並非一日、兩日之事，需要先生指點，更需要自己勤加練習。然而這兩樣謝蓁都沒有，她每日仍舊過得跟平時一樣，該做什麼做什麼，一點也不著急的樣子。

連謝蕁都看不下去了，一天問她三次。「阿姊妳不練琴嗎？」

她正在讓雙魚染指甲，聞言點了下頭。「練呀。」

鳳仙花花瓣碾碎成汁，覆在指甲蓋上，過了一天一夜再拆開，便能染成嬌豔的顏色。一個個指甲有如瓣瓣桃花，裹在白嫩的手指上，越發襯得一雙手有如春天裡鮮嫩的筍芽，又白又細。

看她的模樣真是一點也不著急，明明後天就是宴席了，她的琴還沒碰過幾回呢！

謝蕁是知道的，她想在這場宴席上拔得頭籌，不僅能得到太子妃賞識，還能為父母爭一口氣。如今他們在國公府過得不算好，老夫人和大夫人都不喜歡他們一家子，要想被人重視，只有靠自己努力才行。可是前幾天她還志得意滿呢，怎麼一轉眼就興致缺缺了？

要知道不僅是她們，就連三姊、四姊也很重視這場宴席，這幾天一直忙著在院裡練琴練箏，許久沒見她們出來了。既然是太子妃親手操辦的，到場的一定都是簪纓世家的夫人千金還有朝廷命婦，就算場面不大，也不得不讓人重視起來。

這可是關係到名聲面子的大事，誰都不敢馬虎。

謝蓴見謝蓁並不上心，不得不提醒她。「阿姊再如此，明日可就是墊底的了……」

沒想到謝蓁毫不在意，豎起一根手指頭作了個噤聲的手勢。「這事只有我們兩個知道好不好？我不練琴的事，妳可千萬不能說出去。」

謝蓴不大懂。「為什麼？」

她趿著繡鞋，走到七弦琴跟前轉了兩圈，神秘兮兮地嘿嘿一笑。「阿蓴，我教妳一個成語吧。」

謝蓴跟過來。「什麼成語？」

她豎起四根手指頭，在面前晃了兩晃。「聲東擊西。」

謝蓴想了半天，想破了腦袋也沒想出來是什麼意思。

不過她很快就能理解了，因為最後兩天時間裡，謝蓁讓先生代替她坐在院子裡彈琴，琴聲流暢優美、婉轉動聽，傳出玉堂院外，聽得人如癡如醉。定國公府的下人路過，都免不了駐足傾聽好片刻，若是問起，院裡的下人無一例外都說是五姑娘彈奏的曲子。

下人閒來無事經常碎嘴，是以傳話的速度最快，用不了半天時間，整個定國公府上下都知道五姑娘用十天時間練成了七弦琴，並且彈得有模有樣，真是讓人稱奇。這話傳到謝瑩耳中的時候，正巧她手下的箏斷了一根弦。

謝瑩面上表情沒什麼變化，讓下人重新換上一根弦後，平靜地吩咐。「方才是誰傳話的？掌嘴十下。」

說話的丫鬟立即跪下來求饒，可惜晚了，頭一歪便被兩邊的婆子甩了個大耳刮子，甩得頭昏眼花。

謝瑩試了兩下音，平靜地彈奏完一首曲子，低聲向下人吩咐了兩句話，起身走回屋中。

及至第十天早晨，窗外晨曦微露，玉堂院被掩映在一片青黛之中。謝蓁還沒從床上起來，便聽到雙魚著急忙慌的聲音。「姑娘！姑娘不好了！」

謝蓁從被子裡露出個毛茸茸的腦袋，睜開困頓的雙眼，帶著濃濃的睡音。「嗯？」

雙魚急得團團轉。「琴……琴不見了！」

今早雙魚做好自己分內的事，便想著先把謝蓁的琴搬到馬車上，免得一會兒去太子府時一時慌忙給忘了，沒想到她到耳房一看，案桌上空空如也，琴早就不知道哪兒去了！

她不敢耽誤，跌跌撞撞地來到謝蓁房裡通稟，未料想謝蓁居然極其平淡地哦了一聲，見天色尚早，蒙頭又睡。

雙魚輕輕拉了拉她的被子，以為她沒聽清。「姑娘，琴丟了！」

這是今日去太子府要用的，若是丟了，一時半會兒也買不到順手的。琴和人都是需要磨合的，若是用得不順手，那怎麼能彈出好曲子來？

雙魚顯然忘了，就算琴沒丟，謝蓁也彈不出好曲子。

謝蓁確實沒睡醒，但她頭腦清醒得很，她知道是怎麼回事，而且早就猜到會發生這種事，所以她一點也不著急，只想好好地睡到天亮。「我知道……妳別說話，讓我再睡一會兒。」

說完，往裡面拱了拱，當真閉著眼睛再次睡了過去。

雙魚都服了，她不著急，自己也不好太大驚小怪，只得本本分分地讓人準備早膳茶水，一會兒伺候謝蓁穿衣洗漱。

等她醒來後，反應依舊很平靜，甚至沒問一句關於琴的事，以至於雙魚一度以為她是不是忘了這茬。

換上廣袖望仙裙，梳雙環髻，謝蓁吃了兩口杏仁酪便跟謝蕁一起出府了。

路上雙魚忍不住問：「姑娘，咱們不找琴了嗎？」

她步履輕鬆，大抵是心情好，一蹦一跳地走在前面。「為什麼要找琴？」

「那太子妃設宴……」

她哦一聲，似乎終於想起來了，瞇著眼睛笑得很愉快。「沒關係，反正我也不打算彈琴。」

她自個兒清楚得很，她不是學琴的料子，要是能學成早就學成了，根本不可能在十天之內學有所成。之所以說要學琴，不過是打一個幌子罷了，她想試試謝瑩會不會有所動作，沒想到還真猜對了。

那琴很有可能是被謝瑩的人拿走的，她不在乎琴的事，她在乎的是這院裡有多少大房的人。連謝瑩的人都能在她這裡來去自如，足以見得這玉堂院裡的下人委實該好好整頓一番了。

等她從宴席上回來，正好趁著這次機會找出是誰從中作梗，順道敲打敲打別的下人。

經過謝蓁提點，謝蕁才知道什麼叫聲東擊西。

不過謝蕁還是很為自家姊姊操心的，路上問她。「那阿姊拿什麼比賽？」

她說不用擔心，然後從馬車後面翻出一支碧綠色的笛子。「別的不會，我還會吹笛子呀。」

這算是她不可多得的強項之一了，謝立青喜愛笛子，從小便手把手地教三個孩子吹笛子。謝蕁和謝榮都沒什麼興趣，只有謝蓁一個人學得不錯，所以她小時候才會總纏著嚴裕說要叫他吹笛子。

可惜嚴裕不願意學，要不她一定能教得很好的。

到了太子府，她才發現就連笛子都不需要。

太子妃把宴席設在上回的牡丹院，謝蓁跟謝蕁到的時候，院裡只有凌香霧和幾位夫人命婦坐在桌旁說話。謝蓁和謝蕁上前見禮，凌香霧將她二人介紹給其他人。其中一位是驃騎將軍仲開的妻子姜氏，姜氏笑容和藹，與她們打過招呼，由衷地稱讚這姊妹倆模樣生得齊整。

不多時陸陸續續來了人，有凌香雲和其他世家千金，還有朝中高官重臣家的姑娘，有些謝蓁見過，有些謝蓁沒見過。在凌香雲的介紹下，謝蓁認識了不少人，都是年紀差不多的姑娘，湊在一塊兒總有說不完的話，很快便能打成一片。

一問之下，才知道她們都準備了才藝，有詩詞歌賦，也有琴箏笙簫。大部分都不在乎誰輸誰贏，不過是閒來無事湊一場熱鬧罷了。

然而人齊之後，她們才知道自己準備的這些完全派不上用場。

因為太子妃讓丫鬟給每人發了一塊絲絹和一筐針線笸籮，讓她們隨心所欲地繡一樣東西，誰的繡工精緻，太子妃就給誰獎賞。

時間有限，不必繡太複雜的圖案，一朵花或是一片葉子都可以。

謝蓁拿著針線若有所思，總覺得太子妃辦這場宴席好像別有用心似的……旁的姑娘都沒察覺不妥，要麼已經開始刺繡，要麼就是還在構思，唯有她遲遲沒動手。

太子妃見狀，走到跟前問她。「五姑娘有何事？」

她仰頭，對上凌香霧的眼睛輕輕一笑。「回娘娘，我在想該繡個什麼圖案好。」

凌香霧也笑。「隨妳吧。」然後轉身離開，到別的姑娘那兒觀望。

她努努嘴，還是覺得有點兒不對勁。但是又想不出究竟哪裡不對勁。別的姑娘都在埋頭刺繡，她一個人不動始終有點不大好，於是回想了下前陣子繡的素馨花，她起了針腳，一針一線地開始繡起來。

第十章

另一邊太子在前院宴客，邀請了不少人來，等候半晌，遲遲不見六皇子蹤影。

嚴韜詢問他的下落，七皇子嚴韌搭腔道：「六哥這陣子忙著在外建府，總是不見蹤影，想必一會兒就過來了。」

嚴韜聞言，忍不住抬了抬眉梢。「建府？」

嚴韌點點頭，也覺得有點兒稀罕。「六哥向父皇請求在宮外建府，父皇答應了，府邸就建在北寧街以南。那地方清雅秀美，六哥倒是會選地方。」

話語裡難免有點泛酸，父皇疼愛六哥，千方百計想彌補他這些年丟失的父愛，對他雖不至於有求必應，但也是大部分都能答應的。就比如在外建府，一般皇子成家後才會在外建府，這六哥還沒成家，只跟父皇說了一聲，父皇就答應了。

嚴屹疼愛六皇子嚴裕不是沒有理由的，早年惠妃得寵，皇后病弱，由惠妃代為管理後宮。如果不是嚴裕出生時被人掉包了，送出宮外，估計成為太子的不是當今二皇子，而是他了。

這麼多年流落民間，嚴屹得知真相後，千方百計想把他找回來。奈何一直受到阻礙，直到七年前才探聽到下落。嚴裕回到宮裡，原本是要給他改名字的，但是他死活都不同意，末了嚴屹唯有妥協，保留了他原本的名字，只換掉了李姓，改名嚴裕。

彼時他彷彿驚弓之鳥，來到宮裡處處都不習慣，嚴屹看著心疼，便想方設法地彌補他。好在有惠妃管教安撫，他才慢慢習慣了宮裡的生活，漸漸恢復成正常孩子該有的模樣。

可惜他十歲那年惠妃就去了，從那以後他性情大變，沈默寡言，幾乎不同任何人說話。

嚴韜看中他的能力，將他納入自己麾下，這幾年他才有所好轉，起碼不會時時刻刻擺著一張冷臉了。只是也沒變得多好，身為他最親近的兄弟，連太子和七皇子都很少見他情緒外露過，簡直跟剛進宮的時候判若兩人。

那時候他就像一隻沒調教好的小獸，見人就咬，時刻豎起渾身的毛，橫衝直撞，一身的傷。現在他身上的傷好了，在心口上留下一道道疤，除非他願意卸下心防給你看，否則你根本不知他傷勢如何。

正說話間，院外的下人進來通稟。「殿下，六皇子來了。」

嚴韜放下酒杯。「快迎進來。」

沒片刻，嚴裕從門口走進，一襲藏青色柿蒂紋長袍，腰上繫玉條鉤，身形修長，行色匆匆。他環顧一圈，大概看了看屋內有多少人在場，又分別是些什麼人，然後走到嚴韜跟前行禮。「二哥。」

今日只是家宴，無須講究什麼禮節，嚴韜忙將他扶起來，讓丫鬟去多備一副碗筷。「六弟怎麼來得這麼遲？我聽七弟說，你向父皇請求在宮外建府，父皇答應了？」

這幾日沒什麼事，是以嚴韜跟他有好幾日沒見，並不知道他要建府的事。難怪總覺得好些天沒見過他，原來他不聲不響是在忙著這等大事……嚴韜笑了笑，看來這六弟是有情況了，否則依照他的性格，是斷然不會想做這些的。

嚴裕在他手邊剛坐下，便有丫鬟往他面前的白瓷酒杯裡倒了一杯酒。他捏著杯子，仰頭一飲而盡。「七弟說得不錯，不瞞二哥，確有此事。」

這酒是紹興好酒，入口醇冽濃郁，他來之前在座的眾人都喝過一輪了。目下他一來，所有的目標都對準了他，要他自罰三杯，以示歉意。

嚴裕倒也沒推託，因為知道推託來推託去，這酒還是他的。他從十歲跟著嚴韜的時候開始沾酒，至今已有五年，這五年裡一點點把酒量練出來了，雖不至於千杯不醉，但確實很少見他醉過。他一口氣喝了三杯，沒吃東西，所以胃裡有點不舒服，他只微微蹙了下眉，便沒再管。

他的胃一直不大好，再加上酗酒嚴重，胃裡常常整夜整夜地疼，睡不好覺。

他自罰三杯後，七皇子好奇心起，非要問個明白不可。「六哥怎麼想起來要在宮外建府？」

在座總共八、九人，都是太子嚴韜的幕後之賓，有六部裡的人，也有定陵侯和向陽侯等。平日沒少幫太子辦事，相互之間已經十分熟稔，是以七皇子說這番話的時候並未避諱著眾人。

桌上擺了幾道涼菜，嚴裕挾了一顆鹽水花生米放在碟子裡，沒來得及吃，邊撥弄邊回答。「有時在宮外辦事，還是在外面有一座府邸比較方便。」

說這話的時候，他腦子一閃而過謝蓁笑著回頭的畫面。

自從那天一別後，他便忙著建府的事情。他不承認建府邸是為了謝蓁，只說是為了自己方便，因為連他自己都沒意識到，他其實早就規劃好了他們的未來。他想她這麼多年不是白想的，總要做出點什麼才對得起這相思之苦，就算她說討厭他，那也無妨。

嚴韌是個直腸子、一根筋，想到什麼說什麼。「六哥以前怎麼沒覺得麻煩？該不是為了娶媳婦吧？」

嚴裕把那顆花生米送入口中，嚼了嚼，半天沒有回答。

最後是嚴韜解了圍，讓丫鬟往嚴韌杯裡添滿酒，笑著調侃。「七弟問起這個，莫不是自己對誰家的姑娘動了心思？」

嚴韌倒也豪爽，一口氣把杯裡的酒喝了個底朝天，臉連紅都不紅。「二哥還不知道我嗎？我要是有喜歡的姑娘，肯定早跟你們說了！」

這是實話，眾人哈哈大笑，氣氛霎時緩和許多。

嚴韜不動聲色地看向嚴裕，見他低著頭，默不作聲地聽大夥兒談話，偶爾插上一、兩句，完全不提自己為何建府一事。他這個弟弟，心思比一般人都深沈，他已經不能猜到他在想什麼了，可見他這些年成長得多麼迅速。

不知不覺間，便長成了出色的男人。

嚴韜笑笑，起身敬了眾人一杯，很快融入他們的話題。

一群男人聚在一塊兒，除了公務，談論的無非就是女人。不是這個樓的姑娘模樣漂亮，便是那個院裡的姑娘聲音好聽，最後有人覺得乾說沒意思，便開始行起酒令來。嚴韜讓府上一位姬妾做席糾，美人在旁，美酒在前，一時間場面很有些火熱。

酒過三巡，時候也不早了，幾人相互告辭，意興闌珊地離去。等嚴裕坐起來的時候，嚴韜特意叫住他。「六弟等會兒再走。」

他只得重新坐下，等人全都走後，嚴韜和他坐在正堂八仙桌上，屏退了跟前的丫鬟，頗有幾分促膝長談的架勢。「六弟是不是有事瞞著我？」

嚴韜很少這麼開門見山地問人問題，想必他今日表現得太過心不在焉，才會讓他特地把他留下來。

嚴裕喝了不少酒，目下很有幾分頭暈，喝一口釅茶醒了醒神。「二哥想多了，我沒有什麼事。」

嚴韜再問，他還是這個回答。

不是他悶葫蘆，而是他的戒心太重。這宮裡能相信的人不多，儘管他跟著太子四、五年，依然不能保證他說了之後嚴韜會不會對謝蓁不利。

好吧，既然問不出個所以，嚴韜也就不問了，反正他的目的不在此。他喝口茶潤潤喉，慢條斯理地開頭。「你還記得定國公府老夫人壽宴那一日，我拾到的那條帕子嗎？」

嚴裕不解其意，他當然記得，那時候嚴韜一心想著給他，他後來沒收。「那帕子怎麼了？」

「說來話長。」嚴韜長長地嘆了一口氣，把他素來淺眠，枕著那條帕子便能睡得安穩的事從頭到尾說了一遍，說完揉了揉眉心。「自從那香味散去後，我已有好幾日不得安寢。」

嚴裕聽罷，不禁皺了下眉。「二哥打算……」

那帕子是在定國公府撿到的，如今仔細一想，當時遠遠看到的那個身影像極了謝蓁……難道帕子是她的？有這麼巧嗎？

嚴韜跟他說太子妃在後院設宴。「雖然這麼找有點困難，但總好過大海撈針，但願能找到是誰家的姑娘。」要是勛貴千金還好，萬一是誰家的丫鬟，那可真不好找了……

嚴裕問他。「若是找到之後，二哥打算如何？」

這問題嚴韜還真沒深思過，一開始只想著讓她告訴自己帕子上熏的什麼香就行了，後來作了那個夢後，心態不知不覺就改變了。「先納入府中，再做打算。」

嚴裕沒說什麼，表情卻有些凝重。

與嚴韜辭別後，從太子府出來，他總有股不大好的預感。騎馬走出幾步，然後又折返回門口，向門口的下人詢問今日進出太子府的人。從下人口中聽到「定國公府」四個字的時候，他的臉頓時沈了下來，一拉轡繩，快馬加鞭往定國公府的方向趕去。

此時謝蓁和謝蕁正在回家的路上，她們坐在車廂裡，正在討論方才宴席上的事。

太子妃讓她們每人繡一個圖案，這怎麼看都不像是比拚才藝，更像是借此機會挑選什麼人多一些。謝蓁忽然想起太子娶了太子妃多年，身邊一直沒有側妃和良娣……她一時心驚，針尖戳進指腹裡，很快就冒出血珠來。

她低頭舔了舔，腦子飛快地轉起來，沒聽說過太子喜歡什麼樣的姑娘，看現在的架勢，難不成他喜歡心靈手巧的？思及此，她趕忙放下針線。

是了，一定是為了這個原因。不然無緣無故的為何要讓她們刺繡？

反應過來後，謝蓁不急著繡素馨花了，反而馬馬虎虎地繡了一片葉子。倒不是她瞧不起太子府，而是太子已經有了太子妃，況且似乎感情還不錯，她如果有幸被太子瞧上，到了太子府，除了妾還能當什麼呢？側妃的身分再高貴，那也始終是被正妻踩在腳底下的。她從小被冷氏教育，寧願嫁到平凡一點的人家為妻，也不要給權貴人家做妾。

所以她回過味來後，第一個念頭便是放棄。

果不其然，她那片歪歪扭扭的葉子沒有被太子妃瞧上，而是謝瑩繡的花開富貴圖案一舉得魁。太子妃和幾位命婦對謝瑩讚不絕口，能在一上午這麼短的時間內繡出這樣一朵圖案，實在匪夷所思。

謝瑩面上矜持，內心卻是非常高興的，尤其看向謝蓁的時候，簡直揚眉吐氣一回。

謝蓁一點也不介意，甚至笑容真誠地道喜。「恭喜三姊姊，三姊姊真是繡功一絕。」

謝瑩說話的底氣足了不少。「五妹只要勤加練習，也是能進步的。」

謝蓁目下想起來，都有些忍俊不禁。

「阿姊笑什麼？」謝蕁坐在另一邊好奇地問。

謝蕁不知道她是故意輸了比賽，還以為她會傷心難過，路上安慰了她好幾回。謝蓁正打算跟她解釋，車壁上忽然被人從外面敲響，篤篤兩聲，帶著點急切。

不等謝蓁詢問，窗簾便被一把掀開，帶著一股風，差點甩到她的臉上。

謝蓁驚愕地往後坐了坐，盯著簾子上那隻骨節分明的手，往上看去，看到一張不悅的臉。

嚴裕緊緊盯著她，眉頭緊鎖。

車夫不得不把馬車停在路邊，本想呵斥此人不懂規矩，但是看他穿著打扮不似普通人，而且似乎跟自家姑娘認識，便把後面的話嚥回了肚子裡。

謝蓁回過神來，又驚又奇。「你怎麼會在這裡？」

她原本脫口而出想叫他「小玉哥哥」，但是一想兩個人都這麼大了，他又討厭她，她這麼叫他他會更不高興吧？於是頓了頓，把那個稱呼給省掉了。

他沒發現，只顧著問她。「妳是不是丟過一張帕子？」

謝蓁微愣，不明白他什麼意思。

嚴裕見她迷茫，便補充了一句。「在定國公夫人壽宴的時候，妳是不是丟過一張帕子？上面繡著素馨花，還帶著一種能安眠的香味。」

謝蓁睜圓了眼睛，坐起來問道：「那帕子被你撿走了？」

音落，只見嚴裕整張臉都黑了。

謝蓁問完之後，又覺得不大可能。她的帕子是在老太太壽宴丟的，怎麼會被他撿到呢？她到現在都不知道他的身分，也不知道他家住何處、在京城做什麼，又為何突然出現問自己這個問題？而且問完之後，他好像心情更差了？

謝蓁一開始以為帕子是被府裡下人撿走了，或是被風吹走了，依照他這麼問，他應該是見過那帕子才是。無論是不是在他手上，被人知道後總歸對她的名聲不好，謝蓁立即坐直身，不大確定地伸手。「真的在你那裡嗎？你能不能還給我？」

嚴裕狠狠瞪著她，半晌吐出。「不在我這兒。」

要真在他這兒就好了，起碼不會生出這麼多事端。事已至此，已經大致能確定太子手裡的帕子就是她的了。偏偏又沒法跟她說，說了就會暴露他的身分，只能自己跟自己生悶氣。

那天在定國公府，嚴韜本說把帕子給他，是他自己嫌麻煩才不要的，現在想想，真是悔之莫及。他片刻不容耽誤，調轉馬頭準備直接回太子府，若是幸運的話，或許能趕在嚴韜看到那手帕之前阻止。

剛握緊韁繩，謝蓁就從裡面伸出一隻手，遲疑地、小心翼翼地看向他。「不在你那兒，那在誰那兒？」

嚴裕原本就心情不佳，一邊氣她馬虎，一邊氣自己當時沒收下帕子，所以語氣很有些凶。「妳現在才想起來問這個問題？妳自己丟的帕子，自己不知道嗎？」

謝蓁被凶得莫名其妙，她知道自己理虧，所以一直是虛心認錯的態度，沒想到他居然這麼不耐煩。她也是有脾氣的，玉白小手緊緊抓住他的袖子，就是不讓他走。「我要是知道還問你做什麼？你為何會知道我丟了帕子，你究竟有什麼目的？」

嚴裕要被她氣得七竅生煙，死死地盯著她的手，再從那隻手看向她白淨固執的小臉。「我有什麼目的？我若是有什麼目的，還會同妳在這兒說話嗎?!」

這個沒良心的小混蛋，她居然懷疑他別有目的？嚴裕模樣凶狠，恨不得能把她一口吞下去。

車夫停的位置好，正好在街尾一棵大榕樹後面，這裡來往的行人少，又有大樹擋著，很少有人會注意到馬車後面的情況。

謝蓁不死心，非要問出帕子的下落不可，這下換成兩隻手都抓住他的袖子。「那我不管，你一定要把帕子給我找回來。」

白嫩的手指頭搭在他藏青色的衣服上，對比鮮明，尤其那指甲蓋上新染的蔻丹顏色嬌豔，襯得一雙手越發纖白柔嫩。他想起這雙手前一刻還在給太子繡帕子，頓時生出無名火氣，繃著俊臉冷冷地說：「放手。」

謝蓁不依，正要使出殺手鐧軟綿綿地叫一聲「小玉哥哥」，他卻毫不留情地甩了甩袖子，揚長而去。

謝蓁坐在馬車裡，呆呆地看著他離去的方向，心想他該是多麼討厭她啊？才會連她碰一碰他的袖子都不願意。

車廂另一邊，謝蕁目睹了兩人對話的全過程，她想安慰謝蓁，但是又不知從何開口。憋了半天，挪到謝蓁身邊摸摸她的手。「阿姊放心，不會有什麼事的。」

謝蓁轉回頭，抿抿唇。「阿蕁，妳說他是不是還記著小時候我欺負他的事？」

謝蕁早就忘了，好奇地問：「什麼事？」

她仔細想了想，掰著手指頭一件一件地數。「叫他小玉姊姊，拿雪球扔他，讓他揹我……」

這麼一數，好像還真挺多的……很多事情她已經忘得差不多了，只記得一些零零星星的片段，比如叫他「小玉姊姊」。謝蓁只記得第一次見面的時候，她弄錯了他的性別，卻完全忘了她曾摸過他的褲襠，害得他尿褲子。

偏偏這些，嚴裕記得一清二楚。

嚴裕馬不停蹄地趕回太子府，從下人口中得知太子正在書房裡，他下馬，大步往書房的方向走去，他常來太子府，對這裡的格局輕車熟路，很快便來到書房門口。

書房門口守著兩個丫鬟，見到他行了個禮。

剛走近，菱花門從裡面打開，太子妃款步走出。凌香霧抿了抿鬢髮，一抬頭看到他，唇邊笑意更深。「六弟來了。」

嚴裕頷首，叫了聲二嫂。「二哥在裡面嗎？」

凌香霧往旁邊走了走，見他神色匆忙，便讓出一條路給他。「在，你有事找他？」

話雖這麼問，但她卻好像已經知道答案了一般，不需要他回答，只是看他的反應而已。她剛才把一摞帕子送進去，沒想到他就過來了，可見嚴韜說的話並不假，那些帕子確實是為他選妻用的。只是沒想到他自個兒這麼著急，明明剛走，眼巴巴地又回來了。

嚴裕不知她心中所想，確實有點著急，沒有工夫跟她寒暄。「是，二嫂若是無事，我便先進去了。」

凌香霧十分理解地點點頭。「去吧。」

話音剛落，他便推門而入，可見不是一般的著急。

凌香霧忍俊不禁，轉身往回走，想起剛才宴席上見過的那麼多姑娘，不知哪一個才最適合他。要說心靈手巧，那絕對非謝家三姑娘莫屬……但是謝三姑娘性子沈靜，不大活潑，與同樣不活潑的六弟湊在一塊兒可不就是兩根木頭嘛……

相比之下，謝家五姑娘倒是個機靈乖覺的妙人兒，模樣又生得周整，可惜繡活一般，不知六弟能否瞧得上。

她在這邊左思右想，嚴裕已經進了書房。掀開瓔珞珠簾，看到嚴韜坐在翹頭案後，桌上擺著兩摞絹帕，他進去時，嚴韜正在端詳手中一塊繡蜻蜓的帕子。

嚴韜看到他頗有些詫異，把帕子放在桌上。「怎麼又回來了？」

嚴裕沒心情拐彎抹角，開門見山地問：「二哥找到了嗎？」

居然是問這個，沒想到他比他還心急，嚴韜微微一笑，請他坐在對面。「哪是這麼容易的？京城有多少貴女千金，六弟不清楚嗎？這帕子繡得千奇百怪，我看得眼睛都花了。」

聽到這句話，嚴裕驀地鬆一口氣，面上卻不顯山露水。「即便帕子的主人真的來了，她今日繡的圖案也未必與你撿到的帕子一模一樣，二哥如何尋找？」

嚴韜當然也想過這個問題，只道：「碰碰運氣罷了。」

末了又教他，把一塊帕子放到他面前。「每個女人身上的香味不同，經過她手的香味也不同，你仔細聞，便能發現不一樣的地方。」

嚴裕對女人沒研究，也不想研究，他低頭看一眼，明明沒興趣，卻還要裝出對此很熱衷的樣子。「二哥若是信得過我，不如讓我幫你尋找如何？這些帕子一個個看過去，恐怕會花費不少時間。何況西夷戰事不斷，你還要隨時注意那邊的情況，不該為這些事情分了心。」

西夷原本是大靖的附屬國，十幾年前從大靖獨立出去便一直沒有老實過。不是拒絕納貢，便是想著併吞大靖，最近兩年更是吃了熊心豹子膽，不斷增加兵力出兵攻打邊境的幾座城，鬧得那邊的百姓成日不得安寧。嚴屹為此操碎了心，派出朝中驃騎大將軍鎮守邊境，打贏了幾場仗，西夷人最近才老實一些。

嚴屹為了考驗太子，便將邊境幾座城池交給嚴韜管治。戰後的房屋修建和百姓食宿問題都需要他出謀劃策。嚴韜和嚴裕去過邊境數月，前陣子才回來，那邊已經恢復得差不多了，卻還是不能馬虎。一旦有什麼新的問題，便由那邊的官員快馬加鞭送書信過來，詢問他的意見。

事實證明，嚴韜管理的那幾座城池恢復得還不錯。

他是一個很有能力的太子，嚴屹毫不吝嗇對他的稱讚。正因為如此，三皇子才會急紅了眼，趁著他出宮的機會讓人埋伏在外，對他痛下殺手。好在侍衛保護得及時，他只受了一點輕傷，沒有讓任何人知道。目下一切都安定下來，只要西夷不再出岔子，他們便不必再每日奔波，只需好好維護兄弟之間表面上的和平。

嚴韜有些信不過他。「六弟知道女人的香味有什麼區別嗎？」

嚴裕還真不知道，半晌沒答出來。

嚴韜輕笑，跟他解釋。「這女人身上的香，光是香露就分好幾種，分別有茉莉蜜露、玫瑰露和桂花香露……罷了，你也不明白，還是我自己來吧。」

說著看到謝瑩繡的花開富貴絹帕，他端詳一番，花樣繡得不錯，可惜帕子上的熏香太濃郁，聞著嗆人。他只看一眼便隨手放在一邊。

不多時，屋外傳來敲門聲，下人在外頭道：「殿下，外頭有人求見。」

他問：「誰？」

下人道：「他沒說來歷，只說能為您出謀劃策，應當是位謀士。」

太子愛才，只要是有能力的人他都會重視。是以沒多懷疑便起身到前面去，臨走前對嚴裕道：「六弟在此等我片刻。」

嚴裕起身。「二哥去吧，不必管我。」

他走之後，書房只剩下嚴裕一人，他來到翹頭案後，拿起其中一摞最上面的帕子看了看，帕子後面繡著人名，極容易辨認。他一個個看了一遍，卻始終沒找到謝蓁的名字，他皺緊了眉頭，把嚴韜看過的那摞也翻了一遍，依然沒有謝蓁的名字。

而另一邊的嚴韜走在去前院的路上，從懷裡掏出一塊絹帕，上頭繡著片簡單的楊樹葉子。

他翻到後面看了看，卻發現上面沒有繡名字。

他遞給身後的侍從梁寬。「去查一查這是誰繡的。」

梁寬跟了他十來年，忠心耿耿，是個足以信任的人。這件事交給他去辦，他是很放心的。

說話間到了堂屋，裡面果真坐著一個人。可惜讓嚴韜失望了，這人不是什麼足智多謀的謀士，反而像一個江湖騙子，滿嘴跑騾子，說的都是空話。嚴韜搖搖頭，讓人把他送走了。

回到家後，謝蓁越想越覺得不對勁。

不僅太子妃這場宴席很有問題，就連嚴裕身上也到處都是謎團。

她不知道太子妃有什麼目的，也猜不出來，為了保險起見，她甚至沒在絹帕上繡自己的名字，希望不會有什麼事。

而嚴裕，他神出鬼沒的，究竟為什麼知道她丟了一條帕子？謝蓁一方面有點擔心，一方面又想知道宋姨的下落，便把這事跟謝榮說了一下，讓他幫忙調查李裕的事情。

謝榮不知此人在京城裡，順道問了句。「妳什麼時候遇見他的？」

謝蓁在他面前不敢撒謊，因為很容易就會被看穿，她抿唇，低頭摳了摳指甲上的蔻丹，「上巳節在明秋湖邊上，偶然遇見了。」

這話說得半真半假，其實不是偶然遇見的，也不知道李裕在那兒埋伏了多久，一把就將她抓了過去。這點小細節無傷大雅，謝榮看了看她，叫了聲她的小名。「為什麼現在才說？」

她抬起頭，找不出合適的藉口，只好耍賴賣乖。「上回那麼多人在，我找不到機會開口，回家之後就忘了，一直到今天才想起來嘛！」

謝榮不說話，顯然不相信她真會忘記。

她也知道這個理由蹩腳，從八仙桌那邊探出半個身子，討好地端來一杯茶，眼巴巴地看著他。「哥哥幫我問問好嗎?」

謝榮沒接，氣定神閒。「為何要打聽他的下落?」

她一噎，心想這能有什麼為什麼?想知道，不就打聽了嘛!她要是這麼跟謝榮說了，他估計更不會答應的，於是絞盡腦汁想了想，靈光一閃。「我不是想知道他的下落，我是想知道宋姨的下落。宋姨以前對我們那麼好，我想知道她現在過得怎麼樣。」

這個理由謝榮還能勉強接受，要真是為了李裕那小子，他是不會答應謝蓁的。那小子小時候就不討喜，也不知道長大了什麼樣，是不是還跟以前一樣?

謝蓁見他有所鬆動，趁熱打鐵，掀開茶蓋往前送了送，小臉笑得燦爛。「哥哥喝嘛!喝完這杯茶，你就答應我了。」

謝榮無奈地彎起唇角，接過茶杯喝了一口。

她很歡喜，滿屋子蹦蹦跳跳，一會兒來到他的跟前就著他的手喝了口熱茶，抿起粉唇，眼睛像兩道彎彎的月牙。

她大概自個兒也不知道為何這麼高興，大概是快要見到宋姨的緣故。她絕不承認是因為李裕，畢竟他們白天才吵了一架，他那麼凶，她不要跟他好了。

在京城找人其實不是一件困難的事，每個進出京城的人都要出示公驗(注)，每一天都有記錄。謝榮動用了關係，他正好與京兆尹的小公子趙進熟識，便讓對方幫了個忙，查一查這京城裡有沒有一戶叫李息清的商戶，妻子宋氏，有一個兒子叫李裕。

然而幾天以後，趙進卻告訴他沒有這戶人家，問他是不是記錯人了。京城叫李息清的不少，但是卻沒一個跟他描述的一樣。

謝榮想了想，又請他調查有沒有李裕此人。

趙進是這麼跟他說的——「有是有，但足足有二十七人，不知你說的是哪一個？還是我挨個兒拎過來讓你瞧瞧？」

謝榮到底沒真讓他拎過來，而是跟他過去一家一家地看了。明明名字都一樣，可是卻長得各不相同，沒有一個是謝榮認識的李裕。直到看完最後一個人，他跟趙進打道回府，把這個消息告訴給謝蓁。

謝蓁聽罷很有些失望，怎麼會找不到呢？他們都見過好幾回了！

他究竟在京城做什麼？為什麼不告訴她？

不知不覺過去半個月，太子府沒傳來什麼動靜，她也再沒見到過李裕。日子比她想像中還要平靜一些，她這才漸漸放下心來，看來上回是她想多了，或許太子妃只是單純想比拚繡功也不一定？

殊不知另一邊，嚴韜已經將謝蓁的情況打探清楚，嚴韜手持謝蓁的畫像，許久才道：「想不到謝家還藏了這麼標緻的小姑娘。」

梁寬站在他身後。「殿下打算怎麼做？」

嚴韜笑笑，收回視線，反正已經知道她是誰了，不急於這一天、兩天的。「慢慢來吧，

注：公驗，官府開具的證明文件。

別嚇到她。」

他忽然想起一事，問道：「上回讓你調查的事如何了？」

梁寬回道：「謝立青去年年底回京述職，未被聖上重用，這幾個月一直閒在家中。再加上他家中地位尷尬，日子似乎不大好過。」

嚴韜問：「為何沒被重用？他以前在青州擔任什麼官職？」

梁寬道：「在青州擔任知府。他極有能力，把青州管治得井井有條，日益繁榮。但是青州巡撫林大人彈劾他在青州任職時與突厥人有來往，聖上不放心，便暫時將他留在家中察看，過段時間再做打算。」

原來如此，嚴韜若有所思。「林睿所言屬實？」

梁寬搖頭。「屬下讓人查了一下，謝立青與林大人在青州曾有過節，至於他話中真假……有待考究。」

林睿此人，心胸狹隘、容易記仇，偏偏又是個滾刀肉，懂得討好上頭的人歡心，估計就是憑著那張舌粲蓮花的嘴才讓嚴屹信了他的話。謝立青又是個老實人，自然鬥不過他。

嚴韜得知事情緣由，放在窗櫺上的手拂了拂上頭的灰，慢慢說道：「時刻注意林睿的舉動，找個機會抓住他的把柄……至於謝立青，是個良才，別埋沒了才好。」

近日邊境又生事端，西夷人以五萬兵攻打大小鄔姜兩座城市，驃騎將軍仲開守城數十日，漸漸有破城之勢。

嚴屹又調遣了三萬兵前去支援，命嚴裕護送糧草提前一日出發，此事來得突然，連嚴裕都有些措手不及。嚴屹既是為了鍛鍊他，又是為了讓他增援仲開，並允他勝仗之後必定答應他任何請求。嚴裕只好連夜整裝出城，前往千里之外的邊境。

臨走前，他甚至沒來得及去定國公府跟謝蓁說一聲。他們走的街道與定國公府隔著兩條街，他騎馬走過，只往那邊看了一眼。

彼時剛剛敲過三更的梆子，謝蓁還在睡夢中，她沒有聽到鐵騎錚錚的聲音，更沒聽到城門打開的聲音，直至醒了才聽說夜裡三萬兵馬離開了京城。

日子流水般滑過，其間她被邀請去了太子府幾次，當然不是她一個人，還有其他貴女千金。

有一回太子也在場，遠遠地瞧見一眼，她甚至沒記住他長什麼模樣。其他姑娘倒是芳心大動，激動了好半天沒緩過來。

有時候和儀公主也在，便拉著她和凌香雲坐一塊兒說話。嚴瑤安喜歡她身上的香味，還纏著她要她教自己調香料，奈何時間地點都不方便，最後只得作罷。

一日和儀公主去昭陽殿給王皇后問安，正好碰到嚴韜也在。

王皇后體弱多病，常年纏綿病榻，身子骨甚是虛弱。饒是如此，她仍舊衣著端莊素雅，雍容平和，只是蒼白的唇色給她添了幾分柔弱之感。她已有四十，即便保養得再好，眼角也有了淡淡的紋路，笑時會更加明顯。

今天她氣色好，臉上明顯比往昔紅潤一些。

嚴韜到時，嚴瑤安正在下方陪她說話。

王皇后牽出一抹笑，讓他坐下。「今日怎麼只有你一個人來了？」

嚴韜先行一禮，掀袍坐在下方，笑道：「香霧身體不適，兒臣便讓她在家中養病了，免得把病氣過給您。」說著看向對面，叫了聲六妹，便繼續對王皇后道：「母后今日氣色不錯。」

王皇后道：「瑤安陪我說了會兒話，我這才覺得精神了些。」言訖不忘關懷凌香霧的身體，讓他回去好好照看著點。

他道：「母后放心，已經讓大夫看過了，只是普通的風寒，並無大礙。」

皇后道：「那就好。」

母子倆坐在一塊兒，無非是說些關懷的話。王皇后想起最近邊境的動盪，不免擔憂地問：「那邊戰事如何，聖上可有叫你過去看看？」

他搖頭。「有六弟在，應該便不用我過去了。」

前幾日邊境傳來捷報，道西夷人被後方趕來的三萬大軍打得猝不及防，立即放棄了攻城的打算，改為退軍十里。當然，西夷人是萬萬不會輕易放棄的，他們在城外十里安營紮寨，商量對策，打算再做攻打。

嚴裕與仲開一個守城、一個進攻，聽說西夷的軍隊已經潰不成軍，想來用不了多久就能回來了。

正說話間，那邊嚴瑤安吸了吸鼻子，好奇地問：「我好像聞到一種熟悉的香味……」

王皇后聞言一笑，讓人把香爐抬出來。「妳是說這個嗎？」

她搖搖頭，又仔細聞了聞。「不是這種香，是……是很特別的荷香，只有阿蓁身上才有的。」

王皇后哦一聲。「這位阿蓁是誰？」

「娘娘有所不知，阿蓁是定國公府的五姑娘，她調的香料十分特別，極其好聞。」嚴瑤安一本正經地解釋，站起來看了一圈，向嚴韜走去。「似乎是從這裡傳來的……」

她停下，不可思議地看向太子。再聞聞，香味果真是從他身上傳來的。

這下連皇后的目光都被吸引過來了，兩人的表情都有些意味深長，嚴韜輕笑，只好把腰上的帕子拿出來。「是這個嗎？」

嚴瑤安接過去，點頭不迭。「就是它。」

王皇后叫了聲韜兒，眸中含笑。「你告訴母后，這是怎麼回事？」

嚴韜沒打算這麼早說出來，畢竟對方還未滿十五，他可以慢慢等她及笄。這下是想隱瞞都瞞不住了，他只得道：「兒臣淺眠，母后是知道的。有一回在定國公府拾到了她的帕子，發現上面的香味能讓兒臣睡得安穩，事後出於私心，便沒有將帕子還給她，擅自帶在了身上。」

王皇后尚未開口，那邊嚴瑤安便驚訝地睜圓了眼。「太子哥哥，你……你……這是阿蓁的？」

他道：「正是。」

王皇后聽明白了，她這個兒子怕是對人家小姑娘動了心思，不捨得說，在心裡藏著掖著呢。「你就打算一直帶著她的帕子？」

嚴韜搖搖頭，到了這地步，只好坦誠道：「若是母后同意，兒臣想納她為良娣。」

謝立青是庶出，以謝蓁的身分做側妃還有些勉強，可以先封她為良娣，日後再慢慢向皇上請封為側妃。

太子娶妻多年，府裡只有一個太子妃和幾名姬妾，他要納謝蓁為良娣，王皇后並不反對。「這事需得跟你父皇說一聲，他若是同意了，過幾日便能下聖旨賜婚。」言下之意，便是你自己跟皇上說吧，她沒什麼意見。

嚴韜鬆一口氣，起身下跪。「多謝母后成全。」

這邊事情定下了，那邊嚴瑤安看得目瞪口呆。她跟謝蓁關係好，怎麼不知道謝蓁曾經丟過一塊帕子？不行，她下回見面一定要問問謝蓁是怎麼回事！

第十一章

五月初五，六皇子和驃騎將軍勝仗歸來，百姓在城門口迎接，場面盛大，萬人空巷。

六皇子與大將軍仲開攜手擊退了西夷人，保住了大靖的土地，乃是大靖的功臣。回宮之後，嚴屹親自設宴，宴請朝中各路官員為六皇子和大將軍慶功，接風洗塵，聽說足足歡慶了一天一夜。

翌日清晨嚴裕回到清嘉宮，只睡了一個時辰，便被外頭的聲音吵醒了。

小太監袁全守在門口左右為難，對嚴瑤安道：「公主，殿下才睡下……這一路風塵僕僕，估計都沒好好休息過。」

嚴瑤安有急事，根本不管這些，讓人把他往旁邊一搡，她直接推門而入。「六哥，六哥！」

到底她還算有些規矩，沒有直接闖進內室把他掀起來，而是站在屏風外面叫了幾聲。

嚴裕沒有睜眼，抬起手背放在額頭上，聲音沙啞。「說。」

這些年因著父皇的疼愛，嚴瑤安被寵得越發沒有規矩，他們都不是孩子了，她居然不顧男女之別直接闖了進來，看來是該讓人好好教教了。

嚴瑤安開門見山。「你再帶我出宮一趟吧。」

「沒空。」嚴裕直接拒絕。他原本想著先睡一覺，再洗個澡換個衣服去見謝蓁，現在睡個好覺是不大可能了……他只求後面兩件不要再被打擾。

嚴瑤安豈是這麼好打發的，她想出宮，除了求他別無選擇。他不答應，她就坐在外面一直跟他耗著。「你若是不帶我出去，我便在這裡吵得你不得安寧！」

說著，把桌上的墨彩小蓋盅敲得咣噹作響。「你答應還是不答應？」

嚴裕皺緊了眉頭，極不耐煩。「妳出宮做什麼？」

她脫口而出。「去見謝蓁啊！」

內室好半天沒傳出聲音，就在嚴瑤安幾乎以為他睡著的時候，他啞著嗓音問：「為何要見她？」

嚴瑤安長嘆一口氣，惆悵極了。「前幾日我在昭陽殿遇見了二哥。二哥身上帶著阿蓁繡的帕子，還說要納她為良娣，我想親口問一問她是不是真的，她怎麼從來沒跟我說過呢？」

言訖，屋裡寂靜極了。

「六哥？」她輕聲詢問。

半晌，才傳出嚴裕冰冷的聲音。「妳說二哥要納她為妾？」

嚴瑤安點點頭，她那天聽得千真萬確，不會有錯。所以她才納悶，怎麼一點預兆也沒有？「聽皇后娘娘的意思，好像是不反對的。如果二哥跟父皇說了，估摸著下一步就是賜婚了。」

那邊驀地響起東西摔在地上的聲音，極其刺耳，把嚴瑤安嚇一跳。「六哥你沒事吧？」

裡頭沒動靜，不多時嚴裕從裡面走出，已經換好衣服，穿戴整齊，寒著臉出現在她面前。他烏瞳冰冷、眉峰低沈，帶著凜冽的英氣，沒有多餘的話。「妳要去哪裡？我帶妳過去。」

嚴瑤安大喜過望，跟著他往外走。「城南的萃英樓，我前天讓人同她說好的。」

嚴裕大步走在前面，根本不管她跟不跟得上。

萃英樓內，謝蓁來得早，坐在雅間裡等了片刻。

她尚且不知宮裡的情況，更不知太子已經對她動了心思，她最近聽說最多的便是六皇子大捷歸來，到處都是稱讚他的聲音，誇他年少有為、令人敬重。以前似乎沒聽說過這位六皇子，她回京之後才知道他的存在。

謝蓁正在胡思亂想，雅間的門被人推開，嚴瑤安探頭探腦一番，見到她後眼睛一亮，衝上來抱住她。「阿蓁！」

謝蓁被她的熱情嚇住了，稍稍往後仰。「公主這是怎麼了……」

嚴瑤安讓清風、白露守在門外，關上門，拉著她說起悄悄話來。「妳同我二哥認識嗎？」

嚴瑤安向來直來直往，學不會那套虛與委蛇，想說什麼就說什麼，於是一開口便把謝蓁嚇一大跳。當今太子行二，正是嚴瑤安的二哥，她怎麼會跟太子認識？她腦袋搖得像撥浪鼓。「不認識。」

「真的嗎？」嚴瑤安不信，盯著她的眼睛又問了一遍。

她依然回答不認識。當真是不認識，謝蓁雖然去過太子府幾次，但每次都是在後院跟女眷待在一起的，從未私下見過太子一面，又何來認識不認識一說？

嚴瑤安見她模樣不像撒謊，開始納悶起來。「這就奇怪了，妳不認識他，他身上怎麼會有妳繡的帕子？」

謝蓁一驚。「什麼帕子？」

嚴瑤安便把那天在昭陽殿的情況複述了一遍，描繪得有聲有色，讓人彷彿身臨其境，以至於聽到那句「二哥說要納妳為良娣」時，她整個人都僵住了。

她是丟過帕子沒錯，但她以為被嚴裕拾去了，她曾問過嚴裕一次，但嚴裕說不是他，事後她便沒放在心上。本想著丟了就丟了，難道……她手腳冰涼，握住嚴瑤安的手小心翼翼地問：「妳說的那塊帕子……上面是不是繡了一朵素馨花？」

嚴瑤安努力回憶了一下。「好像是，帕子的香味跟妳身上的一樣，有一種淡淡的荷香。」

謝蓁心如死灰，坐回去半天沒說話。她不願意給人做妾，就算是太子的妾也一樣，這是冷氏從小給她灌輸的想法，根深柢固，一時半會兒沒法改變。

嚴瑤安見她臉色不佳，這才覺得事情不對勁，湊到她跟前問：「怎麼？那帕子不是妳的？」

「是我的。」謝蓁後悔莫及，鬱悶得想哭，哪裡想到會是這個結果。她把前陣子的事情一五一十跟嚴瑤安說了一遍，說完抱著最後一點希望抓住嚴瑤安的袖子。「妳能跟皇上說說，別讓皇上賜婚嗎？我不想嫁給太子。」

嚴瑤安有點頭疼，這事她也不好插手啊。「如果二哥跟父皇提了，就算是我也沒辦法……」

謝蓁眼前一黑，只覺得人生都沒了希望。就在此時，雅間的直欞門被人從外面一腳踢開，砰地一聲，嚴裕站在門口，冷臉看著謝蓁。

門裡門外的人都愣住，愣愣地看著他。

謝蓁沒想到他會突然出現，盤旋在口中的名字還沒叫出來，一旁的嚴瑤安便驚奇道：「六哥，你怎麼進來了？」

謝蓁呆住。

嚴裕一步步走進來，最後停在謝蓁面前，居高臨下地俯視她，順道面無表情地對嚴瑤安道：「妳先出去，我有話跟她說。」

嚴瑤安見苗頭不對，迅速地從墊子上坐起來，目光在兩人身上梭巡一遍。「你們……」

嚴裕緊緊抿著唇，不回答，而謝蓁則是完全傻了。嚴瑤安抵不住一顆好奇的心，想留下來聽他們對話，結果被嚴裕冷冷的眼尾一掃，她縮了縮脖子，乖乖地退出雅間。

雅間只剩下謝蓁、嚴裕和雙魚、雙雁兩個丫鬟，雙魚、雙雁是不用避諱的，她們跟著謝蓁十來年，早就跟她一條心了。

謝蓁好半天都沒從剛才的衝擊中緩過神來，呆呆地看著嚴裕坐下，呆呆地看著他回視自己。她連說話都不索利了。「你……你是六皇子？」

嚴裕看她一眼。「妳不信？」

她當然不信！他不是宋姨的兒子嗎？為何會成為當今六皇子？

謝蓁以為自己在作夢，便把雙魚叫到跟前狠狠擰了一下，疼得雙魚嗷嗷直叫，她還是不信。「你叫什麼？」

他看向她。「嚴裕。」

謝蓁方才的煩悶被如今的震撼掩蓋了，她有一連串的問題。「你為何會變成六皇子？宋姨呢？你當年離開就是為了回京嗎？為什麼不告訴我們？」

這些問題，他一個都沒法回答，嚴裕冰冷地打斷她。「妳想不想嫁給我二哥？」

謝蓁被拉回現實中，情緒一下子跌入谷底，悶悶地搖了搖頭。「不想。」

嚴裕不自覺握緊了桌子底下的拳頭，他儘量讓自己的聲音聽起來很平靜。「妳可以嫁給我，我沒有娶妻，妳不用做妾。」

謝蓁有點懵。「你說什麼？」

他偏頭。「妳若是嫁給我，我二哥便不會糾纏妳了。」

她總算聽懂了，簡直可以稱得上驚慌失措。「等一下……你為什麼要娶我？你、你不是討厭我嗎？」他該不是想報復她吧？謝蓁忽然冒出這個想法。把她娶回家，不就可以好好折磨了嗎？思及此，不禁打了個哆嗦。

嚴裕猛地回頭，狠狠瞪了她一眼。「我到了適婚的年紀，沒有中意的人，只能娶妳先將就著了。」他接著說：「妳放心，我不碰妳。」

謝蓁磕磕巴巴地問：「能不能讓我考慮幾天……」或者跟爹娘商量一下也行……

然而他卻站起來，語氣一點也不溫柔。「妳若是再考慮，就要嫁給我二哥做良娣，妳看著辦吧。」說罷抬腳就要走。

謝蓁慌忙站起來，情急之下拉住他的手，柔軟的手指鑽進他的掌心，一下子就讓他站在原地。她好商好量的口氣。「那你說娶我就能娶我嗎？皇上會同意嗎？」

她以為他們還是小時候那樣，可以毫無顧慮地牽彼此的手。

嚴裕用了好大的勁才沒回握住她的手。「我會有辦法的。」

謝蓁看著他的側臉，看著看著，忽然有點傷感，她抽了抽鼻子。「除了嫁給你，真的沒有別的法子了嗎……」

敢情她還很不願意？委屈她了？嚴裕有點生氣，回頭瞪她。「嫁給我妳就是皇子妃，比太子良娣的地位高多了。」

她當然也知道，就是仍舊有點不真實感。明明前一刻他還是普普通通的李裕，怎麼下一刻就成了聖上寵愛、百姓愛戴的六皇子？

她還沒接受他這個身分，就要學著接受他另一個身分。

走出萃英樓，就看到嚴瑤安站在門口翹首以盼。

一見嚴裕出來，她便興高采烈地湊了上來，一臉的好奇與求知。「六哥你跟阿蓁認識嗎？你們何時認識的？你跟她說了什麼？」

嚴裕根本不打算回答她這些問題，繞過她走上馬車，等她上來後，對車夫說一聲回宮，便倚在車壁上閉目沈思。他要娶謝蓁，不是這麼容易的事，如果太子已經跟父皇開了口，那他便要跟兄長上演爭奪一個女人的戲碼；如果太子尚未開口，依照謝蓁的庶女身分做皇子妃恐怕也有點困難。好在他出征前嚴屹曾允諾過他一個賞賜，他需善加利用才是。

正在嚴裕條分縷析地分析時，嚴瑤安不死心地湊了過來，還是跟剛才一樣的問題。「六哥，你們究竟怎麼認識的？」

他的思緒被打斷，不禁想起小時候的事，慢吞吞地說：「我們以前是鄰居。」

嚴瑤安恍然大悟，她知道嚴裕回宮以前曾在宮外待過很長一段時間。饒是如此，得到這個答案還是有幾分稀奇。「那上回我們在明秋湖，你為何要裝作不認識她？」

嚴裕不出聲。

不是他裝作不認識她，而是那個小混蛋壓根兒把他忘得乾乾淨淨！他當時太過生氣，轉身便走了，後來一直在暗處看著她，一個沒忍住便把她抓了過去。按理說等了這麼多年，他不應該著急才是，但是他等得太久了，迫切地想從她那裡尋找溫暖，所以當她沒有想起他時，他才會那麼生氣。

嚴瑤安沒在意，因為她還有很多疑惑。「你跟阿蓁說了什麼？你不是在下面等著，為何要上去找她？」

嚴裕合上眼，許久才再度睜開。「和儀。」

他很少叫她的封號，一般這麼叫的時候，便是有非常嚴肅的事情。

嚴瑤安登時挺直了腰板，目不轉睛地盯著他。「什麼？」

馬車行走在寬敞的道路上，車軲轆發出沈悶的響聲，車廂裡卻很平穩，感覺不到一點顛簸。沈默良久，嚴裕才緩緩道：「我要娶謝蓁。」

嚴瑤安以為自己聽錯了，下巴掉到腳底下，結結巴巴地又問了一遍。「你，你說什麼？」

他沒有重複，而是直接說：「我回宮後便會求父皇賜婚，若是他不答應，妳便替我說幾句話。」嚴屹愛慘了惠妃，於是對他們兩個也格外疼愛。如果一個人去說沒有用，那麼兩個加在一塊兒，終歸是能把他說服的。

嚴瑤安驚愕地說不出話。「你……為什麼要娶阿蓁？」

從來沒聽他說起過謝蓁，而且每次面對謝蓁也都不冷不熱的，今天不是他們重逢後第一次見面嗎？怎麼就要成親了？二哥怎麼辦？嚴瑤安還有一點理智，知道這事不那麼好辦。「二哥都跟皇后娘娘說好了，你橫插一腳，他會願意嗎？若是父皇已經把阿蓁許給他了怎麼辦？」

嚴裕烏瞳一沈，不是沒想過這種可能，如果真這樣……他不能想像謝蓁嫁給嚴韜是什麼場景，如果真有這麼一天，他大抵會成為瘋子，不顧一切也要把她奪過來。

思及此，嚴裕掀開布簾命令車夫快馬加鞭，速速趕回宮中。

昨日歡歌宴舞一整天，嚴屹今早退朝後便一直留在宣室殿內休息。

嚴裕聽老內侍說後，不由分說，掀開長袍便跪在殿外的丹陛上。他身軀挺得筆直，眉眼堅定，即便是跪著，也有種不卑不亢的味道。

老內侍嚇壞了，忙上去扶他。「殿下這是做什麼？您若是有急事，老奴進去通稟一聲便是，何必下跪呢？」

然而扶了半天，也沒成功把人扶起來。嚴裕此人頑固無比，一旦決定的事十頭牛都拉不回來，更別提一個老內侍了。他一動不動，直視前方。「不必告訴父皇，他何時醒，我便在這裡跪到何時。」

老內侍要愁壞了，哪裡像他說的這麼簡單。若是聖上睡醒發現最寶貝的兒子跪在外面，他們做下人的都不好過啊。

老內侍眼角都擠出褶子來，既著急又無奈。「您究竟為何要跪？也讓老奴好跟聖上交代一聲，地上石板涼，免得膝頭跪出病來。」

好說歹說說了半天，他還是不為所動，就像沒聽到老內侍說話似的。他不讓任何人叫醒聖上，鐵了心要一跪到底。

老內侍勸不動他，最後只好任由他去了，端著拂塵在簷下長吁短嘆。

這一跪便是兩個時辰，直至日落西山，薄暮冥冥，才聽下人說聖上醒了，老內侍片刻不敢耽誤，忙進去通稟。

嚴屹此刻剛起來，正在由宮婢伺候著穿衣，他到了不惑之年，鬢邊已有幾根華髮，然而他整個人看起來仍舊十分精神。一抬眼見俞公公進來，隨口一問：「朕不是讓你在外面等著？」

俞公公叫一聲聖上。「六殿下來了，已經在殿外跪了好幾個時辰。」

嚴屹皺了皺眉，不大理解。「為何不進來，跪在外面做什麼？」

俞公公哪裡知道原因，他問了嚴裕不下十次，但是他都不肯說。「奴才也不知……聖上還是親自去問吧。」

嚴屹穿戴完畢，這才舉步走出宣室殿，一眼便瞧見直挺挺跪在丹陛上的嚴裕。他登時豎起眉毛，讓人把他從地上扶起來。「這是什麼意思？你做錯了什麼，來跟朕認錯的不成？」

他不為所動，侍衛到底不敢真拿他怎麼樣，虛扶了兩下沒扶起來，反而被他呵斥了聲「退下」，侍衛為難地看向嚴屹。

嚴屹又問：「難道還要朕親自扶你起來嗎？」

嚴裕搖搖頭，唇瓣乾澀，聲音也有點沙啞低沈。「我出征前，父皇曾允諾過答應兒臣一件事……這話還作數嗎？」

哪承想他居然是為了這個，嚴屹既好氣又好笑。「當然作數，朕一言九鼎，還會賴你不成？」

嚴裕抿了下唇，跪得太久，兩條腿都麻木了，身子很沈重，頭腦卻很清醒，他說：「我有一件事，想求父皇同意。」

嚴屹不急著問他什麼事，反而饒有趣味地問：「你跪了這麼久，便是為了這件事？」

他也不覺得丟人，乾乾脆脆地點頭。「是。」

「說吧，何事？」

嚴裕垂眸，沒頭沒腦地來了句。「我要謝蓁。」

嚴屹一懵。「誰？」

嚴裕嚥了嚥唾沫，不知為何忽然有點緊張，喉嚨火燒一般生疼。「我要娶謝家五姑娘為妻，求父皇成全。」

嚴屹聽明白了，也有點樂，敢情跪了這半天就是想求自己賜婚？原本賜婚不是什麼麻煩事，他難得有中意的姑娘，當爹的應該儘量滿足才是，但是好巧不巧，前天太子剛跟嚴屹說了這事，也是定國公府家的五姑娘，搞得嚴屹非常好奇，這五姑娘究竟是何方神聖，能讓他兩個兒子都惦記上？

嚴屹遲遲沒有表態，嚴裕就一直跪在原地。

宣室殿底下，一干宮婢公公屏息凝神，不敢發出丁點聲音，生怕打擾了兩人的思緒。一時間風靜雲止，好半晌，嚴屹才叫他起來。「別跪著了，起來說話。」

嚴裕倒是想起來，可惜兩腿已經失去知覺，根本沒辦法移動分毫。侍衛從左右兩邊攙扶著他，才勉強把他從地上撈起來。

嚴屹好整以暇地問：「你為何要娶謝五姑娘？你認識人家？何時認識的？」

這明擺著是要逼他老實交代，他只得道：「幼時我住在青州，與她家是鄰居。」

嚴屹哦一聲，沒有懷疑他的話，只是沒想到中間還有這層關係。謝立青之前在青州擔任知府，他又在青州住了七、八年，這一切可真巧。

嚴屹心裡這樣想，表情卻很嚴肅。「你是不是從小就看上人家了？」

嚴裕頓了頓，別開視線，拒絕回答這個問題。

七、八年下來，這個兒子的性格嚴屹已經摸得十分清楚，口是心非、面冷心熱，典型的死要面子。就比如現在，明顯對人家姑娘很有好感，卻偏偏不肯承認。他要是直接承認，他就同意他了，說句實話有這麼難嗎？

嚴屹沒捨得為難他，負手在簷下踱了兩個來回。青梅竹馬，兩小無猜，委實是一對良配……就是謝蓁庶出的身分，嫁給嚴裕做皇妃……他看向嚴裕，問道：「先做側妃行嗎？」

嚴裕一點商量的餘地也沒有。「兒臣要娶她為妻。」說著又要跪下。

不是側妃，更不是妾。

嚴屹讓人攔住他，皺著眉頭思考了一會兒，語氣也嚴肅起來。「要朕答應你並非不行，只是你二哥前幾天也跟朕要了人，朕允諾他考慮幾天……你若執意要娶謝五姑娘，想好日後怎麼面對你二哥了嗎？」

嚴裕遲疑了下，緩緩點頭。「兒臣想好了。」

看來他是已經有主意了，嚴屹惆悵地嘆一口氣。「容朕再想想，你回去吧。」

一般嚴屹這麼說，便是同意的意思。嚴裕懂得見好就收，彎腰一拜。「多謝父皇。」

嚴屹又嘆一聲，終於知道兒子多了也未必是件好事。

不出幾日，賜婚的聖旨便下來了，俞公公跟禮部的人一塊兒來到定國公府，讓謝家二房的人前來領旨。

聖旨到的時候謝蓁正端著一碗酸棗湯坐在桐樹下，小口小口地啜飲。最近天越來越熱，即便只穿著薄薄的羅衫也無濟於事，她熱得蔫蔫的，開口讓兩旁手持團扇的丫鬟用力一點。

謝蕁一身的汗，躺在她旁邊的竹簟上翻來覆去地問：「阿姊看看我熟了嗎？」

謝蓁嚥下一口酸棗湯，摸摸她嫩藕似的胳膊，捏了捏。「快了，已經八分熟了。」

她翻個身，打算烤得更均勻一點。「那我再曬曬。」

謝蓁被她逗笑了，把手裡的酸棗湯送到她嘴邊。「妳打算烤熟了把自己吃掉嗎？」

謝蕁倒也不客氣，咕咚咕咚喝下去大半碗，噘著嘴說：「我不好吃。」末了吸吸鼻子，好奇地往謝蓁身上湊了湊。「阿姊，什麼味道？」

謝蓁被她弄得莫名，也跟著聞了聞。「什麼？」

她總算找到源頭，攔腰抱住謝蓁。「阿姊身上好香。」

天氣一熱，謝蓁身上的熏香就像從骨子裡蒸出來似的，隨著高溫蒸騰而出，旁人若是湊得近了，鼻子裡都是她的香味。往常不會這麼濃郁，或許今兒天實在熱得厲害，才讓謝蕁覺得稀罕。

本來就熱，兩人挨得這麼近謝蓁更是受不了。她一手舉著瓷碗，一手推搡謝蓁的腦袋，扁扁嘴故意嫌棄。「妳快起來……汗都蹭我身上了！」

謝蕁不聽，抱著她不撒手，兩人便在美人榻上鬧了起來，前院來人時，謝蓁正被謝蕁壓在身下討饒。謝蕁拿腦袋蹭她肩窩，她笑得一雙眼睛都彎了。「阿蕁，妳再這樣我要生氣了！」

可惜語氣太軟，又含著笑意，一點威懾力都沒有。

前院的老嬤嬤緊趕慢趕地過來，看到這一幕差點跪在地上。「我的兩個小祖宗，妳們怎麼還在鬧呢？聖旨都下來了！」

對面兩人霎時停住，謝蓁眼裡的笑意尚未來得及褪去，一時沒反應過來。「什麼聖旨？」

老嬤嬤讓人把她倆扶起來，又另外叫人去通知冷氏和謝立青，急得跺腳。「老奴也不清楚，您先跟老奴過去看看吧，宮裡的人送來了聖旨，可千萬不能怠慢！」

謝蓁慢慢收住笑意，從美人榻上坐起來，讓雙魚去拿一件蘇繡牡丹紋褙子披上。

不一會冷氏和謝立青從屋裡走出，神情凝重，領著她們和謝榮一起前往前院。一路上謝蓁都有些惴惴不安，不知是不是她想太多，總覺得這聖旨似乎跟她有關……她想起前陣子在萃英樓嚴裕曾經跟她說過的話，該不是皇上賜婚的聖旨吧？

如此一想，手腳都有些發軟。

來到前院，定國公和老夫人都已經到了，旁邊還站著大房、三房、四房的人。聽說皇上賜下聖旨，他們的眼神都透著古怪。

人齊以後，定國公領著他們跪下，俞公公往二房那邊看去一眼，打開聖旨，緩緩唸道：「謝五姑娘端莊賢淑、蕙心蘭質……特賜與六皇子嚴裕為妻，於十月初六完婚，一應事宜交由禮部打點。」

言訖，看了看地上呆住的眾人，咳嗽一聲。「謝五姑娘還不接旨？」

謝蓁腦袋空空如也，只能憑著本能上前，雙手接下聖旨。「臣女接旨……」

俞公公回去後，定國公府就跟炸開了鍋一樣，尤其老夫人和許氏臉上可謂精彩，青一陣白一陣，好半天都沒能說出話來。吳氏的表情也有些古怪，不過還是強撐著上前賀喜。「五姑娘好福氣……」其實她更想問的是——怎麼偏偏就是妳？以前也沒聽說六皇子的事，一點風頭都沒有，怎麼忽然就要娶妻了？還娶的是二房的女兒？

謝蓁也懵懵的，沒想到聖旨下來得這樣快，她以為起碼還有好長一段時間。嚴裕究竟用了什麼方法說服聖上的？她真的就要嫁給他了？

比她更錯愕的是冷氏和謝立青兩人，這毫無預兆的，閨女還沒養大怎麼就成別人的了……旁人對他們賀喜，他們自己都有些雲裡霧裡，不知該如何回應。

唯有定國公是真心為她感到高興，摸著鬍子笑得合不攏嘴。「我家羔羔有福氣，有福氣！」

謝蓁捧著聖旨不知所措，看向冷氏，迷茫地叫了一聲「阿娘」。

冷氏把她拉到跟前，勉強笑著回應了其他幾房的問話，先將他們打發走了。

臨走時謝瑩複雜地看了謝蓁一眼，嘴唇緊抿，嫉恨又不甘。

待人都離開後，冷氏才一本正經地問：「妳告訴阿娘，這是怎麼回事？」

謝蓁淚水在眼眶裡打轉，久久才道：「我見過六皇子了……」

一聽這話，連冷氏這樣冷靜的人都著急了，恨不得讓她一次交代清楚。「何時見過的？

你們說了什麼，跟皇上賜婚有什麼關係？」

謝蓁一想起那天在萃英樓的對話就無助得厲害，她明明誰都不想嫁，卻不得不答應嚴裕的提議。其實她既不想給太子當妾，也不想嫁給他當皇子妃，她只想在爹娘身邊多待幾年，然後嫁給一個門當戶對的人，從此過一輩子順心順意的小日子。

她想起這些，心裡泛起一陣陣委屈，雙手抱住冷氏，像小時候那樣往她懷裡拱了拱。「阿娘，六皇子是小玉哥哥。」

冷氏跟她當初的反應一樣，一下子沒想起是誰。「誰？」

她悶悶地重複。「李裕。」

這下冷氏想起來了，李裕就是當初鄰居李家的孩子，彼時李家無聲無息地走了，冷氏還當以後再也見不到了。目下聽謝蓁這麼說，不免錯愕。「他怎麼會是皇子？」

這些事情謝蓁也不知道，沒法解釋。「我問過他了，他不說。」

冷氏與謝立青對視一眼，從彼此眼裡看到了震驚。

謝蓁還掛在她身上胡思亂想，憂心忡忡地自言自語。「阿娘，我覺得他跟小時候比起來變了很多……對我更凶了，他那麼討厭我，為何還要娶我？」

冷氏摸摸她的頭，從最初的震撼中緩過來，得知對方是李裕後，心裡漸漸平靜下來。「你們從小就認識……如今多年不見，感情應該比以前好才是。」

「一點也不好。」他們每次見面，他都一副要吃了她的模樣，哪裡好了？一想到要跟他過一輩子，謝蓁就憂愁得很。她覺得自己得想一個法子，為日後的生活想一條後路。

宣讀聖旨的俞公公回到宮中，向嚴屹回稟了一下結果。「謝五姑娘已經接旨謝恩了。」

嚴屹坐在龍椅上，隨手翻閱了一下奏摺，偏頭問站在一旁的少年。「滿意了？」

這小子大清早就來書房等著，除了剛進來時說了句「我來看望父皇」，接下來幾個時辰一句話都沒有，誰不知道他是來等結果的！來看父皇？嚴屹哂笑一聲，傻子才會信呢！

嚴裕站在背光的地方，陽光從槅扇流瀉進來，照在他的下頷上，薄唇罕見地翹起一絲弧度，他很少笑，笑起來極其賞心悅目。可惜只那一瞬，便收了回去，很快恢復冷傲的一張臉。「多謝父皇。」

哼，臭小子！心裡不知高興成什麼樣了，還在這兒裝模作樣？嚴屹批閱完一張奏摺，睨他一眼。「改日跟禮部商量個時間，去定國公府下聘吧。朕看你也等不及了。」

嚴裕微滯。「是。」

過一會兒，嚴屹想起另外一件事，語重心長道：「順道再抽空去一趟太子府，你搶了你二哥的女人，總該給他一個說法。」他這個父皇夾在中間，也是很難做人的啊！

嚴裕靜默片刻，回答得不著邊際。「謝蓁不是他的女人。」

哦，說錯話了。嚴屹改口。「是是，是你的女人。」

他沒出聲，算是默認了。

「你在宮外的府邸八月底大約便能建成了，剩下一個月自己添置點東西，若是有什麼不會的便去請教皇后，需要什麼便跟朕說。免得到時候娶了媳婦兒，府裡參差不齊，讓旁人看了笑話。」嚴屹事事都考慮得周到，前頭幾位皇兄都是成親後才建府的，府裡有皇子妃幫忙操持著，再不濟還有母妃參謀，根本用不著當爹的操心。唯有他，沒娶媳婦，還沒有母妃，怎麼能讓人省心？

嚴裕一一應下。

一切都交代完後，嚴屹見他杵在邊上沒事幹，便揮揮手讓他退下了。

嚴裕沒有回清嘉宮，而是翻上馬背，往太子府的方向而去。

有一件事嚴屹說得很對，他得給嚴韜一個說法。聖旨是早上宣讀的，到這會兒，該知道的肯定都知道了。

確實，嚴韜是從梁寬口中得知的。他以為板上釘釘的事，沒想到中途居然會出變故，殺出一個程咬金來，別看他這個六弟平時一聲不響，做起事來倒是很有效率。

嚴韜坐在花梨木圈椅中，手裡拿著謝蓁親手繡的帕子，若有所思地看著，拇指慢慢地摩挲上面的紋路。

下人進來道：「殿下，六殿下來了。」

嚴韜彷彿一點也不驚訝，微垂著頭，琢磨不清情緒。「請進來。」

下人退下，不多時領著嚴裕來到堂屋。

嚴裕邁過門檻，一眼就看到他手裡繡著素馨花的帕子，眼眸一暗，停在原地叫了一聲「二哥。」

嚴韜抬眸一瞧，似乎才注意到他，比了個請坐的手勢。「六弟來了？坐下說話。」

嚴裕沒有坐，一動不動地站著，語出驚人。「二哥能把手裡的帕子給我嗎？」

嚴韜一愣，旋即沒好氣地笑了。這小子搶了他看上的人，如今還理直氣壯地站在他面前要帕子，臉怎麼這麼大？他把帕子塞回袖中，老神在在。「我晚上要靠著這塊帕子入睡，不能給你。」

嚴裕薄唇抿成一條線，看樣子不高興了。

嚴韜以為他是過來認錯的，沒想到居然是來要東西，看來他高估了這個六弟，以他的腦子，估計根本不知道「認錯」兩個字怎麼寫！還沒娶妻就這麼善妒，日後若是娶了媳婦，每天還不一缸醋喝死他？

思及此，嚴韜反而豁達了，姿態輕鬆地倚在背靠上。「今早賜下的聖旨，你不打算解釋解釋？」

他平靜地說：「我跟謝蓁比二哥認識得還早。」

嚴韜微微詫異，抬眸哦一聲。「有多早？」

他說：「我們五歲便認識了。」

竟這麼早！嚴韜沒想到中間還有這層淵源，平日沒見他跟謝蓁碰面過，還當他們從來不認識，他搶走謝蓁，不過是為了跟自己作對罷了。「怎麼從沒聽你提起過？」

嚴裕臉上閃過一絲不自在，以前不提，是因為那是他埋在深處的記憶，一旦告訴別人，便不是他自己的了。現在不提，是不想讓旁人知道她是他的軟肋，以此抓住他的把柄。

他偏頭。「沒什麼值得一提的。我不喜歡接觸女人，二哥是知道的，只有她是我從小就認識的女人，我只能接受她。」

嚴韜以手支頤，靜靜地端詳他臉上的表情，許久輕輕一笑。「你的意思是，二哥必須把她讓給你嗎？」

嚴裕轉過頭，對上他的目光。「請二哥成全。」

「我不成全又能如何，聖旨已經下來了，我難道要抗旨嗎？」嚴韜唇邊浮起意味深長的笑，笑中帶著幾分無奈。「阿裕，你這是在打你二哥的臉。」

嚴裕站著，不發一語。他們原本是一對好兄弟，恐怕從這件事開始便會產生隔閡了。嚴韜其實待他很不錯，這些年教會了他許多，讓他能咬著牙撐到今日。可惜他們不是一路人，就算沒有謝蓁，也終究會走向分歧。

靜了許久，嚴裕才說：「其實當年，我很感激二哥。」

嚴韜詫異地挑起眉毛，饒有興致。「此話怎講？」

他回憶起當年，表情才有些柔和。「當初在普寧寺上香，我和謝蓁被人劫持，是二哥最後放了我們，對嗎？」

嚴韜低低一笑。「你何時知道的？」

他說：「剛一入宮，便猜出來了。」

他記憶力不算差，彼時他六、七歲，前後不過相隔半年時間，還不至於忘記。雖然嚴韜當時穿著一身黑衣、又蒙著臉，但人身上的一些特質是不會改變的。嚴裕猜出來後，才會在眾多皇子中獨獨親近嚴韜一個，與他謀事、為他效忠。

嚴韜回味了一下他剛才的話，恍然大悟。「當初護在你跟前的小姑娘便是謝蓁？」

他一愣，點頭說是。那個傍晚他這一生都難以忘記，謝蓁小小的身軀擋在他跟前，抖得比他還厲害，但是就像保護幼崽的小母雞，一臉的堅決與勇敢。他到現在都想不明白，她哪來這麼大的勇氣？那麼小一隻，不是該讓他保護她嗎？

每每想起，那天利刃穿透皮膚的痛覺就彷彿重播了一次，記憶猶新。

嚴韜恍悟。「難怪你要娶她。」少頃看了看仍舊站著的嚴裕，不如趁著這次機會把話說開了。「此事我可以不與你計較，你還有什麼要同我說的？」

嚴裕知道他想聽什麼，猶豫了一下，然後說：「我會助二哥完成大業。」

如今二皇子雖已被立為儲君，但背後仍有大皇子和三皇子虎視眈眈。三皇子不足為懼，大皇子卻如同潛伏多年的野獸，不容小覷。嚴裕深得嚴屹重視，他這句話也算給嚴韜吃了顆定心丸，搶女人這件事，暫且可以不計較了。

嚴裕離開太子府後原本想去定國公府一趟，然而早上才下聖旨，他現在就過去似乎顯得很迫不及待？最後騎馬在定國公府外面的街道繞了兩個來回，傍晚才慢悠悠地回到宮中。

禮部的人定下了提親的日子，就在下個月初一。嚴屹早已下了聖旨，提親這事就像走個過場，但宮裡的人還是忙得樂此不疲。一是因為皇上親自賜的婚，二是因為從來不與女人親近的六皇子要娶妻了，大家都迫不及待地想知道對方是個什麼樣的姑娘，能把他拉下神壇，成為芸芸眾生其中一位。

初一這一日，六皇子騎著高頭駿馬，身後領著禮部幾個官員往定國公府的方向而去。

定國公和定國公夫人早已在正堂候著，下方還有冷氏、謝立青兩人，個個正襟危坐，怕有絲毫怠慢。嚴裕到時，剛過辰時。

定國公夫妻和謝立青兩口子站在門口迎接，便瞧著眾人簇擁著嚴裕從鶴鹿同春影壁後面走出來，忙擠出笑意，惕惕然行禮，把人往裡面請。

嚴裕穿著一身靛藍繡暗金寶相花紋長袍，比平時更多了幾分器宇軒昂。他眉目英朗，端看模樣真是一等一的良婿，就是眼神裡總有股冷傲，讓人一對上他的視線就心頭犯怵。

定國公把他請到上位，他倒也沒客氣，直接坐下去了。

提親這事用不著他開口，一般都是禮部的人在邊上說話，他只管著聽就是。無非是說他和謝蓁怎麼般配、怎麼郎才女貌，天作之合……他聽見這些話也不嫌煩，每個字都聽進耳朵裡，認真得很。

總算把場面話說完後，接下來便是商量下聘和成親的相關事宜，他偶爾插上一、兩句，不如表面上看起來那麼不好相處。

一應事宜商量完畢，還未到午時，禮部大臣準備開口說回宮，嚴裕卻忽然對定國公道：「讓我見見謝蓁。」

定國公愣了愣。「這……」

那邊冷氏幫忙答道：「殿下見諒，依照禮節，成親之前小女都不能跟您見面。」

他不走，其他官員也不能走，在旁邊站著試圖勸他，他卻吃了秤砣鐵了心。「我只跟她說兩句話，用不了多少時間。」

禮部的人趕著回去跟嚴屹彙報情況，便幫著嚴裕一塊兒勸說定國公，最後定國公扛不住，便讓人去後院把謝蓁叫來，說道：「請殿下長話短說。」

冷氏在邊上皺緊了眉頭，她還是不贊同。她認為姑娘家就該矜持一些，成親前讓對方見不著面，成親後他才會百般珍惜。

這門親事來得突然，她一開始沒做好準備，目下接受之後，冷靜下來便要好好為閨女的以後考慮。嚴裕這孩子小時候還不錯，就是不知道過去這麼多年，他的品行有沒有變化……

不多時丫鬟領著謝蓁從後院走來，謝蓁穿著白綾短衫和織金瓔珞裙襴馬面裙，打扮得很清涼，看樣子是一點防備都沒有，毫無預兆地就被叫來了。她邁過門檻，一抬眼就看到了正中央坐著的嚴裕，抿了抿唇，挨個叫一遍眾人，就是沒跟嚴裕打招呼。

不是故意不搭理他，而是不知該如何稱呼。

現在他的身分是六皇子，可在她心裡，他還是小時候那個不愛搭理人的小玉哥哥。難道要跟他行禮嗎？可他以後又會是她的丈夫。她掙扎好一番，於是錯過了最佳時機。

老夫人正要斥她不懂規矩，那邊嚴裕卻對眾人道：「你們都下去，我有話想單獨對她說。」

禮部帶頭走出堂屋，冷氏和謝立青不放心，走前多看了謝蓁兩眼。謝蓁眼巴巴地看著爹娘全出去了，屋裡只剩下她和嚴裕兩個人，她慢吞吞地收回視線，對上嚴裕的雙眼，憋了半天，憋出一句。「你要對我說什麼？」

她站得遠遠的，明明就在一個房間裡，卻好像隔著萬水千山。

嚴裕放在雲紋扶手上的手緊了緊，對她說：「妳站近一點。」

謝蓁頭搖得像撥浪鼓。「為什麼，站在這裡不能說話嗎？」

他拉下臉，站那麼遠怎麼說話？

兩人僵持許久，屋裡靜悄悄。謝蓁始終站在幾步之外，睜著水潤大眼，沒有要靠近的意思。嚴裕等得不耐煩，原本就沒多少時間，可不能都浪費在這上。他看向謝蓁。「妳究竟過不過來？」

謝蓁一點也不清楚他在想什麼，仍舊搖了搖頭。「你說吧，我在這兒聽得見。」

誰管她聽不聽得見？她站得那麼遠，是怕他吃了她嗎？嚴裕握了握扶手，霍地站起來走到她跟前，不由分說地抓住她的手，把她往旁邊的八仙椅上一帶。「坐。」

說完，這才感覺到掌心裡柔若無骨的小手，他不受控制地輕輕一捏，她就往後縮了縮。他這才發現她不僅人比他小，就連手都小了，這麼多年她都沒長嗎？怎麼哪兒都這麼小一點？

沒握多久，最終還是鬆開了。他坐在旁邊的八仙椅上，看向門口的碧紗櫥。「妳日後不要再接近太子。」

謝蓁跟著他坐下，默默地往椅子另一邊挪了挪，聽話地點點頭。「嗯。」

這點她沒什麼異議，她也不想跟太子有過多的接觸，尤其一想到自己還給他繡過帕子，便說不出的彆扭。她只希望以後都不要見面，各自過各自的生活就行了。

嚴裕的表情緩和了些，他咳嗽一聲，偏頭又說：「再有兩個月我在北寧街的府邸便建好了，妳若是有什麼想添置的東西便跟我說，我讓人去準備。」說罷自己想了下，補充一句。「到時我帶妳去看看，府裡的一切可以根據妳的心意佈置。」

謝蓁似乎沒什麼興趣，輕輕地哦了一聲。

二人便再無話，又是一陣寂靜。嚴裕抿了下唇，倏然扭頭看她。「妳就沒什麼要求？」

謝蓁被問住了，她一時半會兒還真沒什麼想法。不過既然他問了，她便要回答一下表示誠意，於是歪著腦袋認真想了想。「我的床能不能放在朝陽的地方？我早上起床喜歡看到陽光。」

嚴裕在心裡記下來。「可以。」旋即她的下一句話便將他的好心情破壞殆盡。「府裡房間多嗎？我睡側室還是哪裡？」

嚴裕差點跳起來，忽然間變得怒氣沖沖，暴躁地問：「妳要睡側室？」

謝蓁被他毫無預兆的變臉嚇住，往椅背後面仰了仰，儘量與他保持距離。「不睡側室……那我睡別的房間？」她根本不知道他突然發什麼瘋，說得好好的，怎麼忽然就生氣了？

嚴裕薄唇緊抿，下巴緊繃，從嘴裡一個字一個字地迸出。「妳要跟我分房睡？」

謝蓁愣了下，難道她想得不對嗎？從一開始她就以為他們成親只是個形式，她是為了躲避太子的糾纏，他則是因為沒有意中人才找她湊合的，既然他們都不待見對方，為何要勉強自己同榻而眠？謝蓁安靜片刻。「不是你說不會碰我的嗎？」

嚴裕猛地僵在原地，臉上的表情有一瞬間的抽搐，他的怒氣漸漸消下去，大抵體會到了搬起石頭砸自己腳的滋味。他偃旗息鼓，有些不甘地看向謝蓁。「誰說睡一張床我就會碰妳？我們若是分房睡，傳出去不是讓人笑話嗎？」

謝蓁想了一下，覺得他說得有道理，這樣一來不僅讓人看笑話，還會給定國公府帶去麻煩。她看得開，妥協道：「那我睡在側室吧，反正是在一間房裡，就算傳也不會傳得太過分。」

總之她是鐵了心不跟他睡一塊兒就是了？嚴裕認清這個現實，頭頂就像籠罩了一層烏雲，又陰又沈。

然而說出去的話不能收回，他還在這邊懊悔，謝蓁就在那邊問：「你不說話，是答應了？」

他咬牙切齒。「我睡側室，妳睡內室。」

謝蓁有點詫異，很快答應下來。「好。」

於是這事就這麼定了，嚴裕準備離開，省得她再說出什麼話激怒他，到那時不知他還忍不忍得住。可惜沒走兩步，便被謝蓁從後面扯住衣袖，力氣很小，帶著些許遲疑。

他定住，回頭沒好氣地問：「還有什麼事？」

謝蓁抬起水光瀲灩的眸子，細白的牙齒輕輕咬住粉唇，赧然問：「你能不能答應我幾個條件？」

嚴裕一聽就知道不是什麼好事，想都沒想。「不能。」說罷逴身繼續往外走。

沒走兩步，走不動了，他低頭看著袖子上那隻白嫩的小手，循著往後看去——謝蓁不知何時從八仙椅上坐起來，一臉希冀地瞅著他，那目光跟小鹿一樣，瞅得他有點心軟。他問道：「怎麼了？」

謝蓁眨眨眼。「你上次說自己沒有意中人，迫不得已才娶我的對嗎？」

他一愣。「對。」

她又問：「那你有了意中人之後，能放我走嗎？」

嚴裕眼神一凜，脫口而出。「不能。」

話剛說完，對上她可憐巴巴的視線，他只好話風一轉。「再說吧。」反正也不會有那個人的存在。

謝蓁很沒安全感，怕自己一走進他的地盤就被他吃得連骨頭都不剩，到那時退無可退，自己未免太可憐。「我想每個月都回家一趟。」

這個要求還好答應一點，他每月陪她一起回來就是了，嚴裕頷首。「可以。」

她又說：「以後不管你多生氣，都不能打我……也不能對我大吼大叫。」

他什麼時候打過她？什麼時候對她大吼大叫了？嚴裕一口氣梗在嗓子眼差點沒上來。「好。」

「你說過不碰我的。」她還是不放心。

嚴裕抿唇，許久才乾巴巴地嗯一聲。

「我不干涉你的生活，你以後也別干涉我，行嗎？」

他一張臉都黑了。「妳想在外面找男人？」

謝蓁臉一紅，莫名其妙地嗔了他一眼。「你想到哪裡去了！」

他輕輕一哼，她那句話不就是那個意思嗎？她想得美！只要她嫁給他一天，就是他的女人，無論他們有沒有圓房，都沒法改變這個不爭的事實。「這條不行。」末了一頓，扭頭道：「夫妻生活，哪有不互相干涉的？妳嫁給我，便是對我的干涉。」

這是什麼歪理？偏偏謝蓁還沒法反駁！她噘起嘴。「哦。」

嚴裕問：「還有別的要求嗎？」

她說：「沒了，等我以後想到再告訴你。」

嚴裕拂了拂袖，早就被她氣得沒脾氣了，冷聲說：「那我走了。」

謝蓁站在原地，目送他離去。「那你走吧。」

他走到門口忽然停住，轉頭看她。她雙手負在身後，臉上總算露出盈盈笑意，她穿著鵝黃羅衫，一襲碧紗裙，像一束刺透綃紗的陽光，散發著融融暖意。那一瞬間，嚴裕很想上前抱抱她。

他想到這，俊臉微不可察地紅了紅，為了掩飾自己的失常，故意壓低嗓音。「妳就不能過來送我？」

謝蓁笑意漸消，不知所措地上前。「怎麼送啊？」

院外站著爹娘和祖父、祖母，她若是出去送他，肯定會被數落不夠矜持。她為難地看向他，發現他的臉有點紅。「你怎麼了？」

嚴裕偏頭。「天太熱，曬的。」

她沒懷疑，卻忘了這句對話太過熟悉，小時候他們趴在牆頭，他也是這麼回答的。

她站在門口醞釀半天，選了個比較委婉的方式。「這會兒還不到晌午，你若是不走，晌午的太陽更熱。」

嚴裕毫不留情地拆穿。「妳就這麼巴不得我走？」

她抬頭，又長又翹的睫毛忽閃忽閃，眨得他心裡發癢。真想現在就把她帶走，以後她只能讓他一個人看。

謝蓁搖頭不迭，還算聰明。「你若是不走，留下來用午飯也行。」

誰在乎她那一頓午飯？嚴裕幾番張口，想叫她的名字，讓她抱他一下，可惜最後都拉不下臉。他踅身邁出門檻，這回走得乾脆，連頭都沒回。「妳回去吧。」

謝蓁目送他走遠，許久才叫來雙魚、雙雁，緩緩走回玉堂院。

謝蕁在院裡等候許久，見她回來，憂心忡忡地撲上來，一連聲詢問。「阿姊，你們說了什麼？六皇子有沒有為難妳？」

謝蓁說沒有，帶她一起走回屋裡。「他說自己在外面建了府邸，問我有沒有什麼要求。」

謝蕁聽後，才誇張地鬆一口氣。自從她知道嚴裕就是六皇子後，一直擔心阿姊嫁過去會受欺負。而且她跟謝榮都不大滿意這門親事，畢竟嚴裕小時候的表現實在不好……但是聖旨難違，他們就算再不滿也不能反抗。

嚴裕離開定國公府後，沒有回宮，直接去了北寧街的六皇子府。

府邸尚未建成，只建好了大致輪廓和一扇朱漆大門，門口兩座石獅威風凜凜。他翻身下馬，將鞭子交給門口的下人。「帶我進去看看。」

下人惕惕然接過鞭子，領著他往裡面走。「殿下請。」

他步伐寬闊，一邊走一邊問：「建得如何？」

下人答道：「堂屋和正房已經蓋得差不多，還剩下幾個小院子正在日夜趕工，管事一切都是按照殿下吩咐佈置的。春花塢到了竣工階段，殿下要隨小人去看看嗎？」

他顧不得去看，開門見山。「先帶我去正房看看。」

下人應是，快步走在前頭，領著他過去。

正房修建得雅觀精緻，雕樑畫棟，一看便是花費不少心思的。嚴裕看一眼外觀，還算滿意，然後直接往屋裡走。「內室和側室在哪兒？」

下人丈二金剛摸不著頭腦，依言引路。「殿下隨小人來。」

房屋剛建好，屋裡空空如也，只有花白的牆壁和孤零零的窗牖。走過花鳥落地罩，下人指著裡面道：「這是內室。」說罷領著他走出去內室，從另一道門走進去，是一個小房間。「殿下，這是側室。」

他觀察了一下佈局，發現內室與側室之間只隔著一道牆，於是語無波瀾道：「把這兩個房間打通，裝一扇門。」

第十二章

親事定下之後，便要開始準備嫁衣、嫁妝等東西。

做嫁衣之前要先量尺寸，謝蓁量完以後，才發覺自己比來京城之前長高了一點點。她高興得不行，在屋裡蹦蹦跳跳，鬱悶的心情一掃而空。「誰說我不長了，我還在長個兒呢！」

別的地方還沒量好，冷氏讓她消停一點。「瞧妳高興的，都要嫁人了，還這麼毛毛躁躁。」

一提起嫁人，她就整個人蔫下來，扁扁嘴控訴。「阿娘就不能說我點好的。」

冷氏讓雙鸝和雙鷺左右按住她，錦繡坊的掌櫃親自給她量胸口和腰肢的尺寸，看著胸前鼓鼓的衣料，她有點羞赧，總算肯老實了。量到腰的時候，軟尺往她腰上一纏，勒出一個小小的圈，錦繡坊掌櫃瞅一眼尺寸，禁不住稱讚道：「五姑娘這腰，真細。」

掌櫃給她量尺寸時就注意到了，她每一處都纖細勻稱，恰到好處，顧慮到這位是大家閨秀，有句話憋在心裡沒說，那就是「天生尤物」，男人碰到這身子還不骨頭都酥了？

謝蓁自己倒沒在意過，她用手量了量，舉到面前一看，覺得沒掌櫃說得這麼誇張。她最近心情鬱悶，吃得比以前少，當然會細了，還不是這門親事鬧的！

身上各處量完以後已是一個時辰後的事，謝蓁疲憊地倒在一旁的貴妃榻上，閉著眼睛瞇了一會兒。外面天熱，她懶得出去，索性就在屋裡納涼。

謝蕁大概知道這幾個月是最後跟阿姊相處的日子，幾乎每天都來她房裡纏她，不是跟她一起閒聊便是一起繡花，從未有過的乖巧聽話，甚至把自己私藏許久的果脯拿出來分她一半。「阿姊我晚上跟妳睡好嗎？」

她們小時候是睡一張床的，自從謝蓁十歲以後便開始分床睡了。謝蕁很想趁她走之前跟她多親近親近，一想到以後阿姊就是別人的了，更加捨不得她嫁人。

謝蓁咬著冬瓜果脯，痛快地說：「好啊。」

在以前她肯定是不同意的，天那麼熱，兩個人挨在一塊兒又黏又膩，晚上還怎麼睡覺？但她跟謝蕁想得一樣，都知道相處的時間不多了，妹妹想跟她一起睡，她當然不會拒絕。

謝蕁高興極了，起身就要回屋拿枕頭。「阿姊等我哦！」

謝蓁捧著臉，笑咪咪地提醒：「記得多拿兩把扇子！」

其實她屋裡也有這些東西，不過既然謝蕁樂意，那她就不會阻攔。

桌上擺著謝蕁送來的小點心，有冬瓜果脯、蜜棗果脯和烏梅果脯等……謝蓁以前都不知道這個愛吃鬼居然偷偷藏了這麼多點心！虧她以前一有好吃的就跟她一塊兒分享，謝蓁憤憤地想，她一定要把這些東西吃完才能平衡。

正往嘴裡送一顆烏梅，門口忽然傳來動靜，她以為是謝蕁，張口就道：「找到扇子了嗎？」

門口沒聲音，她抬頭看去，才發現謝瑩站在門口，略帶笑意。「五妹，是我。」

平時無事謝瑩絕對不會來玉堂院，當然，就算有事她也不會來。

所以她出現在這裡，謝蓁還是有些詫異的，她咬著果脯問：「三姊姊怎麼有空到這兒來？」

謝瑩款步輕移，走到她跟前坐下，掀唇一笑。「以前不常來，是因為委實沒空。妳知道我要學功課和女紅，還要跟著先生學箏，自打妳和二嬸從青州回來，便一直抽不出時間過來。」

謝蓁眨眨眼，哦一聲，出於禮節把蜜棗往她面前推了推。「三姊姊吃嗎？那妳今天過來，想必是有很重要的事吧？」

謝瑩看看碟子裡的蜜餞，她為了保持身形，已經許久都不吃甜食。「不了……我不愛吃。」

謝蓁也不勉強，讓雙魚去端兩杯酸棗汁來，是用冰鎮過的，誰知道謝瑩嫌味道太甜，仍是不肯喝，於是謝蓁就不再管她了，端坐在位子上自己吃自己的，等她開口。

謝瑩笑得有些勉強，她以前對待謝蓁都是頤指氣使、驕傲自信的，從來沒有這樣和顏悅色過。「五妹是咱們國公府第一個飛出的金鳳凰……」

居然在誇自己？謝蓁彆扭得很，坐在墊子上扭了扭，心想她還不如對自己刻薄一點呢！

謝蓁很惶恐。「三姊不要這樣說……」

難道是先禮後兵？猶記得聖旨剛下來的時候，謝瑩看她的眼神恨不得把她撕了，怎麼短短幾天就變了個人？

謝瑩沒理會她的話，繼續道：「妳嫁給六皇子後，便是享不盡的榮華富貴，地位更是一躍千丈。日後六皇子再在聖上面前替二叔美言幾句，賞個一官半職，那你們一家後半輩子可就風光無限、衣食無憂了。」

謝蓁不大喜歡她這麼說，好像自己嫁給嚴裕就是為了得到這些好處似的。於是她抿抿唇，沒有回應這句話。

謝瑩是個聰明人，看出她的不快，沒再囉嗦這個話題，又開始稱讚起嚴裕的好處。「六皇子英勇無畏，上陣殺敵，堪稱少年英雄……又英姿勃發、俊朗無儔，五妹嫁給他，真是好福分……」

謝蓁聽了老半天，也沒聽出她的重點，托腮慢吞吞地問：「難道三姊姊也中意六皇子？」

謝瑩連連擺手，示意自己並非對六皇子有好感。「五妹別誤會，我不過感嘆一、兩句罷了。」

謝蓁恍悟地點了下頭。「那三姊姊找我，只是為了說這個嗎？」

謝瑩說不是，總算開始切入正題，問起心中最困惑的問題：「妳與六皇子，莫非有什麼淵源不成……聖上為何要將妳許給他？」

謝蓁眨眨眼。「我們就幾面之緣。」

她沒撒謊，來到京城後她確實只跟嚴裕見過幾面，只是這幾面就定了終身而已。

謝瑩顯然不信，目光不經意落到她的臉上，又覺得並非沒可能……大部分男人大概都會被這張臉吸引吧。她重新堆起笑，語氣很親切。「無論怎麼說，五妹以後都是皇室的人了……可千萬不能忘了我們這些家中姊妹。」

到這裡，謝蓁總算聽明白了，這是暗示她幫她牽橋搭線，做第二隻飛上枝頭的金鳳凰呢！

謝蓁有點想笑，好在忍住了。「三姊姊別擔心，我怎麼會忘記妳們？即便我嫁人之後，也會時常回來看妳們的。」

謝瑩根本不是這個意思，苦於不好明說，暗地裡著急。「經常回來多麻煩，妳若是想我們，可以隨時在府裡辦個家宴，多叫幾人，大家夥兒在一塊兒聚聚。」

這麼明顯的暗示，謝蓁怎麼會聽不懂，她是故意裝聽不懂罷了。在府裡設宴又叫上她們，說不定還會遇上跟嚴裕交好的王孫貴胄，一來二去，自己不就做了紅娘嗎？她嘆一口氣，總算知道謝瑩是為何而來。她明面上不好拒絕，便敷衍下來。「三姊姊說得是，不過此事我不能作主，得跟六皇子商量一下。」

謝瑩目露失望，臉上勉強維持著一抹笑。「五妹說得是，那等妳嫁過去後，再同殿下商量吧。」

說罷坐了一會兒，實在找不到話題，謝瑩起身告辭，一轉身正好覷到落地罩下站著的謝蕁。

謝瑩嚇一跳，叫一聲「七妹」，繞過她走了。

謝蕁一手抱著枕頭，一手抓著兩把團扇，飛快地跑到謝蓁面前。「阿姊，三姊姊來跟妳說什麼？」

謝蓁見窗外謝瑩已經走遠，才輕輕一笑道：「來用自己的矛，刺自己的盾。」

半個月後，禮部帶著人到定國公府下聘。

聘禮流水一樣，足足抬了小半個時辰，府外圍觀的百姓悄悄數了數，足足有一百零八抬，皇室的派頭就是不一樣，看呆了眾人，直嘆國公府五姑娘有福氣。

定國公讓管事帶人從後門進去，送入庫房，把聘禮都記下來，傍晚時再清點。

到了傍晚，一箱箱清點裡面的東西時，簡直要被晃花眼。珠釧首飾、珍珠瑪瑙，還有珍稀古玩、綾羅綢緞……每一樣都是精品，就連定國公這種見慣大風大浪的人也免不了感慨。「聖上真是下足了血本。」可見對六皇子的寵愛程度。

謝蓁沒看到那場面，但是聽下人口口相傳，第一個想的不是東西多珍貴，而是那些東西能記在二房帳上嗎？不管怎麼說，那是她賣身得來的金銀珠寶啊！

後來沒顧得上多想，因為嫁衣已經縫製好了，她要在領口上親手繡一朵並蒂蓮。她繡活不好，為此連繡了好幾個夜晚才勉強繡得像模像樣。

繡完以後試了試，大小都很合適，她便讓丫鬟收起來，等到成親那天再穿。

時間過得飛快，轉眼過了溽暑，轉入秋季。

六皇子府已經處於竣工階段，大小院子都修建完畢，後院有一座不小的湖泊，湖心建了一座八角涼亭，九曲橋蜿蜿蜒蜒向湖岸伸展，岸邊栽有兩排柳樹和一排楊樹，樹葉枯黃，搖搖欲墜。後院旁邊是一個月洞門，門內有一條鵝卵石小徑，往深處走去，抬頭一看，在梧桐樹葉子的遮蓋下隱約能看見院子的匾額——春花塢。

這是嚴裕特意吩咐管事留出來的小院子，裡面的擺設跟謝家在青州的春花塢相同。謝立青給謝蓁和謝蕁單獨開闢出一個小院子，裡面擺設成她們最喜歡的樣子，有花藤秋千，還有拱橋溪水。

嚴裕憑著僅剩的印象讓人建出一模一樣的庭院來。

他走到院裡看了看，花架上的紫藤花已經敗了，秋千從兩座變成一座，其他地方都跟以前一樣，一恍惚，還以為自己仍舊身在青州。

他站在拱橋上俯瞰池塘裡的鯉魚，忽然想起什麼，對管事道：「再去弄兩隻烏龜來，放在池子裡。」

管事沒多想，以為他自己喜歡，便把這事記了下來。其實並非嚴裕喜歡，他只是想起謝蓁的大千歲和小千歲，想討她歡心才這麼做的。

除了春花塢，別的地方也都建得極好。尤其正房的側室和內室之間按照嚴裕的吩咐裝了一扇碧紗櫥，連鎖都沒有，只要有心，隨時可以出入。

嚴裕看過以後很滿意，再放上床榻衣櫃，這便像一個家了。

管事請了十來名木匠，每日在一個小院子裡做家具，桌椅板凳、床榻條案，短短一個月便已全部完工。他們不僅做事迅速，而且做工精緻，管事領著人挨著看了一遍，竟是一點瑕疵都沒發現。管事給木匠們結清工錢，便把這些家具分別抬往各個院落，逐一擺放周整。

剩下的便是一些細枝末節，原本這些由管事親自操持就行了，但是嚴裕每天都會抽出時間過來一趟，看看哪裡需要完善，再提出一點意見。他對待這些比管事還上心，就連床幃的顏色都是自己親自挑的……管事起初很震驚，後來漸漸習慣，也就隨他去了。

新房佈置得比其他地方都精緻，入門便是兩張黃花梨木玫瑰椅和一張方桌，條案上放著白釉花瓶和松樹盆栽，條案兩旁是青花瓷大花瓶。再往裡走，是一扇百寶嵌花鳥紋曲屏，內室放著一個雕花亮格櫃，櫃子旁邊是梳妝檯，另一邊放著一張黃花梨架子床，床上垂掛帷幔，上面鋪著一層大紅繡年年有魚圖案的被褥，是屋裡最喜慶的地方。

管事領著嚴裕裡裡外外看了一遍。「殿下還滿意嗎？」

嚴裕頷首。「就這樣了。」

剩下的只需把這裡佈置成喜房的模樣，準備大婚就行了。

管事要去街上添置些玉器，放在屋裡做擺設。正好嚴裕今日得空，便跟他一起出門。

玉器坊距離北寧街有一段路，馬車走了小半個時辰。

男人買東西效率很快，嚴裕和管事只用了一刻鐘便挑選了好幾種瓷器，付完帳後抬上自家的馬車，準備回府。

嚴裕騎在馬上，視線不經意一轉，看到不遠處從琳琅館走出來的兩個姊妹花。雖然兩人都戴著帷帽，但他就是一眼認出其中一個是謝蓁。

他勒馬停下，往那邊看去。謝蓁和謝蕁走上馬車，她們似乎還不打算回家，往另一個方向而去。

那地方跟他回府的方向相反，管事見他久久不動，循著他的視線看去，發現什麼也沒有。「殿下，咱們回不回？」

「暫時不回。」他握緊韁繩，驅馬跟上，不動聲色地跟在謝家的馬車後面。

管事不大能理解他的舉動，但是主子都發話了，他們做下人的豈敢不從？只好駕著馬車也跟上去。

跟著走了一段路，嚴裕騎馬來到窗邊，剛想抬手敲車壁，聽到裡面的對話，又放了回去。

謝蓁在家悶了兩個月，冷氏不准她出府，讓她老老實實待嫁，學點規矩，但她哪裡閒得住，簡直快要悶出病了。今日好不容易說服冷氏出一趟門，她便帶著謝蕁和幾個丫鬟一同到街上走走逛逛。

方才去琳琅館，她給自己挑了一對金鑲玉燈籠耳墜，準備一會兒帶謝蕁去八寶齋吃點心。

八寶齋的點心遠近聞名，尤其棗泥拉糕做得精緻可口，不知饞壞了多少人。謝蕁也是那其中一位，她想吃很久了，如今總算有機會嚐嚐。

坐在馬車上，謝蕁在那兒掰著手指頭數來數去，謝蓁很奇怪。「妳在幹嗎？」

她嘟嘟囔囔地說：「我在數距離阿姊出嫁還剩下幾天。」

謝蓁倒在一邊的迎枕上，鼓起腮幫子道：「數好了嗎？」

「五十一天。」見謝蓁不說話，她就問：「阿姊，妳想嫁給六皇子嗎？」

謝蓁把腦袋埋進枕頭裡，甕聲甕氣地說：「不想又能怎麼樣，聖旨都下來了，這也不是我能決定的。」

說得也是，謝蕁歪著腦袋忽然道：「我覺得高洵哥哥也不錯，早知道這樣，阿姊還不如在青州就跟他訂親呢。他喜歡妳這麼多年，要是聽到妳嫁人的消息，一定會很難過的。」

經她提起，謝蓁才想起高洵，他們沒回京之前他便去參軍了，是以沒能通知他一聲，若是他知道後一定會責怪她吧？不知道他聽說自己要嫁人會是什麼反應？想起他那股執著勁，謝蓁沒來由地覺得愧疚，幸好他不知道，否則自己真不曉得該如何面對他。

謝蓁在想事情，沒有回應謝蕁的話，然而聽在不知情的人耳中便成了默認的意思。

嚴裕準備敲車壁的手緊握成拳，憤憤地想，原來他離開的這些年她一直跟高洵在一起。高洵那傢伙……從小就迷戀謝蓁，天天在他耳邊誇她是小仙女，沒想到長大了還是這麼膚淺！

他無聲地冷哼，咬咬牙，騎馬轉身離去。

日子一天天走過，天氣越來越冷，脫下夏衫，換上秋裝，很快便到了十月初三。定國公府上下張燈結綵，一派喜氣洋洋。放眼望去，到處都是紅色，謝蓁最近不知怎麼，一看到這個顏色就緊張，於是索性關在屋裡，閉門不出。

然而逃避是沒用了，轉眼到了初五晚上，明日就要嫁人，她卻好像什麼都沒準備好，一團糟糕，卻偏偏什麼都不想動，躺在貴妃榻上裝死。她一想到明天就要嫁到另一個地方，離開父母兄妹，便止不住的傷感，偷偷地把眼淚蹭在引枕上，還沒哭完，冷氏就從外面進來了。

天色已黑，院外月色迷濛，廊下幾盞燈籠被風吹得忽明忽暗。光從窗牖透進來，照在謝蓁身上，把她小小的身軀籠罩在一層朦朧的光暈裡，投在牆上，映出一個龐大的影子。

冷氏坐到她旁邊，把她扶起來，用絹帕拭了拭她紅紅的眼眶。「怎麼哭了？明日就是大婚的日子，若是腫著一雙眼睛，恐怕要被人笑話。」

她嗚嗚咽咽，再也顧不得許多，伏在她的肩頭放聲大哭。「我捨不得阿娘阿爹……也捨不得阿蕁和哥哥，我不想嫁人。」

冷氏聽得心酸，她和謝立青又如何捨得讓她嫁？然而到了這地步，退縮也沒有用。

她輕輕撫了撫她的頭頂，聲音比所有時候都溫柔。「傻姑娘，就算妳嫁了人，也是我和妳爹疼愛的羔羔。妳若是想家，隨時都能回來看我們。」

謝蓁聽不進去，她覺得是嚴裕拆散了她和家人，又哭又抱怨。「我討厭小玉哥哥，我小時候怎麼會喜歡他？」

冷氏聽罷，傷感一掃而空，好笑地道：「妳忘了嗎？妳小時候天天纏著他，一點也不知道疲憊，每天就想著找他玩。他跟李家搬走以後妳還難過了許久。」

她自己有印象，確實是有這回事，悶悶地說：「那是我不懂事……」

冷氏問：「那妳現在懂事了嗎？」

她說：「當然！」

冷氏把她扶正，敲了敲她的腦門，笑道：「那就別哭了，趕緊洗漱睡覺，明日還要嫁人。」

她蔫蔫地哦一聲，從榻上爬下來，讓雙魚、雙雁伺候更衣。

洗漱完畢，她一扭頭，發現冷氏還坐在貴妃榻上。「阿娘，您怎麼沒走？」

冷氏屏退一干丫鬟，把她叫到跟前，從袖筒裡掏出一本冊子，放到她手裡。「妳睡覺前隨手翻一翻。」

謝蓁莫名。「什麼呀？」

冷氏卻沒多解釋，摸摸她的頭頂，起身走出房間。

謝蓁很聽話，晚上睡覺時特意讓人留了一盞燈，她躺在床上，翻開冷氏給她的小冊子。一眼便看到馬背上的兩個人……

她被唾沫嗆住，趴在床上咳得面紅耳赤，忍不住好奇多看了一眼，然後飛快地合上冊子，藏在枕頭底下，再也沒敢翻開。

拜這本小冊子所賜，她夜裡睡夢中跑出來一匹馬，馬上馱著兩個人，一個是她，一個是嚴裕。她驚恐地睜開雙目，發現天已大亮，外面丫鬟忙碌地走來走去，每個人臉上都是喜色。

她今天就要嫁人了。

自從清晨醒來後，謝蓁便沒休息過。

一大早便被冷氏按在銅鏡前，先是沐浴，再是開臉。沐浴還好，泡在花瓣澡裡舒服愜意，但是開臉便不一樣了，要絞去臉上的絨毛，那可不是一般的疼。好在她臉上皮膚細膩，毛不多，婆子好不容易給她絞去兩根，她嗷一聲，疼得淚水在眼眶裡打轉。

冷氏按住她的肩膀，難免覺得好笑。「有這麼疼嗎？」

她嬌裡嬌氣。「疼……」

冷氏只好讓婆子下手輕點，誰知道婆子在她臉上找了半天，也沒找到其他的絨毛，收手道：「好了。」

謝蓁總算熬到頭，還以為自己能休息會兒了，誰知道還要梳頭更衣，塗脂抹粉。這一坐便是兩、三個時辰，其間她連動都不能動，等一切都打扮好後，她想站起來，卻發現自己渾身僵硬，不能動彈。末了可憐兮兮地喚一聲「阿娘」，讓冷氏把她扶起來。

換上大紅喜服，她這才有工夫端詳鏡子裡的姑娘。鏡子裡的她頭戴金絲冠，一副金頭面，身穿大紅妝花吉服，腰上環珮繁瑣，走起路來叮噹作響。順著通袖雲肩往上看，是一張略施粉黛的臉，大抵是平常沒有這般盛裝打扮過，猛地一看，竟有些不認識自己。

平常伺候她的丫鬟們也看呆了，一個個癡癡愣愣地張著嘴，不會說話。

謝蓁還沒看夠，冷氏便往她手裡送了個金寶瓶，讓她一路抱著去六皇子府。此時已過未時，再不久嚴裕便要帶人來迎親，她根本沒有歇息的時間。

謝蓁又累又睏，跟冷氏央求了很久，才在貴妃榻上瞇了一會兒，連午飯都沒顧得上吃。

吉時一到，外面便響起敲鑼打鼓聲，不等人叫，謝蓁猛然從睡夢中驚醒。她睜開迷迷糊糊的雙眼，往外面一看，居然忘了身在何方。「怎麼這麼吵？」

婆子叫一聲小祖宗，給她蓋上銷金蓋頭，忙揹起她往門口走去。

謝蓁哎一聲，終於反應過來這是要嫁了，她還沒來得及跟冷氏和謝蕁道一聲別。在門口抓住謝蕁的手。「阿蕁……」

謝蕁亦步亦趨地跟著她，萬分不捨。「阿姊要常回來看我……」

她點頭說：「一定，一定！」

婆子揹著她來到門口，門外早已停滿了迎親的隊伍。嚴裕騎著高頭駿馬站在最前方，穿大紅圓領袍，簪花披紅，眉目英朗，器宇軒昂。自從謝蓁出來後，他的目光便落在謝蓁身上，等婆子把她放入花藤大轎中，正要起轎，她的手卻緊緊握住冷氏的手，捨不得鬆開。

這一幕看在外人眼裡極其正常，畢竟是要嫁人的姑娘，哪個不是對娘家依依不捨？

可是看在嚴裕眼裡，便是別有一番滋味。

謝蓁握著冷氏久久不肯鬆開，大紅喜服下一雙嫩白的手緊緊地抓著冷氏的袖子，頗有點可憐兮兮的味道。最後是婆子擔心誤了吉時，才強行分開母女倆的手，把她送上花轎。丹鳳朝陽蓋子一放，立即起轎。

謝蓁坐在轎子裡，想掀開窗簾最後看阿爹阿娘一眼，可惜婆子死死地捂住簾子，不讓她掀開。婆子也納悶，當了這麼多年喜婆，還沒見過哪家的姑娘這麼戀家的。

嫁給六皇子不是該闔家歡歡喜喜嗎……怎麼這一家，爹娘的表情都很惆悵？

迎親的隊伍一路吹吹打打，鑼鼓喧天，震得花藤大轎裡的謝蓁耳朵嗡嗡作響。

她懷裡抱著個金寶瓶，冷氏囑咐她千萬不能碰碎了，於是她就牢牢地抱住，身板挺得筆直，動都沒敢動一下。街上應該有許多人，可惜她的視線被銷金蓋頭擋住了，什麼都看不清，只能聽到周圍此起彼伏的喧鬧聲，還有孩童的呼聲，一路伴著她來到六皇子府門口。

花轎輕輕落地，她的心跟著咯噔一下。

嚴裕翻下馬背，接過僕從手裡的箭矢，拉弓對準，一舉射中花轎門頭，眾人齊聲呼好。

喜婆把謝蓁從花轎裡扶下來，遞給她一條大紅綢帶。她剛握在手裡，婆子便把另一端遞給嚴裕。「殿下請拿這一端。」

他們分別握著紅綢的兩端，嚴裕看了她一眼，目光往下，落在她白如嫩筍的手上，抿了下唇，一言不發地牽著她往府裡走。院子兩側站了不少前來賀喜的親朋好友，一邊是王孫貴胄，一邊是高官忠臣，見到一對新人走來，有些跟嚴裕交情深的，平常沒機會看他笑話，這會兒難免忍不住哄鬧使壞。

新婦進門要跨火盆，也不知是哪個壞心眼的往火盆裡多添了幾塊木炭，火勢一下子竄得老高，謝蓁又穿著繁瑣的喜服，根本沒辦法跨過去。她停在火盆前面左右為難，心裡恨恨的想，要讓她知道是誰幹的一定饒不了他……想歸想，火盆終究要跨的。

兩旁有幾個年輕的後輩起哄，七皇子也跟著喊了兩聲。「六嫂，不如讓六哥抱妳過去吧？」

其餘人紛紛附和。

七皇子旁邊站的便是太子，嚴韜唇邊含笑，靜靜地看著穿大紅喜服的小姑娘。她看似為難，卻一點也不慌亂，很有大家風範。

謝蓁是不指望嚴裕能抱她過去的，正要提起裙襬，一咬牙準備跳過去，卻驀地覺得腰上一緊，身子一空，整個人靠在一堵結實的胸膛上。下一刻，她便被放到地上。

大約是一身紅衣的緣故，嚴裕臉上被映得微微泛紅，表情卻沒什麼波瀾，牽著她繼續往堂屋走。

堂屋八仙椅上坐著帝后二人，嚴屹心裡很高興，但是礙於太子在場不好笑得太明顯，只是含蓄地彎了彎嘴角，笑咪咪地看著嚴裕跟謝蓁一起走來。嚴裕的母妃惠妃離世，便由王皇后代為主婚，王皇后端莊溫和，然而到底不是自己的兒子大婚，是以只微微笑了下。

一對新人跪在蒲團上，聽由司儀引領，拜完天地高堂，再是夫妻對拜，然後送入新房。

新房在後院主院，佈置得到處都是一片紅色。謝蓁被幾個丫鬟婆子簇擁著送進內室，其中似乎還聽到和儀公主和太子妃的聲音。

她以為是自己的錯覺，其實並不是。

和儀公主在旁邊一個勁兒地起哄。「六哥快掀蓋頭，我要看看阿蓁什麼模樣？」

嚴裕從喜婆手裡接過玉如意，走到床邊，床上坐著他費盡心思娶回來的姑娘。謝蓁坐得規規矩矩，微低著頭，看不見紅蓋頭下是什麼表情。

他手持玉如意，放在銷金蓋頭下，不等眾人反應，一下就挑起了蓋頭。

眼前突然明亮，謝蓁抬起雙目，看向面前的人。

原本就是絕色無雙的美人，如今再一精心打扮，更是美得讓人驚嘆。她頭頂是大紅帷幔，身後是大紅年年有魚綢被，在龍鳳通臂巨燭的照映下酥頰粉紅、妙目娟娟。饒是見慣了新嫁娘的喜婆，這會兒也免不了呆愣住了。

謝蓁眼波一掃，這才知道屋裡站著那麼多人，有大皇子、三皇子、四皇子等人的皇子妃，還有幾位命婦。她只認得和儀公主和太子妃，於是朝她們輕輕一笑，垂下眸去。這一笑落在旁人眼裡便成了羞赧，只覺得新婦子笑得真是好看，整個屋子都明亮了起來。

喜婆提醒一旁的嚴裕。「殿下，該喝合巹酒了。」

嚴裕方回神，忽然間變得不自在起來，輕咳一聲，低低說了個嗯。

他坐在謝蓁旁邊，手放在膝上，微不可察地緊了緊。

喝合巹酒之前，喜婆分別取兩人的一束頭髮打成一個結，然後拿金剪子剪掉這束頭髮，放在一只紫檀木盒子裡，笑著阿諛道：「殿下與皇子妃百年好合。」

說罷分別遞給兩人一杯酒，又道：「恩愛白頭。」

謝蓁握著酒杯，抬頭看對面的人。

兩人距離前所未有的近，彷彿再往前一點就能碰到彼此的鼻尖。嚴裕的眼睛定定看著她，看得她有些不自在，正要開口，他卻忽然舉杯把酒一飲而盡。不等她喝完，他起身走出內室。「我到前面看看。」

謝蓁捧著酒杯，有些愣愣的。

其他人也看呆了，沒見過新婚之夜這麼不懂風情的新郎官，放著貌美如花的新娘子不管，急著去前面做什麼？

喜婆忙打圓場。「殿下這是害羞了，娘娘別介意，晚上等殿下回來，您使點兒脾氣，撒個嬌，他就一準後悔了！」

謝蓁有點委屈，低著頭嘟囔道：「嗯。」

她知道嚴裕不喜歡她，但是沒想到不喜歡到了這個分上。他離開的時候就沒想過她會難堪嗎？

和儀公主幫著她罵嚴裕，罵完之後得出一個結論。「六哥定是看妳今日太美了，不好意思見妳才走的！」

太子妃經事多，說話比較靠譜。「六弟年紀尚小，不懂得如何憐香惜玉，弟媳原諒他這一回，日後好好管教就行了。」

說實話，凌香霧沒想到嚴裕最後娶的會是她。上回那個繡活比賽，繡得最好的明明是謝家三姑娘，五姑娘只繡了一片楊樹葉子，六弟不是最喜歡心靈手巧的姑娘嗎？又為何會看中她？

可是換個方面想想，又沒什麼好稀罕的。謝蓁低眉順眼，眼眶微紅，天生麗質的好模樣使得她現在看起來更加楚楚可憐，但凡是個男人，大抵都逃不過她的一顰一笑。

嗯……嚴裕恐怕是個例外。

眾人離去後，屋裡只剩下謝蓁和她從定國公府帶過來的四個丫鬟和兩個婆子。

謝蓁累了一天，換上牙色上襦和海棠紅細褶裙，外面罩一件淺栗色纏枝靈芝紋半臂，歪在床上睡了一會兒。

睡完以後，還是很生氣，她覺得自己短期內不會原諒嚴裕了。

把雙魚叫來跟前，問道：「他什麼時候回來？」

雙魚剛遣人去前院看過，是以直接答道：「殿下被太子和七皇子留下了，估計還有一會兒……」

她鼓起腮幫子，憤憤道：「不回來最好，我自己睡！」

說著往床榻裡一鑽，連晚飯都氣飽了，蒙頭就睡。

雙魚哭笑不得，沒聽過新婚之夜就鬧彆扭的夫妻，她在一旁勸。「姑娘好歹把臉洗了……」

她這才想起來臉上塗了不少脂粉，只好重新從褥子裡爬出來，站在木架銅盂跟前洗漱一番，拆卸滿頭珠翠，放下青絲，坐在床邊。

洗完臉後，反而不那麼瞌睡了，她坐在床邊半眯著眼，也不知道在想些什麼。

屋裡燭火燃了大半夜，始終不見嚴裕回來。最後只剩下一個小小的燈芯，燈光微弱，勉強照亮了屋裡的光景。

嚴裕回來的時候，已是三更。

今日大喜，他被灌了不少酒，目下頭昏腦脹，走路都有些輕飄飄。丫鬟準備替他更衣，他卻要先回內室，他頭腦尚留存幾分神智，知道謝蓁在裡面。

內室的燈都吹熄了，只剩下條案上一盞油燈，照得屋裡昏昏昧昧。他走到床邊皺了皺眉頭，只覺得喉嚨火燒一般難受。

他坐在床沿，莫名有點緊張，許久才啞聲問：「妳睡著了？」

床裡沒有回應。

他往裡面看去，這才覺得有點不對勁，伸手一摸，床裡面空空如也，哪裡有人？

他頓時酒醒了大半，就著月光仔細一看，床上果真是空的，嚴裕霍地站起來，厲聲道：「來人！」

丫鬟著急忙慌地跑進來，見他面色不豫，還當自己犯了什麼錯，惶惶不安地跪在他跟前：「殿下有何吩咐？」

他問道：「皇子妃呢？她在哪兒？」

丫鬟壯著膽子往床榻看一眼，見謝蓁不在裡面，頓時恍悟過來怎麼回事，心有餘悸道：「回殿下，娘娘說您回來得晚，她夜裡淺眠，便先在側室歇下了。」

謝蓁今天太過疲乏，沒等多久便先睡了，然而心裡憋著一口氣，便沒打算跟他同床共枕。反正他們提前商量過的，婚後分床睡，誰睡側室都一樣。

嚴裕知道後臉色緩和許多，對丫鬟道：「妳下去吧。」

丫鬟應一聲是，躡手躡腳地退了下去。

屋裡只剩下一盞燈，燭光閃爍，估計撐不了多久。嚴裕得知謝蓁在側室後，心裡平靜許多，他坐在床榻上，沒多久忽然站起來，想去敲響側室的門，然而手還沒抬起就放了下去。如此重複三、四次，自己都有些瞧不起自己。

她就在裡面，他為什麼不敢進去？他們不是成親了嗎，不是應該理所當然地睡一張床？

可是成親前，他親口答應過不碰她的。

嚴裕掙扎許久，躺回床榻上，望著頭頂的大紅繡金帷幔，想起這是他的新婚之夜，不知為何忽然覺得有點悲涼。他一躍而起，再也顧不得什麼約定，大步來到側室與內室相通的門前，抬手輕輕一推。

門沒開。

他蹙眉，又推了一下，還是沒開。他不是讓管事沒裝門閂嗎？

管事確實沒裝門閂，但是謝蓁進屋的時候發現這道門沒法上鎖，於是為了提防某些心懷不軌的人，她特意吩咐雙魚、雙雁搬來桌子抵在門口。是以這一時半會兒嚴裕還真推不開。

他氣急敗壞地罵了聲小混蛋，在門口站了一會兒，不甘地叫：「謝蓁？」

屋裡沒回應，謝蓁早睡下了。

他既然下了決心便不會輕易放棄，重振旗鼓又重重一推，菱花門被推開一條寬縫。

桌腳在地上磨擦出沈悶的聲音，吵醒了床上的謝蓁，她迷迷糊糊地問床邊坐在杌子上的雙魚。「什麼聲音？」

雙魚目瞪口呆地盯著從門縫裡鑽進來的嚴裕，結結巴巴道：「是、是……」

嚴裕睨她一眼，她立即不敢說下去了。

謝蓁以為沒什麼大事，翻身繼續睡去，睡著前還不忘叮囑。「記得看好桌子……」

她說這話時，嚴裕已經走到床邊。

夜裡清涼，她穿著散花綾長衫，又蓋了一條薄褥子。大抵是睡相不老實，領口微敞，露出裡面胭脂色的繡玉蘭紋肚兜，窗外皎潔的月光灑進來落在她身上，更加顯得她膚白勝雪、細膩柔軟。

嚴裕看著看著，俯身撐在她身體兩側，把她圈在自己懷中。

雙魚在一旁看呆了，小聲叫道：「殿下……」

嚴裕偏頭，冷聲道：「出去。」

主子的命令不能違抗，然而雙魚又擔心他對謝蓁不利，一時間踟躕不定。「我家姑娘睡了……」

嚴裕好像沒聽到，語氣不容置喙。「我叫妳出去。」

雙魚愁眉苦臉地退出側室，在心裡求了無數遍觀音菩薩，希望菩薩保佑姑娘與殿下相處和睦，不要出事。

雙魚走後，屋裡只剩下嚴裕和謝蓁兩人。

謝蓁睡得不安穩，是以嚴裕只敢撐在她上方，沒再做出什麼過分的舉動。

他靜靜地端詳她的臉，睡著之後，倒跟小時候更像了。眉眼鼻子如出一轍，還是那麼小巧玲瓏，就連這身板也沒長大多少。

他的目光往下，落在一處，似乎又不全沒長大……

他想跟她說話，但是不知如何開口，於是就這麼一直看著，看了足足半個時辰。末了謝蓁翻身唔了一聲，壓到他的手背，他才輕輕地抽出來，站在床邊刮了刮她秀挺的鼻子，這才離開。

這次他躺回內室床榻上，雖然有些遺憾，但心裡比方才踏實多了。

他閉上眼，一覺睡到天明。

再睜開眼時，神智比昨晚清醒多了。他坐起來，只覺得喉嚨乾渴得有如火燒，正欲開口喚丫鬟端茶，一眼卻瞥見謝蓁坐在梳妝鏡前，手裡舉著一個燭檯，燭檯那頭是蠟燭燃盡後露出的金刺，她居然眼睛都不眨一下就要往手腕刺去！

嚴裕以為她要尋短見，連鞋都顧不得穿，快速上前一把奪過燭檯，喘得厲害。「妳幹什麼？」因為著急，聲音帶著幾分嚴厲。

謝蓁也是剛起床，烏髮披在身後，遮住大半張臉，益發顯得她的臉只有巴掌那麼大。她仰頭看他，水汪汪的大眼裡滿是平靜。「阿娘說新婚第一天要拿帶血的帕子入宮，我沒有流血，所以想用這個割破手腕，滴兩滴血。」

她很怕疼，還沒想好要在哪個地方下手，他就瘋子一樣衝了過來。

昨晚她想了很多，既然他不喜歡她，那他們做一對相敬如賓的夫妻就行了。她不對他抱有任何期望，以後才不會讓自己陷入難堪。

所以割手腕這回事，她沒有指望過他。

嚴裕臉色由黑轉青，再由青轉白，總算從剛才的驚嚇中緩過神來，面色恢復正常。他拿起燭檯，面無表情地往自己手臂上一劃，頓時有血珠冒出來。他另一手奪過謝蓁手裡的絹帕，蓋在手臂上，胡亂抹了兩下，再把絹帕遞回給她。「這樣行了嗎？」

誰知道謝蓁根本不搭理他，站起來往裡面走。「一會兒還要入宮，你自己交給皇后娘娘身邊的人吧。」

嚴裕站在原地，手裡握著絹帕輕輕蹙了下眉。不知為何，似乎有哪裡不對勁。

成親第一天要入宮向帝后請安，因為考慮到他們新婚燕爾，嚴屹特准他們晚一個時辰去。

謝蓁換上粉色對襟衫和白羅繡彩色花鳥紋裙襴馬面裙，今日太陽正好，暖融融地照在身上，讓人心曠神怡。

她坐在鏡前，雙魚在身後替她梳頭，她看著鏡子裡的自己，餘光一掃，便看到嚴裕站在窗邊直勾勾地盯著她的後背，謝蓁粉唇微抿，移開目光，理都沒理他。

直到雙魚為她梳好百合髻，戴一副金絲翠葉頭面，額頭墜了一顆水滴狀紅寶石眉心墜，端的是芙蓉玉面，嬌麗無雙。她起身走出內室，也不問嚴裕收拾好沒，開口讓丫鬟帶她去門外馬車裡等候。

嚴裕跟上她，總算忍不了了。「妳沒看到我嗎？」

謝蓁走在廊下，輕輕點下頭。「看到了。」然後便再無話。

嚴裕一口氣梗在嗓子眼，憋得難受，卻又不知從何處發洩。他眼睜睜地看著她走遠，竟然沒有等他的意思，他下頷緊繃，默默無聲地看著她的背影，竟有種被拋棄的感覺。

貼身侍從吳澤從前院走來，停在他面前恭謹道：「殿下，馬車已經準備好了，現在出發嗎？」

他抿著唇，舉步往外走。「出發。」

吳澤又問：「您是騎馬還是坐馬車？」一般時候，嚴裕出入宮廷都習慣騎馬，是以吳澤才會體貼地問一句。

嚴裕想都不想。「坐馬車。」

說話間已經來到門口，門外停著一輛黃楊木馬車，周圍沒人，謝蓁想必已經坐上馬車了。他大步上前，踩上車轅，一掀簾子對裡面的丫鬟道：「入宮面聖無須下人陪同，妳們都下去。」

雙魚、雙雁面面相覷，看看嚴裕，再看看謝蓁，他們小夫妻鬧彆扭，她們這些丫鬟夾在中間真是難做人啊。末了兩人欠了欠身，對謝蓁道：「姑娘，婢子下去了……」

謝蓁坐在裡面，不動聲色地看一眼嚴裕，然後收回視線，輕輕道：「下去吧。」

丫鬟下去後，嚴裕從外面走上來，他哪裡都不坐，偏偏要坐在謝蓁旁邊。馬車本來不小，但是他大馬金刀地坐下來，硬生生占去不少地方，顯得她這邊有點擁擠。

謝蓁往旁邊挪一挪，他也跟著挪一挪。最後謝蓁被逼到角落，一邊是車壁，一邊是他。她偏頭看他，黑黢黢的眸子古井無波，粉唇輕啟。「你跟著我幹什麼？」

不是這樣的。

她對他不是這樣的。

以前她面對他時總是天真又嬌俏，帶著甜甜的笑，還有軟綿綿的嗓音。而不是現在這樣冷淡平靜。昨天之前還好好，為什麼今天忽然不一樣了？

他有些不安，想問她怎麼回事，但說出口的話卻成了——「入宮以後隨時有人看著，坐得近才不會引人懷疑。」

謝蓁居然信了，哦一聲便沒再理他。

她低頭擺弄裙襴上的花鳥紋，也不知道有什麼好看的，能看得這麼入神？

嚴裕低頭看著她的側臉，膩白的皮膚、精緻的眉眼、粉嫩的唇瓣，每一樣都很誘人。她長長的睫毛一顫一顫，眨得他心裡發癢，他想伸手碰碰，但是手在膝蓋上緊了又緊，還是沒伸出去。他靠在車壁上，挫敗地閉上眼。「妳昨晚睡得好嗎？」

謝蓁嗯一聲。「好啊。」

他又問：「昨晚等了多久？」

她說：「沒多久。」

「妳想何時回定國公府？」

她想了一下。「明天好嗎？」

嚴裕頓了下。「好。」

然後又是沈默。

過了許久，馬車轆轆走遠，他問：「妳沒什麼話跟我說嗎？」

她說：「沒有。」

嚴裕臉一黑，閉上眼睛睡覺，不再吭聲。

——未完，待續，請看文創風416《莫負蓁心》2

2016年6月出版

莫負蓁心

文創風 415～417

謝蓁怎麼也料想不到，分別多年，
竟是在京城見到這個當初不告而別的兒時玩伴，
而他，已是不同身分的人——

纏纏繞繞　密密織就情網／糖雪球

國公府的五姑娘謝蓁，隨著知府爹爹到青州赴任，
跟隔壁李家公子第一次見面，著實不是什麼愉快的記憶。
初見面她喊了他姊姊，又「不小心」摸了他一把，
嚇得他此後看到她就跟見鬼一樣，對她也總是愛理不理，
謝蓁可不氣餒，一口一聲小玉哥哥，
總是不依不饒的跟著他屁股後頭跑，笑嘻嘻的說喜歡他。
他們一起走失，一起被綁架，一起平安回家，也算是患難與共了，
從此兩人常隔著牆頭鬥嘴聊天，關係比起從前好上不少。
他約她放風箏那日，她以為他們是好朋友了，
沒想到他卻爽約了，讓她空等一整天。
連舉家搬遷這等大事都未曾提及，從此沒了音信，
難道，他就真的那麼討厭她嗎……

2016年5月出版

我的駙馬很腹黑

文創風 408～409

她，當朝皇帝的嫡長公主，自從來到邊關、憑女兒身立下戰功，
大靖朝無人不知這位威名赫赫的女戰神，她無心朝政但功高震主，
新帝一旨下來，她莫名被指婚，還指給一個無用的胖子?!

愛情變調 真心不移
詼諧機智的愛情角力 意料不到的精采對決／柳色

司馬妧，本是大靖朝最尊貴的嫡長公主，只是父皇不疼、母后早逝，
她幼時便自請跟隨外祖父樓大將軍常駐邊關，
雖是女兒身，卻能立下戰功，成了赫赫有名的邊關女戰神；
不過，平靜的日子在她那位不親的太子皇兄遇難之後便沒了，
新帝登基，最忌憚這身分尊貴、外家顯赫又把持軍權的長公主，
於是一道指婚下來，命她速速回京成親——
下屬、家人都為她抱不平，只有司馬妧對於婚事心如止水，
人嘛，成個親有什麼了不起？橫豎她又不會被丈夫欺負，
只是換個地方過日子，有何關係？
況且新帝為她百般挑選的對象，據説吃喝嫖賭無一不精，
家世良好卻不學無術，最重要的是——胖得不忍卒睹！
天哪～～這位顧家公子簡直是老天賜給她的大禮，
因為她雖然貴為公主，卻自小有個不能説、只能忍的祕密，
而未婚夫君恰恰能滿足她的癖好，令她愛不釋「手」呀……

2016年5月出版

成親好難

文創風 406～407

他俊美無儔，群芳爭睹，炙手可熱的程度直比衛玠，
偏偏他長情得很，打小就對她情根深種，只喜愛她一人，
除卻她，誰都無法令他動情，若能娶她為妻，此生無憾矣……

所謂伊人，在水一方／夏語墨

沈珍珍雖是個姨娘生的庶女，可卻自小就被養在嫡母身邊，
嫡母養她跟養眼珠似的，那是打心裡寵著、溺著，就差捧在手裡了，
說真的，從小到大，她的小日子過得實在是極其愜意無比啊！
可突然間，那高高在上的皇帝老兒卻下了道配婚令——
女子滿十二歲，男子滿十五歲，須於一年內訂婚，一年半內行嫁娶之禮！
這配婚令一出，立即引起了軒然大波，家家戶戶是雞飛狗跳、忙著說親，
眼看著她的婚事是迫在眉睫了，可問題是，這新郎倌連個影子都沒啊！
就在此時，長興侯的庶長子兼她大哥的同窗摯友陳益和居然求娶她來了！
這個人沈珍珍是知道的，為人聰慧內斂又知進取，日後定有一番大作為，
不過，在建功立業而立身揚名之前，他卻先因顏值爆表成了談資，
全因他堂堂一個大男人，卻生了張傾國傾城、比她還美的臉，
甚至，他還登上了西京美郎君畫冊，成為城裡眾女眼中的香餑餑，
就連皇帝的愛女安城公主都為他著迷不已，求著皇帝招他當駙馬，
嘖嘖嘖，他這麼做，豈不是為她招妒恨來著嗎？
可眼下看來，他是最佳人選了，要不……她就湊合著嫁吧？

為流浪貓狗加油 和貓寶貝 狗寶貝 廝守終生(一定要終生喔！)的幸福機會

對人來說，貓寶貝狗寶貝只是生活的一部分，但妳（你）對牠們來說，卻是生活的全部，領養前請一定要考慮清楚——

▲ 有情有義的男子漢 黃兒

性　　別：男生
品　　種：混種
年　　紀：3歲多
個　　性：親人、親狗；害羞溫和，而且非常忠心
健康狀況：已結紮、已施打預防針
目前住所：新北市淡水區

本期資料來源：台灣認養地圖

『黃兒』的故事：

在一個吹著微微涼風的夜晚，愛心姊姊拎著一袋罐頭打算前去北投的回收場看柔柔。柔柔是在那裡生活了很久的浪孩，牠與牠的母親虎媽相依為命。後來虎媽出了車禍，必須離開柔柔的身邊。柔柔從那之後一蹶不振，食慾一直好不起來，因為十分擔心牠的情況，愛心姊姊總會抽空去陪牠。但這天柔柔竟然興高采烈地朝愛心姊姊「汪」了幾聲，當愛心姊姊感到困惑時，這才發現柔柔身後竟然跟著另一隻狗狗，牠就是黃兒。

黃兒的出現彷彿是柔柔心裡的一道曙光，柔柔又變得開朗了，牠們一起玩耍、一起去向附近鄰居撒嬌要食物吃，做什麼事都膩在一起，只要看到柔柔就一定會看到黃兒！

好景不常，五月的某一個晚上，突然傳出一聲「砰」的巨大聲響，附近鄰居趕緊出去查看，這時肇事的車子已經不見，只看到地上流了一大灘鮮血，沿著視線看去，在旁邊奄奄一息的是……柔柔！牠的傷勢太重已經無法救活了，但黃兒依然不肯離開柔柔的身邊，愛憐地舔著牠的傷口，好像這樣柔柔就會活過來……

柔柔車禍過世後，總會看見黃兒向附近鄰居討了食物回到休息的地方後，什麼也不吃，悶悶不樂地趴在原地，彷彿在哀悼柔柔的離去。

後來附近鄰居表示最近又聽到狗狗被車子撞到的慘叫聲，愛心姊姊想起之前虎媽車禍和柔柔過世的事情，推測有人想要將這附近的狗狗斬草除根，所以趕緊提前把黃兒帶走，怕牠遭遇不測！現在黃兒在淡水的中途之家生活，在那裡牠交到了好朋友，也非常黏中途媽媽。親人親狗又忠心的牠會是很棒的家人！請給黃兒一個機會。歡迎來信 summerkiss7@yahoo.com.tw (Lulu Lan)或carolliao3@hotmail.com (Carol咪寶麻)，主旨註明「我想認養黃兒」。

認養資格：

1. 認養者須年滿25歲，有獨立經濟能力，並獲得家人、同住室友或房東的同意。
2. 認養前須填寫問卷，評估是否適合認養。
3. 須同意簽認養寵物切結書。
4. 同意送養人日後之追蹤探訪，對待黃兒不離不棄。

來信請說明：

a. 個人基本資料：姓名、性別、年齡、家庭狀況、職業與經濟來源等。
b. 想認養黃兒的理由。
c. 過去養寵物的經驗，及簡介一下您的飼養環境。
d. 若未來有當兵、結婚、懷孕、畢業、出國或搬家等計劃，將如何安置黃兒？

莫負蓁心 1

國家圖書館出版品預行編目資料

莫負蓁心 / 糖雪球著. --
初版. -- 臺北市 : 狗屋, 2016.06
冊 ; 公分. --（文創風）
ISBN 978-986-328-596-0（第1冊：平裝）. --

857.7　　105006110

著作者　糖雪球
編輯　黃暄尹
校對　黃亭蓁　周貝桂
發行所　狗屋出版社有限公司
地址　台北市104中山區龍江路71巷15號1樓
電話　02-2776-5889～0
發行字號　局版台業字845號
法律顧問　蕭雄淋律師
總經銷　知遠文化事業有限公司
電話　02-2664-8800
初版　2016年6月
國際書碼　ISBN-13　978-986-328-596-0
原著書名　《皇家小娇妻》，由北京晉江原創網絡科技有限公司授權出版

定價250元
狗屋劃撥帳號：19001626
網址：love.doghouse.com.tw　E-mail：love@doghouse.com.tw